MINGUO TONGSU XIAOSHUO
DIANCANG WENKU

玉人来

民国通俗小说典藏文库·冯玉奇卷

冯玉奇 ◎ 著

中国文史出版社

王
人
来

目　　录

第一回

海棠虽艳非其匹
软玉在抱犹闻香

太阳的光已照遍了整个的大地，青青的草场散布着无数的黑影子，声音显然是这样嘈杂。忽然当当的一阵宏亮的上课钟响了，这音韵在空气中流动了后，无数的黑影好像小鸟儿般地停止了跳跃，默默地鱼贯般地向各个自己的教室里走去。太阳依然暖和和地照临着整个的世界，草地上的黑影却消逝了。微风吹拂着软绵毫无自主的柳丝，不住地点头，空气是又归于到原有的沉寂。

在北平黄江女子中学初中部的第三教室里，里面坐着五十多个女学生，有瘦的，有胖的，有美丽的，也有丑陋的，她们的年龄只有在十五六岁之间的居多，所以大家都还带有孩子的成分。虽然时候是已到了上课，但她们还是不肯安宁，有的说话，有的嬉笑，热闹的声音充满了小小的一个教室。

一阵叽咯的革履声，接着同时又发觉教室外的草场上，移过来一个瘦长的影子，学生这才意识到教英文的长条子黄先生来了。这好像是一个警报，不到三秒钟之间，那个教室竟宛然一个人都没有这般地静悄了。

这是出乎意料之外的，从教室外走进来的并不是长条子黄先生，却是铁面无私的包文正教务主任周月亭。这把每个学生的小心灵中，都激起了一阵惊讶和恐怖，大家的身子更加挺坐得像一支笔，脸部的表情都有些紧张，连鼻管内呼吸一口气都有些不敢的了。

周月亭是个四十五岁的中年妇人，虽然年龄原没十分老，但是因为她的人生在社会上饱尝了种种的艰难和挫折，把她磨炼得头发掺杂了些白色，瘦黄的脸上浮现了无数的皱纹，在她微笑的时候，是更增加了她慈爱的颜色。周月亭既然是这样慈祥可亲，为什么学生们还要这样地怕她呢？这原是因为她在教育界中有了相当的历史，她具有教育学生的手腕，使她们这班孩子对于自己，存了既可亲又可怕的心理，因此淘气的孩子们在无形中就给她加上了一个铁面无私包文正的头衔。

教授英文的原是长条子黄先生，怎么黄先生不来，却教务主任来了？在五十多个学生们的心中，有了这么一个疑问，大家自然是显现猜疑的样子。就在教务主任一脚跨进教室的时候，同时后面还跟着走进一个年轻俊美的男子，于是一百多只的明眸，大家都不约而同地集中到那少年身上去了。

"你们黄先生昨天接到家中电报，说老太太病得危险，所以昨天连夜已回乡去了。我给你们介绍，这位是朱秋枫先生，现在代黄先生的职务，他是清华大学毕业的，中西才学都非常深渊，确实是你们的一个良师。你们得好好地听从朱先生的话，不可以胡闹，给我争些面子，切不要被朱先生瞧了笑话才好啊。来，你们都站起来，行一个礼……"

周月亭站在讲台上，瞧了学生们脸部的表情似乎有些奇怪，于是微微地笑了一笑，一面告诉着缘由，一面又指着那个少年向大家介绍，同时回身拿起粉笔在黑板上写了"朱秋枫"三个字，似乎是使学生们有了彻底的认识。五十多个学生听了教务主任这一番的话，每人一颗小小的心灵中，这才明白那个朱先生是来给黄先生代庖的。于是大家一齐站了起来，向秋枫恭恭敬敬地行了一个四十五度的标准礼。秋枫见了慌忙亦还了一个礼。因为有一百多只的明眸都向着自己的脸儿扫射，也许是初教授的缘故，尤其是在五十多个女孩子的面前，心头有些儿跳跃，同时他那白净的脸蛋儿上，竟也笼罩了一层红晕。

"黄先先是我的朋友，本来他好好地教授你们，不料他的妈妈病了，所以叫我来代庖几天。但是我既答应他来了，对于你们自然先要有了一个认识，否则连你们的姓名都不晓得，于教授方面似乎很不便。所以我想照点册上挨次喊一遍，喊到谁，谁就站起来，给我认识一下。"

教务主任月亭完成了她的任务，便含笑自行退了出去。学生们见这位秋枫先生的意态，竟有些儿像女孩子家羞答答的模样，大家一颗芳心不免都感到了有趣和好笑。所以待月亭走出了教室，大家好像轻松了许多，抿着嘴儿都笑了。秋枫瞧了她们这种含有顽皮淘气成分的情景，显然自己是太露出了柔弱的地方，所以她们对于我这位朱先生是并不曾存了畏惧的心理。虽然自己原也不希望要她们怕，但到底也不能给她们看轻了自己。秋枫心中这样一想，于是他立刻摆出洒脱的态度，走到讲台上的案桌旁，手翻了点名册子，向众人这样地说。大家都并不表示什么意思，只管静悄悄地坐着。秋枫这就从第一喊起，直喊到了末煞。当喊到周玉人的时候，秋枫抬头凝眸望去，只见第四排的中间那个座位上站起一个女生。在当时秋枫瞧那下面五十多个的女生，是并不曾注意谁美谁丑，此刻因为是单独站立的缘故，所以眼前顿时一亮，真仿佛是一朵出水芙蓉，又好像是含苞待放的桃花。爱美原是人之天性，不免多瞧了一眼，但是立刻又有一个感觉告诉自己，这实在是做先生不应该的，于是他又很快地低下头去喊那下面的一个人名了。经过几分钟的时间，五十多个人名都叫齐了，秋枫忽又想着了一件事，便向大家问道：

"这儿的级长是哪个？"

"是周玉人……是周玉人……"

大概有半数的学生异口同声地嚷着。秋枫听了"周玉人"三个字，似乎觉得刚才自己也喊到过，不过是怎样的一个人，一时倒忘记了，遂微笑着又问道：

"周玉人是哪一个？请站起来。"

玉人坐在案旁，听这位朱先生又这样说，一颗芳心不免暗想：刚才他明明见过自己，而且还多望了一会儿，怎么此刻又问周玉人是哪个了呢？他的所以这样问，是故意和我开玩笑，叫我多站起一趟，抑是真的忘记了？不过这些也毋庸加以考虑，先生既然这样说，自己也就不得不再站起一次了。

"你就是周玉人，我问你们的英文读本，黄先生给你们已教到第几页了？"

秋枫骤然见站起来那个周玉人就是刚才自己认为美丽的姑娘，心中暗想：瞧她的年纪也并不大，想不到她竟做了全级的级长，这就可想她的品学定在五十多个学生以上了。这就不免细细地又向她打量一会儿。只见她不长不矮的身材儿，虽然还未完全到成年时代，但和她的脸儿相衬，恰巧适中。一头乌黑的美发，并不曾烫成什么水波式和飞机形，不过却拖得很长，披散在肩上，这是更衬托她的脸庞白是白、红是红。两条柳眉并不十分细，却是弯弯地很长，可见小女孩儿家，对于修饰不十分讲究。就是因为她不用人工去修饰，这是愈加显出她天然朴质的美丽。玉人最美的地方，还是在她的眼睛。她的眼睛虽然很大，因为乌圆的眸珠要占到眼白的三分之二，所以不特是没有损她的美，更显得黑白分明，尤其在她眸珠在细长的睫毛里一转时，愈露出聪明灵活的样子。玉人见秋枫这样一阵子呆瞧，心里又要笑又是羞，因此再也忍不住把嘴儿一撇，露齿对他嫣然一笑。就在她这一笑中，秋枫在她玫瑰花儿般的颊上，发现了一个深深的笑窝。虽然她的美是足以使自己有些出神，但态度未免是失了先生的身份，于是他立刻又装作毫不介意地问着英文读本已教到了第几页。

"黄先生给我们教到第三十五页，第三十一课……"

玉人一面点着头，一面轻轻地回答。秋枫把手向下招了招，意思是叫她可以坐下来了。于是翻开课本，开始他教授的工作。

秋枫的读音是非常流利，而且非常标准，对于讲解方面，使学生们都有彻底的明了。所以玉人觉得朱先生和黄先生教授的好坏，到此便有许多的差别。因为对朱先生的才学有了十分的钦佩，自然一颗芳心不免也引起了十分的好感。在他念读的时候，把她两只俏眼儿就偷偷地向他窥瞟。觉得朱先生的年龄也不十分大，至多不过在二十四岁以下。因为他的脸蛋儿确实生得很漂亮，一头菲律宾式的乌发，两条秀气的浓眉下，覆着一双炯炯有神的明眸，显出挺英武的神气。不过在英武的神情之中，又带了三分婀娜的意态。其所以令人感到他的可爱处，也就是在这一点。

"诸位，这一课你们可都懂得了没有？不知我这样讲解，你们可满意吗？黄先生是怎样教授的？假使他教授的方法好，你们不妨可以说给我知道，使我可以照他的样子，总得使你们个个明白懂得才好。"

"朱先生的教授方法很好，使我们有彻底的了解……"

秋枫的话还只有问完，就听到一阵柔软清脆的话声，向自己回答，慌忙回眸向那话声的出发点望去，只见那说话的姑娘又是这个周玉人。她那殷红的樱口里露出雪白的牙齿，粉颊上微微地展现了一丝笑意，秋波盈盈地向秋枫脉脉地凝望，这意态是娇憨可爱。秋枫听了她的话，心里自然感到了一阵喜悦，忍不住点头含笑得意地说道：

"那么玉人你就站起来讲读一遍给大家听听。"

玉人听秋枫这样说，遂站起身子，很快地读一遍，又讲一遍。秋枫觉得她的字音不但是咬得准，而且也流利动听，可见这位姑娘不特是天生的丽质，而且还是天赋她的聪明。心里十分喜欢，一面叫她坐下，一面又向大家道：

"你们且自己瞧一遍，有不明白的地方，只管站起来问我好了。不要怕难为情，向先生问是应该的。《论语》中曾记着孔子的话'不耻下问'，就是我有不懂的事情，也可以问你们知道的人，更何况你们问我呢？所以你们只管问，如果不问，那不是你们自己放弃权利吗？"

学生们听朱先生这样说，于是都大了胆子，站起来相问。秋枫无不一一地解答，大家自然都感到十分满意。

当当的下课钟敲了，秋枫夹了教科书退了课，慢慢地移着步子，踱进了教务室。只见周月亭和一个初中一的级任先生李若华女士，坐在写字台旁闲谈，见朱秋枫进来，便招呼坐下。月亭微笑道：

"朱先生，这班孩子可有淘气吗？"

"不曾淘气，倒是很安分，想来都是周先生和李先生等平日培养得好。"

秋枫听月亭这样说，便微微地笑了笑回答。若华咘地一笑，瞅他一眼，插嘴说道：

"这也不见得，大概朱先生教授得好，同时人缘好，所以学生们都会听从你的话，而对你发生了好感哩。"

李若华是个二十八岁的女子，自从高级师范毕了业后，就在黄江女子中学的附属小学里做教员，到现在已有七年光景，在教育界有了相当历史，当然亦有了相当的经验，所以近两年来，她便担任了初中部的教授。若华虽然生得不是国色天香，但是也有一种妩媚的风韵。因为她生着七八分的姿色，而且又是一个高级师范生，因此态度自难免骄傲，眼界也是很高，低的人儿瞧不入眼，高的人儿又想不到手。一年复一年，春花秋月，等闲虚度，蹉跎光阴，直到年纪将近三十岁了，却还是光身的一个人儿。因此若华感到以前的思想是错误的，现在虽然觉悟了，但是要想再配一个二十左右的夫婿，自然是不可能了。因为生理上的变态，需要异性的慰藉，所以把李若华小姐改变了一个会说会笑的情性了。她见校中新来了一个教授朱秋枫，生得眉清目秀、唇红齿白，真是一个挺俊美的少年。心里虽然是存了一种妄想，至于能不能达到目的，她也管不得许多，只要能够和他表示亲热一些儿，似乎心里也会得到一种很深的安慰。

年龄较大处女的苦闷，真也可谓是可怜了。

"哪里哪里，她们也没有听从我的什么话，原是生成的优良儿童哩。"

秋枫见若华斜乜着秋波，向自己脉脉地瞟着，同时掀着嘴儿，还哧哧地笑，这就觉得她说的"人缘好，听你话，发生好感哩"这句话中和那笑的意态，至少是含有些神秘的意思。因为这一班的学生都是年轻的姑娘，而自己又是一个年轻的男子，那么她的意思，并非没有作用在内的。一时也不免红晕了脸，连忙急急地解释。月亭见朱先生嫩面得很，显然是个很老实的少年，忍不住也感到有趣，便笑道：

"幸亏她们安静些，朱先生才觉得不讨厌，否则，恐怕你也要不愿干了。"

"初做教员的，就怕教授得不得法，不能合学生的心理，就感到非常吃力，而且也不讨好。所以我就怕这一点，希望两位还得随时指教我，那我就很感激的了。"

若华听秋枫这样说，便摇着手儿，"喔哟"一声，瞟他一眼，笑道：

"朱先生这话可实在太客气了，你要周先生指教，那倒还说得过去。至于我，谁都知道是个饭桶，只有向你讨教讨教才是哩……"

若华说到"饭桶"时，她抿着嘴儿，弯了腰已是笑了起来。秋枫见她挺会说话，而且神情也挺有趣，这就忍不住也笑了。月亭道：

"大家彼此已做了同事，就不用谦虚。一个是大学高才生，而且对于文学素有心得，社会上早已闻名久了。一个是高级师范生，原是个学校中良师，那还有什么客套的吗?"

"朱先生，说起那《华北日报》，那一篇社论实在做得透彻，我是差不多天天都看的，可见朱先生不但文学好，而且对于国际形势以及社会时事，都有透底的了解，真令人佩服哩!"

"李小姐，你别说下去了吧，再说我可站不下去了，那不是叫我太难为情了吗？这《华北日报》原是高我两班毕业的同学创办的，因为他们向我要稿件，我推却不得，只好胡乱诌几句，总算还债了事，哪里说得上别的呢？"

原来较秋枫早两届毕业的同学，在当地办了一份日报，对于稿件，都是同学帮忙，秋枫也在其内的。后来那日报一纸风行，博得社会人士欢迎，所以销路颇好，收入亦很可观。推其原因，大半是因为秋枫的文章使人同情。所以《华北日报》主办者，颇欲请秋枫做主笔，情愿每月致薪三百元。秋枫因为若担任了，身子不免受了束缚，所以并没答应，只应承每日作社论一篇，对于薪水倒不计较。彼此原属尽义务性质，主办者心里过意不去，况且报馆里经济充足，所以每月送秋枫一百五十元钱。其时秋枫还未毕业，今年暑期秋枫才从清华毕业出来，不料三个月后，他的朋友黄其俊就恳请他去代庖。秋枫是重情面的人，自然是只好答应下来了。

且说秋枫听若华这样夸奖，心里虽然很得意，但究竟答应不下去，便慌忙摇头谦虚着。若华笑盈盈地瞟他一眼，意欲再说什么，忽见从教室外走进一个女孩子来，笑嘻嘻地依到月亭的身边，她那秋波却脉脉地向秋枫凝望。若华见了，伸手拉过了她，指着秋枫笑道：

"这妮子瞧得多有趣，你不认得他，我就给你介绍，他就是朱秋枫先生，快上前行个礼。"

"李先生，你不用给我介绍，朱先生我早认识了，刚才不是在我们一班里教英文吗？"

那女孩听若华要她向秋枫行礼，大概多半是因为怕羞的缘故，所以依在若华怀里不肯过去，同时微昂了脸颊儿，乌圆眸珠一转，絮絮地说着。说完了又回眸过去，望着秋枫很有趣地一笑。在这一笑的意思中，似乎向秋枫解释自己并非不肯行礼，因为彼此实在已很熟悉的了。若华这才理会到了，便"哦"了一声，抚着那女孩的纤手，笑道：

"对了，对了，我这人真也糊涂，玉囡是在第三教室里，我竟忘了呢。你认识朱先生了，恐怕朱先生还未必认识你吧？我给你介绍，这是周先生的掌珠周玉人，朱先生你瞧见过了吗？"

"哦，原来是周先生的令爱……"

秋枫见了玉人进来，因为刚才在五十多个学生中，对于玉人有了一个很深的印象，自然是认得的。不料若华却要给我们介绍，心中就感到有些儿奇怪。玉人不过是一个学生，若华是一个教员，怎么有这样亲热表示？虽然师生间的感情原有超过母女式或姐妹的，但对于一个新进来的先生，何至于到介绍认识的必要？后来直听到是周月亭的女儿时，心中这才恍然，这就情不自禁地"哦"了一声，明眸不免又向玉人望了一眼。月亭、若华听秋枫的语气，似乎意犹未尽，在"原来是周先生令爱"的下面，至少还有一句什么话，但却没有说出来。若华这就忍不住笑问道：

"朱先生，怎么啦？你和玉人也早认识的吗？"

若华话还没有说完，握着嘴儿竟是先笑起来了。月亭觉得若华这话不免含有了意思，忍不住也微微笑了。秋枫当初倒不觉得，及至见月亭也笑，方才有些理会。大凡一个年轻的人，对于一个少女曾经存着这人倒美丽的心，最怕是被外界的人取笑。虽然若华这一句话，原也没有十分明显的线索可找，但是秋枫却有些虚心病，这是为什么原因呢？在这里就有两种原因：第一个，秋枫是还不曾娶妻子。不要说妻子，连一个知心的女朋友还没有。所以对于一个美丽的姑娘，不免是注意一些。第二个原因，是玉人虽然天真烂漫、娇憨无知，不过她那秋波盈盈的俏眼儿老向秋枫凝望，似乎有了无限的深情蜜意。因为自己确有这一种意思（不过这意思也并非是包括爱上了她在内），所以愈加要避嫌疑。不料若华正因为秋枫的年纪轻，还没有爱人，让他置身在五十多个情窦初开的姑娘当中，自然难免有和谁发生了爱素作用，所以也愈加要和他开玩笑。

"哪里我和玉人早认识了？因为刚才我曾问级长是谁，她们说是

9

周玉人，我原不知道是周先生的掌珠。周先生真好福气，你的令爱真聪明得很！"

秋枫因为玉人说早认识了自己，此刻若华又问自己亦早认识玉人的吗，那显然是含有了意思，因为红晕了脸儿，连忙拿这些话来搭讪。不料若华听了，瞟她一眼。又笑着道：

"朱先生才来了半天还不到，就知道玉囡是个聪明人，可见玉囡的聪明是十足道地，一些儿也没有虚传的呢。"

"李先生，你好，你也和我开玩笑。谁不晓得我是一个笨人，你偏给我戴炭篓子，我不依，嗯，我不要……"

玉人听若华这样说，粉嫩的两颊上顿时盖上了一层红晕，一颗芳心也不知是喜悦抑是含羞，秋波偷瞟了秋枫一眼，便假在若华的怀里缠绕着不依。秋枫见她娇憨地撒起娇来，那意态是更增加她的妩媚可爱，一时也微微地笑了。若华一面拍着她的身子，一面笑着说好话，玉人兀是不依。月亭笑道：

"这妮子，李先生待你太好了，你就缠绕不清。这么大了，还像孩子一般地淘气，朱先生瞧了不要笑话吗？"

玉人听妈妈这样说，方才罢了，回身向秋枫望了一眼，不料秋枫的明眸也正向自己凝望，齐巧成了一个四目相对，玉人难为情极了，忍不住很娇媚地对他嫣然一笑，便翻身奔出教务室去了。秋枫经她这临去那秋波和甜笑，一时也不禁为之神往。

"玉囡这孩子就真有趣，一举一动都令人感到可爱的。朱先生，你怎么知道玉囡很聪明啊？"

若华待玉人奔出了教务室，便对月亭笑嘻嘻地说着，说到后面两句，便又回过头来问秋枫。秋枫想不到她会向自己问出一个怎么来。其实自己说她一句聪明，原因为玉人是月亭的女儿，根本是普通得很的一句应酬话，不料你要当它一个问题，我自然不得不拿充分的理由来解答。便笑道：

"刚才我教完了课本，因为玉人是级长，所以先叫她讲读一遍给

10

大家听听，不但是读得流利，而且也讲得明白，这孩子不是很聪明吗？"

若华听他说完了，方才明白玉人和秋枫是已经很熟的了。月亭听秋枫说自己女儿聪明，那当然是很高兴的事，满脸皱纹的笑容这就不曾平复过了。若华意欲和秋枫再说些笑话，谁知那上课的钟声早又敲起来了。若华只得把抽屉推进，自管到外面去了。

这一点钟秋枫并没有课程，他坐在自己的写字台旁的转椅上，把英文课本翻阅了两页，觉得十分无聊，遂又把书本合上，放过一旁。因为教务室中是只有自己一个人，空气显然是相当沉寂。因为是静悄悄的缘故，连那壁上的一架钟走的声音，嘀嗒嘀嗒也是清晰得触耳。

一个人静坐的时候，往往容易想心事，秋枫自然也不能例外，心中不免暗自思忖，原来玉人就是月亭的女儿，这倒是想不到的。月亭有这样一个美丽可爱的女儿，真也可说是幸福得很。这也奇怪，玉人对于我似乎有特别的好感，在她秋波脉脉含情之中，她像盈盈欲语的神气。难道在她一颗芳心里，早就有我这么一个人了吗？想到这里，又连摇了摇头，暗自骂道：该死，该死，你这人简直发了痴。玉人是一个天真的孩子，论她的年龄，至多也不过十四五岁，怎么你竟会想到这个上面去？再说她是学生，我是先生，名分差了一级，若闹出师生恋的事情，岂不要被人骂为教育界的败类吗？何况我是给其俊来代庖的，更应该要保持自己优美的品格才好。虽然自己的年龄确实到了需要异性慰藉的时期，不过也不能转念头到一个仅仅只有初见面的女孩子身上去，这对于月亭和自己的良心问题，都觉得说不过去。秋枫心中既然是这样地想着，于是他把这一件事情，便轻轻地丢过一旁去了。

坐在室中，既没有事干，又不想什么心事，那的确是一件苦闷的事情。回眸望着窗外的石阶上放着几盆秋海棠，在淡淡的秋阳笼映之下，那海棠的花朵，是更显出惹人怜爱的颜色。这是象征着一个年轻貌美的姑娘，想着了姑娘两字，那脑海里不免又浮现了玉人的脸庞，若和那海棠的花朵争艳，恐怕海棠还要输她几分，因为海棠究竟是个有色无香，那玉人一个完美的姑娘，自然是胜它多多了。

秋枫想到这里，自己也忍不住只好笑起来。为什么要把海棠去比那玉人呢？玉人的印象为何在自己的脑海里有这样深刻呢？刚才自己竭力地压制着不要去想玉人，所以回头去望那窗外的景色，谁知却又想到玉人的身上去了。奇怪！秋枫连喊了两声奇怪，随着这喊声，身子已是离开了教务室。因为室中的空气实在太沉闷，非到外面草地上去踱一会儿步不可了。

"啊哟……"

秋枫还只有一脚跨出门槛外，不料外面也匆匆奔进一个人来，和秋枫竟撞了一个满怀。只听尖锐的声音叫了一声"啊哟"，秋枫连忙把来人扶起，定睛仔细一瞧，不是别人，正是周玉人，这就忍不住"咦"了一声，笑道：

"是玉人，你干吗这样急匆匆的？可累痛了没有？"

"朱先生，倒不曾累痛，可是吓了我一跳。教室里没有了粉笔，是李先生叫拿粉笔来的呀，谁知竟和朱先生撞一下哩！"

玉人见自己身子被朱先生抱住着，一时好生羞涩，乌圆眸珠滴溜地一转，逗给秋枫一个妩媚的娇笑。秋枫这才理会了，慌忙放了手。玉人走到玻璃橱旁，伸手拿了一盒粉笔，向秋枫望了一眼，笑盈盈地又奔去了。秋枫眼瞧着她那娇小的身影消逝了后，心里微微地荡漾了一下，自语了一个巧字，便慢步地踱出去了。

玉人拿了粉笔，回到教室，交给了若华，便坐到位置上去。这一课是若华教的算术，玉人对于若华的教授，却有些视若无睹，听如不闻，一颗小小的心灵也只管细细地思忖。朱先生这样年轻的人，谁知竟已是个大学毕业生哩，他的才学真叫人钦佩，他的容貌又真叫人可爱……想到一个爱字，不知怎的，自己的全身会怪热燥起来，两颊也有些儿发烧。玉人把自己纤手摸着脸颊，颇觉有些热辣辣的，虽然没有瞧清楚自己脸是怎么样儿，但肯定是红晕得厉害。于是她只低了头儿，把书本遮住了脸颊，仿佛自己心中的秘密怕被人发觉似的那样难为情。

"玉人，你在做什么，低了头儿，可不是在写情书吗？"

"啐，烂舌根的妮子，你胡说瞎道的，我可告诉李先生……"

玉人正唯恐有人窥破她的秘密，不料隔壁的魏明珍偏偏向她取笑。玉人这才抬起头来，放下了书本，雪白的牙齿微咬嘴唇，向她啐了一口，粉颊上浮现了有趣的娇嗔。明珍见她这样说，因为彼此都是玩惯的，所以也白她一眼，撇了嘴儿，笑道：

"只有你可以向人家取笑的，人家说了你，你就当认真，要告诉李先生了。你下次自己当心些儿好了。"

"好姊姊，别生气吧，算我说错了话，请你瞧在我年纪轻的分儿上，你就原谅我吧！但是我手里笔杆儿也不曾拿着，你怎么倒说我写情书？那你不是取笑得没有理由吗？再说我也没有什么情人呀，要写也除非是写给你了。"

玉人见明珍动了气，便偎过身子去，拉了她的手儿，悄声地早又含笑向她赔不是了。明珍听她说得婉转，惹人怜爱，便也憨憨地笑道：

"你虽然没有在写情书，那你为什么把书本遮住了脸儿？可见你一定在想心事，这心事还是包括情人在里面的。可惜我不是个男子，不然有你那么一个美丽的情人，真是要叫我日夜不寐哩！"

明珍抿着嘴儿边说边笑，玉人恨恨地白她一眼，但两颊却是一阵一阵地愈加红晕了，因为想心事这一句话，倒是真的说在玉人的心坎里。伸手轻轻地打她一下，低了头儿也微微地笑了。

魏明珍今年十七岁，因为是她爸侧室养的，所以一向是放任惯的，到学校里来，名义是求学，实际是交朋友、谈恋爱。玉人本来是个纯洁的姑娘，近来被明珍的熏陶，什么情人啦、爱人啦，因此把她一颗童心也渐渐懂得男女间的私情，真有不可思议的神秘了。

幸而月亭管束得严紧，不许她和同学常常出去游玩，所以明珍等一班朋友，也不十分敢约她同到交际场中去游玩。

下午三点钟的一课是体育，本来也是黄其俊教的，现在黄先生回乡去了，当然也是朱秋枫来代庖了。秋枫拿一只叫笛，站在草场上，长长地吹了一个集合的号。只见三年级里五十多个学生，不多一会儿，大家早已像长蛇阵般地排在一起了。秋枫见玉人身材矮小，竟排在末脚第五个，远远望去，那脸蛋儿更觉清秀出俗。因为心里感到她的可爱，不免向她凝望了一会儿。不料玉人的秋波也脉脉地瞟过来，脸颊上还含了一丝浅笑。秋枫倒反而觉得有些不好意思，便慌忙大喊了一声："立正！稍息！报数！"待报过了名数以后，秋枫便问道：

"体育这一课是最没有什么意思，若单操练步子，那是更乏味，不知道黄先生还教你们玩些什么？"

"黄先生给我们操练步子半个钟点，其余时间给我们散队，随意游玩。"

魏明珍听秋枫问着，便这样地回答。秋枫点了点头，凝眸想了一会儿，笑道：

"随各人的个性而论，最好组织一个足球队或是网球队，下次我们发办起来，对于经费，我可以担任一半。不知大家的意思可赞成吗？"

"朱先生，我们赞成！我们赞成！他们高中部里早有足球、网球、篮球的组织了。"

大家听了秋枫的话，举起了手儿，不约而同地高声地嚷着，表示非常赞成。秋枫见她们这样热烈的神情，心里自然很喜欢，一面连连摇手，一面又大声地道：

"那么我们今天来玩赛跑好吗？这儿五十四个人，分作六小组，九个人一组先赛，六组里第一名的六个人，然后再决赛，看这六个人中谁跑得最快，那就是你们一级里的赛跑冠军了。我在校里的时候，对于运动也很喜欢，所以得到的锦标倒也不少。现在谁是冠军，我也加以奖励，赏给银杯一只，不知你们可喜欢吗?"

众学生想不到这位朱先生有这样好的兴致，而且又肯拿银杯来赏给第一名的人，每个小心灵中都激起了无限的兴奋，抱了万分的希望，都想得到这个荣誉的奖品，于是大家忍不住欢喜得狂呼起来。

这种雀跃的情景，瞧在秋枫的眼里，心里也愈加高兴。于是照报数排立的地位，分作了六小组。他自己站到草的尽头，大约有一百米的路程，让她们一组一组地比赛。第一组是赵佩芬，第二是陈萍英，第三组是花也香，第四组是魏明珍，第五组是陆露茜，第六组是周玉人。这六个人都是第一，那么她们再要决赛，看这六个第一中，谁再得到第一，那么谁就获锦标了。秋枫对六个人笑道:

"大家要努力呀，别松一步，要加紧一步才好哩!"

秋枫说话时，他那明眸却注视着玉人。玉人似乎也知道朱先生多半是在对自己发言，扬着眉毛，掀起酒窝儿，却是点头报之以微笑。秋枫欣喜得什么似的，一面叫她们预备，一面自己的身子早已退到一百米以外的地方去了。

"预备——一、二、三——"

秋枫见她们已伏在地上，遂把手帕向空中一扬，口中喊出了一二三，只见六个人早已站起身来，拔步飞跑。明珍的起步很快，跑到五十米的时候，却被陆露茜一挤，两人顿了一顿，这岂可以稍会延迟一些儿，早被周玉人抢步跑过了头。秋枫见玉人的身子娇小，跑的姿势具有美的条件，看看已到自己的面前，而且玉人的娇面白里透红，两道秋水盈盈的明眸凝望着秋枫得意地笑，显然她是稳稳地夺到锦标了。秋枫也忍不住高声叫道:"努力呀，努力呀……"不料秋枫第二个努力呀还没喊完，只见玉人的身子竟向前直撞了过来。秋枫这一急真非同小可，"啊哟"一声，连忙抢步上去，伸手前去扶抱。但是哪里来得及，玉人的身子竟已扑在地上，竭声地叫了一声，却是爬不起来了。秋枫到此，也管不得许多，立刻将她抱起，自己坐在地上，让她偎在自己的怀里，低头见她的膝踝上竟已跌破，血流如注。玉人颦蹙双蛾，咬着嘴唇，额上香汗盈盈，眼帘下沾着了泪水，显然是痛得非常厉害。秋枫见她胸部一起一伏，犹娇喘不止，心里真代疼了一阵子，一时也不顾什么，把自己的西服衬衫扯下了一块，向玉人的创洞上去按着。这时众同学都围了上来，明珍和玉人最要好，心里急得了不得，急急地道：

"朱先生，你快把玉人抱到校医室里去吧！啊哟，血怎么这许多呀！"

秋枫正在急得没了主意，今被明珍一提醒，方才理会了，遂抱起玉人，急急地奔到了校医室。校医张桂森一见，慌忙问什么病，秋枫摇头道：

"不是病，不是病，她跌伤了，跌破了膝盖……"

桂森见他这份儿慌张模样，遂忙叫他把玉人放在一张病榻上，一面拿出药水棉花，一面拿出药水，先给玉人揩去了血渍，然后用药膏敷上。幸亏还好，不曾伤及膝盖，秋枫望着玉人带着泪水的粉颊，心里真有说不出的抱歉，搓着两手，柔声说道：

"玉人，今天你的伤，可是我害你的了，真叫我心里感到难受哩！"

"朱先生，你这是哪儿话呀？我自己不小心跌了跤，怎么可以怪你的不是呢？"

玉人听秋枫这样说，一撩眼皮，乌圆眸珠在长睫毛里一转，掀着酒窝儿，竟是挂着眼泪笑起来。这意态显然是安慰秋枫不用难受，自己是并没有感到什么痛苦。秋枫见她带着眼泪会娇媚地笑，一时心里真感到说不出的可爱和感激。正欲又问她可还痛吗，不料玉人忽又"哟"了一声，叫道：

"朱先生，咦，咦，你的衬衫怎么扯了一大块呀？莫非是因为我的伤吗？那可好了，好好的一件衫子，多可惜呢，啊，我真对不起你哩！"

"玉人，你别说这些话了吧，扯破一件衬衫要什么紧？当时我瞧到你这许多的血，真把我急死了呢，玉人，你现在可疼不疼？"

"这一些儿皮伤，原不要紧。朱先生，你放心，我一些也不疼了。"

秋枫俯着身子，柔和地说着，表示这一件衬衫原不值什么的，玉人听了，摇了摇头，把手背在脸上连连擦了一下，拭干了泪痕，秋波脉脉地向他望了一眼，却憨憨地笑着。秋枫听她说一些儿不痛了，并叫自己放心，虽然不晓得她的话是否是真的，不过从这一点瞧来，可想玉人的性情是多么温柔可爱了，一时倒反而没有话可以回答她了。正在这时候，魏明珍、陆露茜等一班同学都来探望玉人了。秋枫见她们挟了书包，知道是已经放晚学了。

"玉人怎么样了？跌坏了什么地方了呀？"

秋枫见同学们都拥到玉人医榻边去慰问，遂退过一旁。忽然又听得有人这样嚷进来，连忙回眸望去，正是周月亭和李若华。秋枫慌忙上前告诉缘由，并笑着抱歉道：

"赛跑原是我出的主意，所以令爱的受伤，我实在很感到不安……"

"朱先生这是哪儿话，你也太会客气了，幸而没有跌折了骨节，那总算是谢天谢地的了。"

月亭听了秋枫的告诉，方才知道玉人的受伤是轻微得很，心里这才放下一块大石，满脸含了笑容，劝他不用感到抱歉。这时月亭见过玉人，已喊校役去叫汽车，说还是回到家里休养去。若华向秋枫望了一眼，抿嘴笑道：

"朱先生因为玉人受伤，连他的衬衫都扯破了一块，这也可见朱先生当时心中的焦急样子了。"

月亭听若华这样说，连忙回头看去，果然见秋枫的领带也歪了，衬衫扯去了一大块，而且额上的汗好像雨点一般落下来，这情景显然他是急得这一份儿，一时心里倒也感到不安，反安慰他道：

"朱先生，你不用着急，医生说不要紧的，而且玉人自己也说不痛了，那你放心是了。"

秋枫听若华月亭这样说，心里十分不好意思，两颊上不免盖上了两圈红晕。谁知玉人掀着酒窝儿，却望着秋枫只是味味地笑。这时校役来说汽车已停在校门口了，月亭问玉人自己会不会走，妈年老是抱不动你了。若华笑道：

"这个还得请朱先生劳力一趟吧……"

"我不要，我不要，李先生，你老开玩笑，我自己会走的。"

玉人不等若华说完，恨恨地白她一眼，红晕了脸儿，早嚷着不要。若华抿嘴笑道：

"这妮子现在倒怕难为情了，刚才不是朱先生抱进来的吗？"

大家听了，都笑起来。玉人和秋枫相互望了一眼，都感到很不好意思，各人的脸上浮现了一层青春时期的色彩和笑意。明珍和露茜说道：

"玉人自己怎么能走，还是我们来抱一下吧……"

"对了对了，谢谢你们，这个正要你们同学帮助的了。"

月亭听露茜和月珍这样说，心里十分喜欢，便向她们道谢。明珍说声周先生不要客气，于是大家抱了玉人，一块儿出了校门，抱上汽车。秋枫见玉人在车厢里对众人招了招手，还很多情地嫣然一笑。秋枫见她秋波只是向自己凝望，从这一点着想，可是她的招手和微笑，多半还是专对于自己的，因此也含笑招了招手。就在这时候，那汽车呼的一声，早已开去了。

斜阳好像喝醉了酒，涨红着脸儿，慢慢地挂到树枝的梢头。秋枫眼瞧着汽车的后影从暮色中消逝了去，只剩下飞扬的尘沙，映着落日的余晖，更显得如烟如雾，茫茫的一片。秋枫心中有了一阵感触，忍不住轻轻地叹了一声。

第二回

恃强忍痛争魁首
未免有情属斯人

　　若华站在秋枫的身后，见他眼睁睁地直到汽车没了影儿，兀是出一会儿神，而且同时又轻轻地叹了一口气，便忍不住笑着问道：

　　"朱先生，怎么啦，你又叹气了？"

　　"你想，我才代庖了一天，就出了这个乱子，那不是叫我心里很不受用吗？"

　　秋枫一听有人这样问着，这才理会自己身后还有李若华小姐站着，遂回过身来，拿手抬到头上去抓了抓，表示非常不好意思。明珍和露茜听了，却笑着插嘴说道：

　　"朱先生也太会多心，上体育课的时候，血跌出了，那是常有的事，算不了什么稀奇的。"

　　"明珍和露茜这话不错，况且玉人的伤势也不重，休养两天也就好了。那么朱先生从前在学校里的时候，学生因运动受了伤，难道教员也都担着抱歉吗？"

　　若华秋波盈盈地斜乜了他一眼，忍不住笑了。明珍和露茜凝望着秋枫的脸儿，也抿嘴憨憨地笑。秋枫瞧她们这个情景，方才意识到她们这个笑，至少是含有些意思的，似乎在笑自己所以这样不安，未免和玉人有了特别的好感。因为避免她们的猜疑，不得不竭力装作毫不介意的神气，点头笑道：

　　"我也并不是老担着抱歉……"

19

秋枫说到这里，又觉得说不下去。因为既然没有老担着抱歉，何必又显出很不安的神气呢？还不是自相矛盾了吗？好在别人家却也不曾注意到这一点，明珠和露茜向两人一鞠躬，已是背着书包回家去了。这里秋枫和若华也慢步地踱进到教务室中来。

　　晚上吃过了饭，秋枫漱洗完毕，黄其俊虽然原有被铺在校内，但秋枫觉得很不方便，反正外面自己有寓所，当然还是住到自己寓所里去好，况且子夜十二时后，自己还要到报馆里去一次。所以在七点敲过以后，他便两手插在西裤袋内，慢步地踱了出校去。

　　蔚蓝的天空，好像洗过了那样碧青，当空嵌着一轮光圆的明月，因为是没有浮云流动的缘故，月亮姑娘圆圆的脸庞，被那青天相衬托，是更加显出皎洁得可爱。秋枫抬头望着那月儿的光芒，心里觉得这又是象征着一个纯洁的姑娘。于是在他脑海里又浮现了玉人可爱的脸庞，今天的事真不幸，累玉人受了伤，这实在是我的不好。不过事情也奇怪，玉人已跑到了终点，怎么却会跌了一跤呢？也许她是太兴奋的缘故了吧，因为她的明眸当时是只管瞅望着自己，同时掀着酒窝儿又娇媚地笑，我知道她的一颗小心灵，在那时完全是只注意在我的身上，所以两脚是绝不会顾到地上的石子的了。唉，这老天似乎也太会捉弄人了。想到这里，不免又感到好笑，这事怎么牵涉到老天身上去，那真是太没意思了。大凡一个人，自己心中有了不如意，就会恨天怨地，其实天地原是个木然无知的造物，可是不如意的人儿，偏偏要恨是老天捉弄人，那老天的冤枉，真也可谓是没处申诉的了。于是秋枫又觉得今天玉人的受伤，也许是在她生命过程中注定的了。

　　"朱先生，你到哪儿去？我们一块儿去玩玩怎么样？"

　　忽然那边树丛中走出一男一女的黑影来，因为是骤然之间，所以倒把秋枫吓了一跳。但听了这声音，晓得是李若华。果然就在话声在空气中流动了后，那若华和一个年轻的西服男子已是走到面前。虽在月光依稀之下，但亦瞧清楚那男的脸蛋儿是个挺俊美的。

"我给你们介绍，这位是我校中教授朱秋枫先生。这位是我的表弟杨维贤，他还在民华高中部里肄业。"

"久仰久仰，朱先生不是在华北日报馆里做主笔吗？您的大名，我是早已深印在脑海了，只是没有机会来拜访你，今天真幸运得很！"

"太客气，太客气，在《华北日报》里我原不过帮忙性质，谈不到主笔两字。这里又是给一个朋友代庖，所以东奔西跑也无非空忙罢了。"

经李若华这么一介绍，两人这就紧紧地握了一阵子。秋枫听维贤这样客气地羡慕自己，当然也不得不微笑地谦虚着。若华瞧了，抿嘴笑道：

"朱先生，你也不用客气，你是个学界老前辈，我表弟还是个初抽的萌芽哩，所以我希望你能随时指教他，这是使表弟很感激的了。"

"哪里哪里，李先生说这些话，可不是叫我太难为情了吗？若论学界老前辈，看这里三个人，就要推你李先生的了。"

秋枫连连摇着手儿，维贤笑了，若华弯了腰肢，也哧哧地笑。新秋的天气，夜风微微地吹到身上，尤其在嬉笑的时候，那是更感到了一阵轻松和凉快。

"朱先生，我们同去玩玩好不好？怎么啦？老站着干吗？"

"对不起得很，今天报馆里尚有些儿事，恕我不能奉陪了。反正往后的日子多着，我们待将来休假日子里畅游吧。"

若华停止了笑，秋波向秋枫瞟了一眼。秋枫似乎没有心思应酬，就这样婉转地谢绝了。若华虽然不晓得他报馆里是否真的有事，不过人家既不同意，当然毋庸勉强，遂笑了一笑，于是在校门口彼此便点头别去。

这是一间小小的卧室，里面的家具是相当简单，因为是布置得适当，所以颇觉得雅致美观。柚木西式梳妆台上的那架意大利石的亭形时钟，已指在七点三十五分。室中是亮着一盏纱罩的淡蓝的灯泡，因为光线是很青荫的，所以反映到窗上拉拢的微紫的帷幔，是更显出了一种神秘而又醉人的色彩。

上首斜角地摆着一张橙黄的半铜床，床后一架矮小的书橱，里面堆满了各种的书籍，大概室中主人是爱好文学的缘故，所以大半的书本都是厚厚的文学巨著。这时床上躺着一个年轻的姑娘，她用枕儿靠在床栏上给自己的身子倚偎着，上面盖了一条妃色的绸被，两条粉嫩圆润的玉臂还撩出在被的外面。她两只乌圆的小眼珠，只管凝望着床旁玻璃小桌上放着那个裸体石膏的美女像，仰起了脖子，披长了头发，一腿曲着，一手举起了那只小灯泡出神，她的脸上似乎还含了笑容，显然是在忖她的心事。这个少女，就是周玉人姑娘。

"玉小姐，学校里的朱先生来望你了，他还送来一只红木玻框装成的银杯，说是小姐得的锦标。太太叫我问小姐睡了没有，可要接见他？"

正在静悄悄的当儿，忽然房外走进一个仆妇，向玉人笑嘻嘻地问着。这骤然来的消息，倒是出乎玉人的意料之外，一颗芳心顿时像小鹿般地乱撞。也许是喜欢得兴奋过了度，一时睁大乌圆的眸珠，倒反而半晌回答不出一句话。良久，方掀起了笑窝儿，说得一句"可真的吗"。仆妇听小姐这样问，忍不住微笑道：

"那是什么话？我敢骗小姐吗？"

"那么妈的意思怎样说呢？妈叫我接不接见啊？"

玉人听仆妇王妈这样说，心中也不免暗自好笑，自己真也乐糊涂了，王妈怎敢说谎呢？但是妈妈的意思是否叫我接见？虽然朱先生原是我的先生，不过自己的年龄也不算十分小了，一个女孩儿家的卧室，叫一个年轻的男子进来，到底有些儿难为情，所以她又向王妈郑重地问着。王妈听了，抿嘴笑道：

"太太说随小姐的意思，小姐高兴接见就不妨和朱先生谈一会儿。因为朱先生是特地来慰问小姐的受伤，所以倒不好意思拂人家的一番盛情。"

玉人听妈是这样说，可见是并不用避什么嫌疑，自己原是一个小孩子，那当然对于一个先生，根本是毫不用有些别的意思了，遂频频地点了点头，却是并没说什么。王妈虽不见小姐说话，但从她这种意态中瞧来，显然是已经答应了，于是便悄悄地退了出去。大约不到两分钟后，就听到一阵革履声从客室里响过来。显然这声音不止只有一个人，果然见妈妈在前，朱先生在后，王妈捧了那只红木玻框装成的银杯，也跟了进来。玉人心里一得意，眉毛一扬，那颊上的笑窝儿这就掀了起来，很清脆地叫了一声朱先生。秋枫含笑答应，一面问道：

"玉人，你的伤处可仍痛吗？"

玉人明眸脉脉地凝望着秋枫，微微地摇了一下头，却点点地报之以浅笑。王妈把那只银杯放在梳妆台上，一面倒上三杯热气腾腾的玫瑰茶。秋枫道了一声谢，遂退身到百灵桌旁去坐下了。月亭望着玉人，微笑道：

"为你的受伤，朱先生又特地来看望你，并亲自送来一只银杯，说是你得的锦标。朱先生这样疼爱你，你千万在朱先生面前别淘气才好。"

秋枫听月亭这样说，心里似乎有一件什么东西猛击一下，顿时感觉到万分的惭愧，禁不住脸颊儿涨得绯红。但是他又竭力镇静着态度，微笑了一笑，说道：

"玉人虽然跌了一跤，但到底仍旧达到了她得锦标的目的。物件虽不成样，不过也算是个纪念。同时玉人因受了伤，这是觉得更加的荣誉，所以我要玉人不感到受伤的痛苦，便连夜送来了。玉人见了，大概也一定很喜欢吧？"

玉人听秋枫这样说，觉得他的话，真没有一句不是说到自己的心坎里，连连地点了两下头，她那玫瑰花儿般的颊上，这个深深的笑窝儿也就始终不曾平复了。

"朱先生还不曾用过晚饭吧?"

大家静了一会儿,秋枫握着玻璃杯子,凑到红润的嘴唇皮上去,一口一口地呷着玫瑰茶。玉人觉得室中空气是太静悄,于是笑盈盈地又向秋枫搭讪问着。秋枫放下了茶杯,微抬起头来,不料齐巧和玉人瞧个正着,玉人忍不住又嫣然笑了。秋枫忙答道:

"我是在学校里早已吃过了,玉人今天晚饭吃多少?"

"我嘛,吃三碗……膝盖虽跌伤了,对于胃口原没妨碍的,而且觉得味儿还特别地好呢!"

玉人听秋枫问自己晚饭吃多少,她已理会秋枫所以这样问的意思了,便很快地伸出三个手指来,笑嘻嘻地回答。说到后面一句,还把舌儿一伸,这意态是只有十四五岁的孩子做得出。秋枫觉得玉人的聪明和淘气,实在还不脱是个孩子的成分,一时望着她的粉颊儿,也不禁为之神往了。

"小姐平时最好的胃口也只不过吃两碗罢了,哪里吃得了三碗哩!"

王妈偏是个实心眼儿的人,可是这并不能讨玉人的好,反而遭了玉人一个白眼。月亭抚着玉人的手儿,望她一眼笑了。玉人微红了脸儿,也不禁哧哧地笑。秋枫这才明白玉人所以要说吃三碗,是因为怕自己担心她的受伤。从这一点看来,玉人不但是心细如发,而且还惯会体贴人家的心理。这样温柔的性情,又绝不是孩子所能够想得到了。秋枫心中愈感到玉人的可爱处,同时也愈感到坐立不安,好像良心在对自己说:"她的妈是把你当作了一个诚实的良师,你不能因感到她的可爱而去爱上她啊!"秋枫内心既然是这样思忖,他再也坐不下去,于是便站起身子,说要走了。玉人见他好好儿地坐着,忽然立刻要走了,芳心倒是一怔,凝眸瞅着他一会儿,却是并不说话。月亭似乎也感到有些奇怪,遂留着笑道:

"朱先生特地来望我的玉人,那真叫人感激。但既然来了,就不妨多坐一会儿,反正又没有什么事情,回去不是也睡觉吗? 时候早哩。"

"事情倒是没有，只不过多坐了，你们可不能早些儿安置呢。"

秋枫听月亭这样说，搓了搓手，便又坐了下来。月亭站起身子，笑道：

"我们睡觉也真早哩，朱先生和我玉人谈一会儿，我去去就来。"

月亭说着，便自管走出房去，王妈也跟着走出。秋枫暗想：月亭仅让我一个人在她女儿的房中，可见她竟不把我当作外人了，但是人家愈看重自己，自己终也得不使人家失望才好。秋枫这一阵子呆想，脸部的表情不免是出了神，谁知瞧在玉人的眼里，芳心更加地猜疑，忍不住开口叫道：

"朱先生，你过来，我有话问你。"

玉人这几句话，似乎是带了一些命令式的口吻，听进在秋枫的耳里，一时倒不禁为之愕然，两眼凝望着玉人的脸蛋儿，出了一会儿神，怔怔地问道：

"你和我有什么话说，你只管说好了。"

玉人见他并不肯过来，知道他是因为避着嫌疑，便把秋波瞟他一眼，憨憨地显出顽皮的样子，轻声儿问道：

"朱先生，我可没有什么地方得罪你吧？"

秋枫想不到她会问出这一句话来，一时更弄得丈二和尚摸不着头脑，"咦"了一声，身不由主地站了起来，急忙问道：

"玉人，你这话打哪儿说起？我何曾说你有得罪我的地方呀？"

玉人见他这样慌张的神情，倒忍不住抿着嘴儿又哧哧地笑了一回。她把雪白的牙齿微咬着殷红的嘴唇，似乎是竭力忍住了笑，秋波似嗔非嗔地瞅着他的脸儿，带了一种怨恨口吻似的说道：

"那么我既没有得罪你，你干吗立刻就要走了呢？三分钟都不到，那不还是不来好吗？"

秋枫听了这话，方才知道玉人是因为怪我立刻就走，怪不得她刚才沉着脸儿，好像显出很不高兴的样子，玉人这姑娘倒是挺会多心的。不过听她现在这几句话，简直不像是对一个自己师长所说的。她的所以对我表示这样亲昵，是否是一味的孩子气，使着小性儿，抑是她也爱上了我了。但照她这神情看来，不管她懂不懂这爱的意思，总之，她和我表示特别的好感终是实在的了。秋枫本来应该是可以很快乐，只因为有了月亭的一句话，他的心里反感到了有些局促不安了，但表面上不得不装出毫没那样意思的神气，"哦"了一声，微笑着解释道：

"你误会了，刚才我不是向你妈说，恐怕累你们不能早安睡了吗？至于我的心里，倒是很喜欢多坐一会儿才走呢。"

玉人听秋枫这样说，心中这一快乐，情不自禁地身子坐在床上，竟一松一颠地动起来。秋波脉脉含情地向他瞟了一眼，掀着笑窝儿，急问道：

"朱先生，你这话可真的吗？你既然不讨厌这儿，那么你就不妨多坐会儿，同时我还希望你以后常常来玩，不知朱先生肯答应我吗？"

本来这也不是什么不能答应的问题，玉人似乎唯恐秋枫不答应，所以在答应下面，又加上了一个我字，表示我是这一份的热情的要求，使秋枫有不可拒绝的样子，同时加了一个我字，显然又是孩子的口吻。秋枫见她这一种欢跃的情景的表示，知道她还是坐在床上，所以有了拘束。假使她站在地上的话，那可以完全相信，玉人一定要手舞足蹈了。这也奇怪，我们究竟还是初见面的师生关系，谁料她会和我表示这样的好感，难道五百年前，我俩有这么的一段……这下面两个字，秋枫再也想不下去。心儿是在胸口跳跃得厉害，全身似乎感到一阵怪热燥的。两眼凝望着玉人的脸蛋，却是呆呆地怔住了。

"咦，朱先生，你痴了，怎么老望着我，不回答我呀？你敢是不喜欢到我家里来玩吗？"

玉人见秋枫并不回答，却是目不转睛地只管盯住了自己。一阵无限的羞涩渗入了她处女善感的心房，顿时使她的两颊上笼罩了一层桃色的红晕，一撩眼皮，明眸白了他一眼，悄声地问着。说到后面，忍不住低下了蝤首，抿嘴又哧哧地笑了。秋枫这才理会自己的态度未免是有些儿失常，慌忙倒退了两步，依旧在椅上坐了下来，微笑道：

"哪会有讨厌两字呢？因为你说得过分客气，所以倒叫我一时回答不出话来了。"

秋枫后面这两句话，原是要避去所以不回她和老望着她的难为情，不料听进在玉人的耳里，一颗芳心就感到了十分有趣。就是我说得过分客气，也何至于使你到呆若木鸡的地步？于是抬头瞟了他一眼，忍不住又哧哧地笑了。但是又觉得不好意思，所以还不到半分钟之间，那头儿又垂了下来。秋枫瞧了她这个情景，知道自己这个措辞大概有些不妥当，所以引起了她这样好笑，一时也不免脸儿红了起来。觉得玉人虽然是个孩子，倒也不能完全当她小孩子看待，自己的说话需要酌量酌量，不能太随便。秋枫这样一想，回眸又去望了她一眼。只见玉人兀是垂下了脸颊儿，两只白白胖胖的小手儿却在玩弄着那一方丝帕儿出神。凭了她这一副不胜娇羞的意态，可知玉人的确已由童年时代而渐渐进展到情窦初开的处女时代了。那么玉人所以和我表示这样的亲昵，难道是已有了爱素的作用了吗？抑是因为发育的完全，生理上的变态，自然而然地对于一个异性的男子而发生好感了吗？但是我和她的年龄似乎差得太远，虽然猜想过去，最多也不过十年左右，可是我们究竟是师生关系，同时又因为月亭太诚实地对待我了，使我在心灵上好像反受了一重束缚。秋枫想到这里，不免深深地叹了一口气，因为是情不自制，所以那叹声是颇觉沉重。但送进在玉人的耳中，一时倒不禁为之愕然，立刻抬起头来，颦蹙了双眉，明眸瞅着他的脸儿，呆望了一会儿，问道：

"朱先生，你怎么啦？不高兴我没招待你吗？好好儿的怎又叹气了呀?"

秋枫被她这样一问,方才理会自己叹气的声音是太重了一些,引起了玉人的注意。这就忍不住笑起来道:

"不是,不是,我并不曾叹过气呀,一定是你听错了……"

秋枫说到这里,仔细一想,自己觉得这话也不对头。这个室内,原只有两个人,自己先说不是,显然气是叹过了,只是并不怪玉人的不招待罢了。可是接着又辩说没有叹过气,同时在后面一句,又说玉人听错了,那是最笑话。既没叹过气,室中静悄悄的,根本没有听错这一句话,有听错了这一句话,仿佛自己还有说过什么似的。这三句话,不免是太自相矛盾,所以他再也说不下去,忍不住又笑个不停。玉人见了他这个模样,真是弄得莫名其妙,雪白的皓齿咬着红润的嘴唇,凝眸沉思了一会儿。这次玉人虽然聪明,却再也理会不到他是什么意思了,不禁"嗯"了一声,似嗔非嗔地叫道:

"朱先生,你这是做什么啦?我实在太不明白了,你快告诉我吧!"

"真的没什么,因为你说我叹气,我高高兴兴的怎么会叹气呢,所以我忍不住好笑了。玉人,你的膝踝可痛不痛?走不来路,明天是只好请一天假了。"

秋枫见她竟向自己撒起娇来,那显然是稚气未脱,令人更感到可爱。但她既然没理会,遂也圆了一个谎,接着又拿膝踝的伤来混过去了。玉人听了,摇头说道:

"不去碰着它是不痛了,我想今晚睡过夜一定好了,明天我想仍到学校里去上课,因为一个人老闷睡在床上,不是也太无聊吗?"

"但是走路也是很痛苦的。所以我劝你还是明天休养一天。睡在床上没事做,可以看书,听听无线电,不是很可以解闷吗?"

秋枫指着床后那架书橱和书橱旁红木架上放着的那只无线电,笑着说,同时身子站了起来,慢慢地移步到床后。玉人频频地点了点头，眸珠一转，含笑道：

"且待明天再说。假使能走路的，就来上课，不能走路，也只好懒一天学了。"

玉人说到这里，把舌儿一伸，竟是哧哧地笑了。秋枫瞧了她这一样天真可人的神情，真是爱到心头，不免荡漾了一下，说道：

"这怎么可以说你懒学，全是我不好，做出那赛跑的新鲜玩意儿，累你吃这个苦，真叫我心里抱歉得什么似的呢！"

"朱先生，你又说这个话了，这是我自己不小心，岂可以怪你的吗？体育这一课原是每个学校都有的，朱先生假使要怪自己，倒先要怪学校里不该有体育这一课了。"

玉人听他又怪自己不好，便连连摇着手，秋波水盈盈地凝望着他，笑嘻嘻地说。秋枫见她柔声儿地说得入情入理，虽然颇觉有趣，但仔细回味起来，觉得她这几句话中，实在是包含了无限的深情蜜意。一时望着她玫瑰花朵般的两颊，竟感动得说不出一句话，忍不住微微地笑了。

"朱先生，你这只银杯特地去制来的吗？那实在可不必，不是多花费了你的钱吗？其实不给也得，我们又不是真的开什么运动会。"

两人凝眸相对望了一会儿，玉人觉得很不好意思，倒又害起羞来，慢慢地回眸过去，避过了秋枫的视线。不料在梳妆台上又瞥见那架红木玻璃框子的银杯，于是她又很快地回过头来，笑盈盈地说。秋枫忙道：

"定制哪有这样快，这是我现成放在家里的东西，并不是去花钱买来的。这种东西我实在太多，有刻字的，有没有刻字的，刻字的当然不能再用了，这只银杯是并不曾刻过字，所以我先拿来给你，让你见了也好欢喜。待明天你伤好了，我给你再拿到银楼店刻字去吧，以便留个纪念。"

玉人听他这样说，频频地点了点头，扬着眉儿，明眸脉脉地凝望着秋枫，掀起酒窝儿，不禁憨憨地笑。在她这柔和的目光中，是包含了无限的感谢之意。秋枫觉得自己站得离床那么近，似乎有些不雅，遂又退回到椅上去。因为没有什么话好说，若这样呆着，也很不好意思，遂拿起桌上的那杯玫瑰茶，又凑到嘴上去喝一口。玉人瞧他这个意态，显然是很觉得无聊，遂伸手开了收音机，向秋枫笑道：

"朱先生，你可沉闷吗，开无线电解个闷儿。你喜欢听什么？京戏、唱歌、大鼓、蹦蹦……"

秋枫见她说了这许多种，便放下玻璃杯子，望着她笑道：

"我什么都爱听，你喜欢听哪一种？"

"我最爱听歌唱，东亚电台播送的全是时代名歌，朱先生，你听着吧。"

玉人一面说，一面早已把那指南扭到东亚电台的调波上，只听一阵清脆悦耳的歌声早在室中的空气中流动了。两人静静地听了一会儿，只见月亭含笑走了进来。后面跟着王妈，手中捧了一盆虾仁炒面，放在百灵桌上。月亭说道：

"朱先生，吃不来的粗点心，稍许请用些儿，别客气。"

"啊哟，周先生，这是打哪儿说起？你自己太客气了，这真叫我有些儿不好意思呢！"

秋枫见月亭待自己这样殷勤，心中倒反而感觉得不安，两手搓了搓，显然这意态是很不好意思。玉人见了，扑哧地笑道：

"朱先生，这也没有什么不好意思的。你一个男人家，怎么也和我们女孩儿家在外做客一样的呢！看将来我到朱先生家里来，一定是不会和朱先生那样客气哩！"

秋枫再也想不到自己会被一个女孩儿说女孩儿家，心里真是又好笑又难为情，明眸望她一眼，谁知她兀是脉脉含情地哧哧笑，因也笑道：

"照你这样说，我还及不来你老练了……"

秋枫这一句话，说得月亭也笑起来。玉人扑哧的一声，别转头去，两臂伏在枕上，却是好一会儿没有声息。秋枫虽听不到她的笑声，但单见了她微耸的肩胛，可想她是在笑得那份儿的有劲了。月亭一面请秋枫吃些，一面回眸向床上望着，微笑道：

"玉人这孩子痴了，那也值得这个样儿吗？本来你也太淘气，怎么可以向朱先生这样顽皮呢？"

"玉人别笑了，别笑了，快大家来吃面……最好拿只碟子来分一些给她。"

玉人听秋枫这样说，方才坐正了身子，对他连连摇着手，说道：

"朱先生，你自己请用，这面油腻得很，我是不爱吃的。而且我也不饿，饿了可以吃几片饼干，王妈，你在罐子里拿几片给我吧。"

王妈听了，遂在罐子里取出几片香蕉夹心饼干放在床旁的玻璃桌子上。玉人拿来放在嘴里，吃了一口，忽把饼干向秋枫一照，又笑道：

"朱先生，你可要吃一片？"

"多谢你，你请自己吃，我就吃这个面了。"

秋枫把筷子向炒面盆上点了点，月亭笑了，玉人抿着嘴儿也娇媚地笑起来。吃毕了面，王妈拧了手巾，重又泡上两杯澄绿的雨前茶。月亭在烟罐子里抽出一支烟卷，向秋枫递了过来，笑道：

"朱先生可吸烟，我自己烟不会吸，所以常常忘记拿烟敬客的。"

"周先生，我烟也不常吸的。"

月亭听他说不常吸，显然他是稍许吸吸的，遂拿过火柴，给他划火，说道：

"反正左右无事，抽支玩玩也行，我陪你一支，大家应个景儿。"

秋枫这就不能推却，只得站起身子，说了一声劳驾。秋枫拿了烟卷，微昂了头儿，默默地望着从嘴上喷出来的烟圈，一圈一圈地向上面腾起，由浓而淡，终至于到散布在整个的室内。因为彼此不说话，室中空气是静悄悄的，只有收音机的很清脆的歌声轻轻地在播送。

月亭和秋枫也只今天早晨才认识，对于秋枫的身世，自然也没有彻底的知道，本来很想问一问，因为自己女儿和他似乎表示特别的好感，所以恐怕误会起见，倒反而不好意思问了。虽然秋枫和玉人原是师生关系，不过秋枫的年龄并不大，容貌又美，自然能够获得女孩儿家的可亲了。但是秋枫的才学是相当好，因了他的才学好，品格方面自然也很清高，这似乎有连带关系的。所以对于玉人和他表示好感，我倒并不有什么忧虑，而且还感到很安慰，因为近朱者赤、近墨者黑，我既认为秋枫是个有作为的前进青年，那么玉人和他在一块儿，至少可以得到一些文学上的进步。月亭所以对于秋枫这样信任和重视，其原因就在这一点。

秋枫这时心中也在暗暗地想：玉人的妈妈真是一个慈祥的妇人，不知她的丈夫在哪儿办事的？为何没有听她们提起过？莫非玉人的爸爸已是过世的人吗？这也说不定，否则我到这里来，当然先由他来招待我了。但是这也不过是我的猜想，也许人家出去了，或者不在北平，那我倒不能触人家霉头。意欲问一问，可是人家并不说话，自己也有些冒昧启齿。

玉人见秋枫只管抽烟，妈妈却自管喝茶，两人静悄悄地不开口，正想找些话来闲谈，不料秋枫已是站了起来，说道：

"时候不早，我吵扰了你大半天，走了走了，请你们早些儿安息吧。"

"十一点还没到，这样要紧干什么？"

秋枫听玉人这样说，倒忍不住笑起来了，望她一眼，说道：

"十一点可不早啦，明天你不读书，原可以睡晚一些，可是你妈却要到学校去呢。"

玉人见秋枫已是站了起来，便把身子略向前俯仰一些，似乎很想起来送客一般。月亭道：

"太晚了，夜里走路不便，那么我也不留你了。朱先生，真对不起你，还要你亲自劳驾来慰问哩。"

"周先生，你别说这些话，大家还是不用客套的好。那么玉人明天最好还是休养一天，虽然用功原是要紧，但也不能勉强。"

秋枫对月亭笑着说，同时把明眸却望到了玉人的脸上来。玉人对于朱先生这份儿深情，似乎不忍拂他，遂频频地点了点头，含笑说道：

"那么明天放晚学的时候，朱先生有没有空再到我家来玩玩呀？因为我一个人在家里，实在冷清哩！"

"很好，假使我没有什么事情，我一定和周先生一同回来望你……那么你好好儿养息，我走了。"

秋枫说着话，身子已是向房门口走。玉人仿佛很急促地又说道：

"朱先生，你走好，我不能送你了。"

秋枫嘴里应了一声，心中却是荡漾了一下，暗想："你走好"这一句话，是体贴多情极了，不过回味起来，究竟不能脱去孩子的口吻。这样一阵子呆想，身子已是走出了会客室。这才意识到后面月亭还在送客，于是忙又回过身来，说道：

"周先生，请你留步，你别太客气，否则使我心里反感到不安。"

月亭见他这样说，于是便在院子里停住了步。秋枫向她行了一个礼，说声"明儿见"，身子已向前走。王妈早开了大门，秋枫一脚跨出门坎，犹听月亭在院子里说道：

"朱先生，恕我不送了。"

秋枫这就又回过头去，摇了一下手，但不到三分钟后，那王妈把大门已砰的一声关上了。

秋枫匆匆地到报馆里，瞧了瞧路透电的消息，当下便到办事室的写字台旁坐下，开了自来水的笔套，抽过一张写稿纸，簌簌地伏案写了一篇社论。又和馆中同事闲谈了一会儿，直到壁上的钟声已响了子夜一下，方才和众人作别，悄悄离开了办公室。

　　碧天如洗，万里无云，只有那一轮光圆的明月，在放射出一缕缕的柔软的光芒。四周是静悄悄地毫无一些儿声息，热闹的都市已变成了冷僻的荒郊。在巍巍然高耸天空的华北日报馆的大厦里，走出来一个身穿西服的年轻男子，趁着那清辉的月色，急匆匆地踏上了归家的道路。

第三回

酒绿灯红传媚眼
药铛茶灶示灵犀

  杨维贤的爸爸杨惠祖，原是江苏吴县人，自从迁居上海，创办实业，一帆风顺，竟挣有了百万家产。原配李氏，生子一，就是维贤。维贤年十八，生得唇红齿白，眉清目秀，十分俊美。生性虽然聪明，但是因了环境优良，因此不知道人世间有痛苦的事，只晓得吃馆子、上跳舞场、看戏院。若华是李氏的哥哥女儿，不幸父母早亡，所以自幼寄居惠祖家里，她和维贤原属中表姐弟，但是年龄却相差了十年，维贤小时，常随若华游玩，所以两人感情颇好。

  维贤既然只晓得交际游逛，对于书本子自然不肯用功。因了不肯用功，学业哪里还会好了吗？所以每学期的考试成绩，终是"少力"两个字眼拼拢来的等级，因为有钱，竭力向学校疏通，总算勉勉强强地升了级。好在现时代的学校相当马虎，所谓"校门八字开，无钱莫进来"，可见学校虽为普及教育、培植良好国民而设，但到底还不脱是带些儿营业的性质。这句话说来未免言过其实，苛责太甚，教育界中的人物难道是不用吃饭的吗？终不见得饿了肚子来教育学生的。这话自然也是相当对，好的学校固然有，坏的学校更要多，这里所说的也未始没有。

  前年的春天里，维贤因为在上海学校里似乎是没有什么脸儿可以再读下去，所以写信给若华，叫她在北平给他找个好些的学校，预备转学到北平去。若华一个人在异乡客地，正感到苦闷，今接表弟来函，自然十分喜欢，当即给他介绍入民华中学读书。维贤自到北平求学，似乎恐怕被表姐见笑，所以对于书本稍会当些儿心，因此每学期考试成绩总算也不至于再戴"少力"的头衔了。近两年来，若华见维贤长得这样风流貌美，而自己又无对象，一颗芳心不免爱上了这个表弟。但一想年龄的差别，表弟固然不会喜欢自己，姑爸姑妈也绝不会赞成有这一头姻缘。若华到此，对于人生不免是引起了无限的悲观。好在维贤对于这位表姐是特别地表示好感，有空闲的时候，常来约她出去游玩。若华虽不希望和表弟有圆满的结果，但眼前既没有对象，真所谓慰情聊胜于无罢了。

这天晚上，若华和维贤在校门口和秋枫分手，两人便坐车到燕华饭店，乘电梯上四楼，踏进了新都舞厅。只见那四周布置着夏威夷的风景，一阵阵悠扬的爵士音乐播送到耳里，顿时全身有股电流直灌注到脚尖，那脚尖就会奇痒起来。侍者给两人找到一个座位，泡上两杯白菊花茶。若华和维贤的两眼这时都注视在舞池里，只见那一对一对的舞伴，搂着腰肢儿，勾肩搭背，进进退退，翩翩地作婆娑舞。在暗绿色含有神秘性的霓虹灯光下瞧来，更觉得醉人心神，荡人魂魄。

"表弟，近来姑爸可有信来？想他们俩老人家的身子一定很好吧？"

静悄悄地坐了一会儿，若华绕过无限媚意的俏眼，向维贤瞟了一眼。维贤点了点头，望着若华的脸庞，忍不住微微地一笑。若华不知他这个笑究竟有什么作用，遂白了他一眼，娇嗔道：

"你笑什么？难道我这两句话有什么可笑的地方吗？"

若华这种娇嗔的意态，在神秘的红绿灯光下，瞧进到维贤的眼里，觉得这位表姐的年龄虽然大一些，但却也有另具一种妩媚的风韵，实在很令人可以感到她的可爱。情不自禁地偎过身去，握住若华的手儿，顽皮地笑道：

"我以为既坐到这里，就不应该谈这一种无聊的话。表姐，我们

36

还是去舞一支吧，挺好的探戈舞步子，错过了岂不可惜吗？"

维贤这两句话，倒不禁使若华为之愕然，瞅他一眼，说道：

"什么？你这是哪儿话？我问姑爸姑妈身子好不好，是无聊的话吗？唉，你这个没良心的人儿，姑爸姑妈真白疼你一场了。"

"表姐，你这话未免太苛责我了，我的意思原是到舞场里来，就别谈这些话，最要紧的就是跳舞，并不是我心里不记挂他们老人家，我在睡梦之中，也常常见妈开洋箱取钞票汇给我呢。"

若华听他这样说，心里又好气又好笑，同时又感到无限的叹息，黄金作祟，也许是环境造成他这样的一个性情。遂恨恨地把他手儿摔开，白着眼儿，笑道：

"我问你，你到底记挂你的妈妈呢，抑是记挂洋箱里的钞票呀？"

维贤听了这个话，脸儿倒是涨得绯红，但忽又搭住了若华的肩头，凑过脸儿去，咪咪地笑道：

"表姐你别误会我的意思，我是先记挂妈妈，后记挂钞票的。想着妈妈的爱我，她知道有一个月没汇钱来了，我一定闹着贫血，所以她又要给我汇钱了。你想，妈妈这样的慈爱，怎能不使我心里记挂呢？"

"所以我才说你妈妈是个孝子哩！"

若华说了这一句话，忍不住咪咪地握着嘴儿笑起来了。维贤却没有理会到这一句话的正反面，却伸手去拉若华，和她一同到舞池里去欢舞了。

"表姐，你近来的身子似乎胖得多了，想来很快乐吧？"

维贤在舞池里紧紧搂着若华的腰肢，偎着她的心胸，只觉得若华的两个乳峰隆起，绵绵软地好像两个棉花团贴在身上，经过了微微的摩擦，感到了一阵热烈的电流灌注到全身的皮肤里，每个细胞里顿时起了异样的变化，不禁把嘴儿凑到她的耳边，笑嘻嘻地问着。若华原是个聪明的人，听他这样说，便骤然将他身儿推开，秋波斜乜了他一眼，绷着粉颊儿嗔道：

"你这人愈大愈顽皮了，胡说乱道的，当心我撕你的嘴。"

"咦，表姐你这是什么话？我何曾胡说乱道呀？你这几天来真的白胖得多了。"

若华见他还要涎皮嬉脸地说着，遂把搭着他肩上的手儿抬到维贤的颊上，恨恨地拧了一下，笑嗔道：

"几天来就会白胖了吗？再说我人也要老了，还谈得上白胖两字吗？显然你有心挖苦我，我不给你些儿辣手，你也不晓得我表姐的厉害了。"

"啊哟，表姐，你这人真也太会多心了。我要是有心挖苦你，那我定没好结果的……好表姐，你快放了手，就饶我这一遭儿吧！"

维贤把舌儿一伸，显出顽皮的神气，说到后来，竟带了哀求的口吻。若华见他发了誓，便放了手，又在他肩上打了一记，说道：

"这孩子说话就不知轻重，那也值得发誓的吗？照你看来，那么我真的还不老吗？但是年龄可已不轻哩。"

若华说到这里，轻轻地叹了一口气，似乎是勾引起无限的哀怨。维贤瞧她这个情景，哪有不明白的道理，便假装认真地说道：

"真的，像表姐这样的丰姿，最多也只不过二十一二岁好看了。"

"真的吗？你别给我说好听话吧。"

维贤说的"只有二十一二岁好看"这句话，顿时把若华一颗已枯槁的芳心重又蓬勃起来，心中暗想：假使我真的还只有这样年龄好看，那我和秋枫实在还很可以配成一对了。想到这里，这一颗心儿也就乐得怒放了，情不自禁地把身子直偎了过去，很兴奋地问出了一句"真的吗"，但不到一分钟之后，她又觉得这是空口白话，绝不是实在的，把她一颗火热的芳心仿佛泼上了一盆冷水，立刻又灰了下来。维贤见她这样热狂的神情，一时把自己的脸儿也直贴到若华的颊上去了。不料就在这个当儿，那音乐的声音竟已停止，两人只好携手归座。维贤顽皮十分地偎着若华怀里，微昂了头儿，望着若华的粉颊，笑道：

"表姐，我不是奉承你，在我眼中看来，你实在是个挺美丽的女子哩！"

"不要你胡嚼了，快坐正了，那像什么样儿？"

维贤这两句话送进在若华的耳里，心中不免荡漾了一下，喜悦激起了她无限的娇羞，两颊上泛起了一朵鲜美的桃花，秋波盈盈的俏眼儿睃了他一眼，忍不住妩媚地嫣然笑了，一面又把纤手推着维贤的身子，叫他坐正了。维贤躺在她的怀里却不肯起来，憨憨地笑道：

"这要什么紧？十年前姐姐不是常抱着我玩吗？你是我的大姐姐，我好像把你当作妈妈看待哩，你难道还在我面前害羞吗？"

"呸，你这呆话要折死我了……"

若华啐了他一口，忍不住又哧哧笑，纤手按着他的肩儿，轻轻地抚着，真的不再推他起来。两人相倚相偎地坐了一会儿，仿佛这个样子，彼此的心灵上都得到一种很深的安慰，两性间的神秘，真是不可思议的了。

"表弟，你快起来，你快起来！那边我的学生来了……"

若华忽然瞥见东面有两个年轻的男女，臂挽臂儿地含笑踱了过来，似乎正在找他们的座位，男的不知是谁，女的认识是自己学生魏明珍，所以急急地把维贤拉起。就在这时候，那明珍好像也已看见李先生和一个年轻的男子坐在一处，芳心吃了一惊，因为自己是个学生子，在舞场里遇见先生，当然是件十分不好意思的事，所以急欲回身向后避去。但是她身旁的男子却是并不知道有这么一回事，手指向若华旁边那只座桌一点，说道：

"那边不是空着吗，我们就到那边去坐吧。"

明珍意欲告诉原因，但她的男友早已把她拉过来了。因此明珍的视线竟和若华瞧了一个正着，这就不得不红了脸儿，含笑招呼道：

"咦，李先生也在这儿玩吗……"

若华平时在校对于学生教导，总说我们在求学时代的女子，第一切勿身习浮华涉足交际场所，做那无益的娱乐，不料今日在无意之中，却遇到了学生魏明珍。在若华心中暗想：明珍若窥见了我，她一定会避开的。谁料她不但不避开，而且还走上前来招呼，这倒出乎自己的意料之外。因此也只好装作毫不介意的样子，站起来答道：

"明珍，你刚才来吗?"

"是的，这位是我的校中先生李若华女士，这是我的表哥宋心尘。"

心尘见表妹竟也开通，一些儿不避嫌疑地和校中先生相见，遂很恭敬地向若华行了一个礼，叫声李先生。若华遂也不得不向维贤给两人介绍，大家听一个是表兄妹关系，一个又是表姐弟关系，大家这就忍不住笑了。

"那么你们就在这里一块儿坐吧。"

彼此呆呆地站了一会儿，显然大家都感到局促不安。若华因为自己不能以身作则，竟被明珍发觉在舞场游玩，那么对于明珍的跑舞场根本没话可说，而且反觉得有些难为情，似乎是失了平日做教授的尊严。在明珍的心中，虽然是怕若华的责骂，但先生既可跑舞场，难道学生就不可以跑了吗? 要责骂也得先责骂自己，所谓仅仅只有五十步与百步之差，老鸦笑乌炭，彼此相等，所以胆子也就大了一半。若华见事情既已如此，遂也索性摆出洒脱的态度，把手在沙发上一摆，显然是叫他们一同坐下了。明珍见李先生没有什么怒意，知道她是哑子吃黄连说不出口，遂笑了一笑，点头和宋心尘一同坐了下来。茶役问吃什么，明珍说拿两杯咖啡茶。若华见明珍的神情，绝不是初次来玩，可见她是这儿的老主顾了。

"李先生和杨先生来了好一会儿吧，瞧电影闷气得很，还是这里坐着听听音乐好得多。"

明珍吩咐了侍役后，回眸过来向若华望了一眼，笑盈盈地说着。若华知道明珍所以这样说，是避免她和表哥到舞场来的意思，并不是跳舞，其主题还是着重于听音乐。听音乐三个字，似乎可以抬高自己的品格，绝不是因为醉生梦死的欢娱而来，原是美其名而遮饰羞涩的意思。不过这意思很好，正中自己的下怀，遂频频点了点头，含笑答道：

"我们来了也不多一会儿，谈谈话比较这儿自由一些，你们会不会跳舞？"

明珍听李先生这样问，一时想起学校里上课时候的教训，仿佛前后成了两个人。这也许是彼一时此一时，环境的不同，所以有着各地各种的论调，心里未免感到了有趣。不过到底还有些儿顾忌，摇头笑道：

"我们也不十分会跳的，偶然高兴，才去下海舞一次。"

"这种地方如果天天沉醉着，自然容易堕落，不过逢场作戏，于身心倒也不为无益……"

若华在这儿还俨然是先生的口吻，向明珍叮嘱着。在她这几句话的意思中，就是声明自己并不是常常来游玩的，原不过是逢场作戏，兴之所致罢了。不料维贤和心尘听了，竟不约而同地扑哧一声笑了。若华经两人这样一笑，顿时脸儿红了起来，自己也觉得这戴有假面具的措辞还是不说的话，心里真感到十分难为情，因为竭力要避免自己的难为情，遂装了个没理会，自管握起那杯菊花茶，凑在自己的嘴唇边，慢条斯理地一口一口呷着。

这时音乐台上的乐队已换了一班粤曲，悠扬地奏起时，那舞池四围的舞伴都纷纷地下舞池里去欢舞了。

若华和明珍耳听着这样美妙的歌曲，眼瞧着红男绿女相倚相偎旖旎的风光，扑朔迷离，五颜六色，令人意销魂荡。当初竭力熬住了的假面具，此刻不免要显出原形，再也忍不住那两只高跟皮鞋的后跟，在光滑地板上叽咯叽咯地合着节拍响起来。维贤和心尘似乎也已晓得两人的需要，便同时站了起来，含笑说了一声"我们也去舞一次"。明珍和若华巴不得两人有这一着，早已很快地站起，携手到舞池里去了。

心尘搂着明珍的腰肢，偎着明珍的粉颊儿，两人十分亲热地欢舞了一会儿。慢慢舞到暗绿的池角边，分开了身子，心尘凝望着明珍的娇面，笑道：

"珍妹，你的胆子倒也不小，怎么特地去和李先生招呼呢？虽然原也没有什么关系，但彼此的行动不是都受了拘束吗？"

"你还说呢，我瞧见了李先生，正欲告诉你避开，不料你就把我直向那边座桌上拖去，我要告诉你也来不及，自然只好硬着头皮去招呼了。其实先生自己也到舞场来玩，对于学生哪里还有什么话好说我呢？"

明珍听心尘这样说，便把秋波向他盈盈地斜乜了一眼，露着雪白的牙齿，忍不住嫣然地笑。心尘频频地点了点头，也笑着说道：

"可不是，这个密司脱杨是否是她的表弟，还是一个问题，也许是她的爱人，那也说不定的。"

"这个李先生大概不会骗我们的，单瞧密司脱杨的年龄，恐怕也要小了李先生一半。这样年轻貌美的男子，哪里会爱上她哩？"

明珍后面这两句话，听进在心尘的耳里，骤然好像有股酸溜溜的气味直冲鼻端，在一颗心灵上不觉引导起了无限的醋意，故意憨憨地笑道：

"哦，密司脱杨，倒的确很是漂亮，无怪许多少女都看中他哩，不过这种小白脸最没有人格，一般姑娘们少不得就要上他的当。"

心尘忽然在暗地里大攻击维贤，这倒使明珍听了，不禁为之愕然。你和他原只有初会，怎么知道他小白脸最没人格呢？况且你和他无冤无仇，何苦要这样地坏人名誉？你自己这样好妒不道德的行为倒是没有人格哩！明珍心中虽然是这样思忖，但嘴里是绝对没有说出来，同时脸上还浮现了一丝微笑，频频地点了点头。心尘见明珍这个意态，心中方才放下了一块大石，很亲热地偎过身子，紧搂她的纤腰儿，又欢舞到舞池中心去了。

爱情这样东西，实在是自私极了，完全是只有我、没有你或者他的。心尘听明珍赞美维贤是个风流英俊的少年，心里便大大地不受用。其所以要向明珍诉说维贤小白脸没有人格，他的意思并非和维贤有什么冤仇而坏他名誉，实在是恐怕明珍转变了爱的方针，使自己堕入了失恋的途径。在心尘的意思，倒也不能说他错，可惜明珍并没透底地想一想，所以反有些鄙视心尘无故地破坏人家名誉了。

　　"哦哟……"

　　心尘和明珍正在舞得高兴的当儿，忽然明珍的脚跟竟被人踢了一脚，明珍这一痛，不禁颦蹙双蛾，微咬银齿，俯下身子去抚摸脚跟。就在这个时候，早听有人抱歉着笑道：

　　"啊哟，真对不起，竟把魏小姐踢痛了……"

　　明珍骤然听有人呼她的名字，心里奇怪，连忙抬头望去，原来正是杨维贤和李先生的一对，若华还向明珍哧哧地笑。明珍站起身子，也就报之以微笑，忙客气着道：

　　"不要紧，不要紧……"

　　明珍说完了这两句话，那音乐也停了下来，于是各人便都又携手归座。维贤也把那柔和的目光向明珍脉脉地瞟了一眼，是包含了无限的柔情蜜意，微笑道：

　　"魏小姐，刚才一脚可给我踢得不轻，不知现在可仍痛吗？"

　　"还好，没有痛了，多谢你……"

　　明珍见他又这样问，显然他是这一份儿的多情，不觉一撩眼皮，眸珠在长睫毛里一转，对他抿嘴盈盈一笑。维贤听她还说多谢我，心里不免荡漾了一下，觉得这位魏小姐倒是个挺和气的人，意欲说几句体己的话，但又恐心尘吃醋，所以已把说到喉咙口里的话仍又咽下肚去，只不过很多情地望着她笑了一笑。心尘瞧了两人这个情景，心里似乎颇觉不乐意，所以坐了不多一会儿，便怂恿明珍到别处去游玩。明珍见了他脸部的表情，显然是喝着这一罐没有意思的醋，心里不免引起了一阵强烈的反感，暗自想道：我和你只不过表

43

兄妹的关系，既没有订个婚约，你又哪里可以束缚我的自由，这不是太笑话了吗？但表面上却绝不露一些痕迹，听从心尘的话，和若华维贤点头作别，说早一些儿回去了。维贤见明珍秋波脉脉送情的意态，心里更加了浓厚的希望，便忙含笑说道：

"还只有十点钟哩，你们这样急急地要走干吗，为什么不多玩一会儿？"

"因为我们出来的时候，向妈妈原说十点敲过回家的，恕不奉陪了，李先生和密斯脱杨就多玩一会儿吧。"

明珍因为要顾全自己的面子，不得不说了一个谎，同时把她的明眸又笑盈盈地向维贤凝望。维贤似乎吃了一颗定心丸，乐得眉飞色舞，耸着肩膀也递给了明珍一个会心的微笑。这里心尘和明珍向若华行了一个礼，已是弯着手儿踱出去了。当将要走出舞厅的门口时，明珍又回眸过来，向维贤瞟了一眼，不料只见维贤也呆若木鸡似的出神，因了一回头，两人四道目光，就成了一个直角的视线，明珍这就不禁又报之以微笑。维贤被她那临去秋波和一笑，倒不禁也为之神往。

"痴情种，别老呆着了，人影子也没有了，你还呆着干什么？人家是已经有了对象的人，你不要转念头了，何必去和人家喝这罐酸醋呢？你要女朋友，那容易得很，表姐明儿给你介绍一个比明珍还要好的是了。"

若华虽然还是个独身，但在情场上原也有相当的历史和经验，今瞧着维贤和明珍的情形，哪有个不明白的道理，所以拉着维贤的手儿，望着他笑嘻嘻地说。维贤一面坐下，一面红着脸儿，缠着若华不依道：

"姐姐，你老取笑我，我不要，谁又在转她的念头呢？"

"我倒是好意，谁曾取笑你。只要你不胡闹，好好地读书，我真的会给你介绍一个才貌双全的女朋友。"

"我不要，我不要，我有姐姐这么一个人常在一起，还要什么好朋友呢？"

"你这话有趣，姐姐也不能够老伴着你在一块儿呀！"

"这样说来，姐姐不久可是要到姐夫家里伴如意郎君去了吗？"

维贤听若华这样说，便微昂了脸儿，凝望着她的粉颊儿，忍不住味味地笑了。若华说的原属无心，不料今被维贤这样一取笑，倒也难为情起来，红晕了双颊，啐了他一口，娇嗔地笑骂道：

"烂舌根的，短命这孩子，倒取笑我老阿姐起来了。"

"这是再正经也没有的了，姐姐难道不要和人家结婚了吗？你这样无缘无故地骂我，那是罪过的。"

"呸，看明天会不会响雷，把姐姐打死哩！"

若华把绷紧了的粉颊，忍不住又展现了一丝浅笑，秋波白了他一眼，却逗给了他一个似恨似爱的娇嗔。维贤耸着肩儿笑了，若华也忍不住笑起来。

这晚两人在新都舞厅直玩到十一点半敲过，方才携手出了舞厅，维贤给若华讨了街车，遂各握手分别。

若华回到校中，走进宿舍里，只见初中二的级任赵惠英早已在对面床上鼻息鼾鼾地熟睡了。听她睡得这样甜蜜，自己的眼睛也会要闭拢来，遂即脱衣就寝。不知怎的，一时却睡不着，翻来覆去，心里似乎乱得很。虽然室中的灯光是已经熄灭了，但窗帘外透露进来的一片清辉月色，映得室中的景物，却依稀地分外明晰。于是她脑海里又展现了舞场中的一幕，红男绿女，全是对对情侣。想起了情侣两字，心里顿时又会感到了一阵烦躁，虽然午夜的时光，四周是这样静悄，但自己的耳边仿佛是锣鼓喧天那样热闹。月光虽然是那样柔悦和可爱，不过在此刻若华的眼里瞧来，似乎月儿的脸庞并不像在普通人的心里这样温软可亲，简直觉得月亮姑娘所以向自己这样笼罩，是未免带有些儿恶意的了。

一线曙光从黑漫漫的长夜里破晓了，青青的草地上都沾着了晶莹的露水。晨风微微地吮吻着软长的草儿，不停地悄悄地点着头，从东方反映过来的带着彩色的阳光，更闪烁得那露水像珍珠般地可爱。

"周先生，你早，玉人昨夜睡着还安静吗？"

秋枫从寓所里坐车到校，浴着微含温意的阳光，在草地上拖着瘦长的身影，慢步地踱进了教务室。只见室中是静悄悄的，每个案头上都是空着座椅。只有教务主任的写字台旁已坐着了一个中年的妇人，那妇人就是被人称为铁面无私的周月亭。在无形之中，秋枫的心灵上感到了一阵无限的敬意，带着恳诚的音调，向月亭轻轻地问。

月亭微抬起头来，向秋枫望了一眼，这倒是出乎意料之外的，一个给人代庖的教授，却比校中的众教员还要到得早，这的确是一件难得的事。满脸含了慈祥的笑，情不自禁站起身子，点头答道：

"朱先生，你早，玉人倒睡得很安静，多谢你记挂。"

"多谢你记挂"这一句，送在秋枫的耳里，倒是有些儿不好意思，不免脸儿微红了红，笑着一点头，自管坐到案头上去了。约莫一刻钟后，教员们都陆续进办公室来了，于是一个教务室中是充满了"早""早"的声音。秋枫抬起头来，望着最后进来的李若华，齐巧成了一个四目相对，秋枫不免点了点头，若华却秋波脉脉地逗给了他一个妩媚的娇笑。

"朱先生，你刚来吗，可用过了早点没有？"

想不到若华还会笑盈盈过来这样搭讪，秋枫倒也不能不回答了，微笑着点头道：

"吃过了，李先生呢，昨晚在哪儿玩？"

"昨晚瞧了一场电影就回校。周先生，玉人今天请假吗？"

若华听他这样问，频频点了点头，大概因为心虚的缘故，生恐露出马脚来，于是回过身去，又向月亭这样问着。月亭笑着点头，因了她这样一问，不知底细的教员们都过来询问为什么请假，秋枫心中似乎感到难为情，只好借故悄悄地先溜出教务室去了。

中午的时候，教务室中只有月亭和秋枫两人，静悄悄地改批学生的卷子，除了壁上嘀嗒的钟声，一切的一切都像死去了那样沉寂。

"太太……"

这个称呼在这儿是从来不也曾听见过，所以使室中的月亭和秋枫都惊得抬起头来，大家都认识这是王妈。王妈会到这里找太太，月亭心中自然是吃了惊，不免站起身来，似乎晓得事情是总关于玉人的，这就急急地问道：

"王妈，小姐怎么了，你为什么不打电话来，却让小姐一个人在家里呢？"

"小姐忽然发烧得厉害，我急糊涂了，所以急急地赶来了。"

"什么？小姐发烧吗？早晨才好好儿的呢……"

王妈说玉人忽然发热了，这一句话不但使月亭吃惊，秋枫是更焦急得不得了，站起身子，扶着桌沿，呆得半晌说不出一句话。月亭觉得爱女生了病，这是使自己一件最最心痛的事，其余的也就管不了许多，向秋枫一点头，便慌张十分地跟着王妈匆匆地回家去了。秋枫眼瞧着月亭和王妈在门框子里消逝了，心里感到了万分不安，回眸望着窗外阶沿上放着那几盆秋海棠，一阵凉风扑面，不觉身子抖了两抖，心头激起了一阵莫名的悲哀。

秋阳淡淡地已向西山脚下沉沦去了，暮色降临了大地，在宇宙里笼罩了一层微褐的颜色。秋枫急匆匆地奔出了黄江女中，跑上了街车，一颗心儿的跳跃，好像十五只吊水桶般地七上八下地摇荡，嘴里连催着快拉。车夫应了一声，拔步飞跑，乘着一抹夕阳，不多一会儿，已在烟雾中模糊了。

"周先生，玉人的热度可曾退些儿了吗？"

秋枫敲进了玉人的家门，由王妈领到玉人的卧室，一脚跨进门槛，就闻到一阵药香送入鼻管，显然玉人已瞧过了大夫。只见月亭坐在床沿旁默默地出神，见了秋枫，便含笑站起。秋枫的脸上是浮现了一层忧容，悄声儿地低问着。

"我回来就给她瞧个大夫，头汁的药也喝了。朱先生，你放心，玉人的发热并不是因受伤而起，也许是受了一些儿感冒，刚才她还向我问着你，此刻好一会儿不见动静，想是睡着了。"

月亭瞧着秋枫忧形于色的神情，知道他是担着万分的抱歉，一面请他在桌旁坐下，一面很慈和地安慰着他。秋枫听玉人在病中还问着自己，可见她的一颗小小心灵之中，的确亦有我这一个人的影子了。心里不知是喜是悲，大概因为平日情感太浓厚的缘故，意感到有些儿凄然。

"玉人这孩子的身体是素来娇弱的，想是乏力了，所以才发些儿寒热，药喝下了，回头出身汗也就好了。倒是累朱先生奔来奔去地挂心，真叫人对不起。"

月亭见他颓然地坐在椅上，默然无语，遂又拿这些话来搭讪，原是开解秋枫不用心里感到不安的。但秋枫听了，心里又想及玉人所以乏力，大半还是因为两次的赛跑，未免用力过了度，推其原因，脱不了是自己累的她，心里自然更感到了难受。今听月亭还说对不起自己，这就连忙轻轻地说道：

"周先生这是什么话？我对不起你，怎么你倒反对不起我呢？我跑几趟要什么紧，只要玉人立刻痊愈了，不是大家都快乐吗？"

秋枫的手儿抚摸着桌沿，身子是向前微微地俯着，那说话的意态显然是那样真挚和恳诚。月亭点了点头，因为他的意思既然是这样真实，当然无用和他说什么虚伪的客套了。

"妈妈，倒杯茶儿我喝……"

彼此静静地坐了一会儿，忽然听得床上玉人柔和的喊声，震碎了房中寂寞的空气。月亭知道玉人醒了，拿了一杯开水，走到床边，扶起玉人的娇躯，把茶杯凑在她的口边，给她喝了两口，低声道：

"玉人，朱先生又来望你了。"

玉人听了这话，微昂起脸儿，回眸向秋枫瞟了一眼，果然见秋枫已站起来走了近来。不觉把乌圆眸珠在长睫毛里滴溜圆地一转，频频点了点头，掀着酒窝微微一笑，表示是谢谢他来看望的意思。

"玉人，好好儿的怎么又发热了？此刻可退些儿了吗，伤口不知仍痛吗?"

秋枫见她云鬟蓬松松的，两颊透着两圆圈的红晕，秋波盈盈的，那意态是这一份儿惹人怜爱，明眸凝望着她，两手微微地搓着，显然是这一份儿的关心。玉人已在枕上躺了下来，手背抬到额上擦了一下，笑道：

"伤口是早不痛了，热也退了，才儿喝了药，睡了一忽儿，此刻倒出了一身汗哩，朱先生多早晚来的?"

"才来了不多一会儿，你可饿了，我给你到厨下去热些儿稀粥，朱先生就陪你聊天一会儿吧。"

秋枫的一句话，是月亭给他代回答了，月亭见女儿很高兴的意态，似乎放心了大半，自管退出房外去了。玉人见妈妈走了，朱先生呆呆地站在床前，便撩出臂膀来，在床沿边轻轻拍了拍，对他微微一笑，这举动显然是叫他坐在床沿的意思。秋枫到此，心里不免荡漾了一下，但又觉得不好意思。不过仔细一想，我不能当她是个少女看待，只能当她是个孩子，那么便一切也不用避嫌疑了。

"你此刻热度可全退尽了?"

"真的全退了，那一煎药倒是很有效验，朱先生，你不信摸摸我额间，一些儿也不烫手了。"

秋枫坐在床沿轻声地问，玉人扬着眉儿很高兴地回答，同时伸手握起了秋枫的手，向自己额间去按着。秋枫再也想不到她有这样亲热的举动，可见她完全还是孩子的成分，自己也就不得不装作毫不介意的样子，点头笑道：

"真的已不烫手了，那才叫人心安。中午我得知你发热的消息，我心中真急得什么似的呢!"

"可不是，我没有哄朱先生吧。"

玉人掀着酒窝儿又哧哧地笑了。秋枫听她这样说，这就愈加觉

49

得她的天真有趣、稚气可爱，望着她娇艳的两颊，忍不住也笑了。

"朱先生，你干吗不说话？妈不是叫你和我聊天一会儿吗？"

秋枫因为呆瞧了她一会儿，也许玉人是因为怕羞的缘故，把那雪白牙齿微咬着嘴唇，睃他一眼，笑着扭捏了身子问。秋枫觉得她这话真是有趣，每一句都有回味的价值，似乎嚼橄榄一样，这就噗地一笑，说道：

"这话倒真是……不过我一时却想不出什么话好说……哦，有了，我想知道你家里一些事情，不知你肯告诉我吗？你妈是什么学校毕业的，你爸爸想是在外埠办事吧？"

"朱先生，这个妈妈还没有告诉你吗？你要听，我当然可以说给你知道一些……"

玉人听秋枫问她家中情形，便很奇怪地反问他，在她意思中，似乎秋枫是早已知道了的模样。现在既然还不晓得，她便要好好儿告诉一番似的，咽了一口唾沫，顿了一顿。秋枫并不打断她的话头，只管静静地听她说下去道：

"我妈妈原姓陈，周是我爸爸的姓，妈妈是燕京大学毕业的，爸爸周徐风，他是个英国牛津大学留学生，这还是二十多年的事情，爸和妈便结了婚。那时我国的局势好像南北朝一般，十分不太平，爸爸在政界里虽然也活动了几年，奔波忙碌，终也是个苦事，所以待我到人间来还不到七年，他就患咯血之症死了。妈妈当时伤心万分，从此便献身教育，将永远为学校而服务了。光阴过得真快，离爸爸的死去，竟已有整整的八个年头了呢！"

玉人絮絮地说到这里，深深地叹了一口气，似乎在她小小的心灵之中激起了思亲的痛，眼帘下已润湿了一堆。秋枫方才知道玉人是真的还只不过十五岁，和自己实实足足地相差了七年，今见玉人勾引起了伤心，慌忙笑道：

"啊哟，这可好了，那我就真不该，简直是该打该打，你妈原是叫我伴着聊天解你的闷，不料反勾引起你的伤心来了。"

秋枫说着话，把手抬到嘴上，真个打了自己几个嘴巴子。玉人瞧了这个情景，倒忍不住又噗的一声破涕为笑了。秋枫这才放下了心，伸手在袋内摸出一方帕儿，意欲叫她拭干了泪痕，谁知玉人早把手指在眼帘下来回擦了两下，笑道：

"不用帕儿，我这样一擦，就完了。"

这种有趣可人的意态，瞧在秋枫的眼里，倒不禁为之神往，望着她憨憨地笑了。玉人瞧他这一种笑的样子，似乎是含有了神秘的意思，心里很觉难为情，秋波白了他一眼，却别转了脸儿去。

"朱先生，你已问过了我，可是我还不曾问过你哩。你的爸妈全都好吗？家住在哪儿？还有什么人？如今年纪几岁了？姐妹兄弟有吗？"

经过了良久时候，玉人忽又回过脸儿来，因为是骤然之间，两人都是一怔，玉人望着他嫣然一笑，方才也问出这许多的话来。秋枫见她问得这样详细，也不知她所以这样问是否有什么用意，一时呆了一呆。玉人见他不肯立刻就答，便噘着嘴儿，生气道：

"朱先生，你怎么不回答我，敢是不肯告诉我吗？"

"这是什么话，你告诉了我，我敢不告诉你吗？我今年是二十二岁了，家就住在延平路胡同第三家，兄弟姐妹一个都没有，爸妈也都过世了……"

秋枫见她竟鼓着小腮子赌了气，这就慌得像背书一般地都诉说出来了。玉人听了，频频点着头，暗自念了一声二十二岁，又沉吟了一会儿。秋枫见她这个意态，暗想这是什么道理，因此不免也对她沉吟了一会儿。玉人似乎理会自己这个样子，不免是引起了他的猜疑，遂立刻又很快地笑问道：

"那么朱先生难道只有一个人住在家里吗？也许还有你的夫人吧……"

玉人既问出了口，倒又害起羞来。粉嫩的颊上笼罩了一层红晕，凝视着秋枫，只管憨憨地笑。秋枫摇了摇头，说道：

"婚也不曾结过，哪里就有夫人了呢？"

"这样说来，朱先生住在家里，倒是和我一样地感到冷清和寂寞了。"

"你还有一个妈妈哩，所以你究竟还比我强得多。"

秋枫说完这两句话，心里似乎也有了一阵感触，轻轻叹了一声。玉人对于秋枫的叹息，是表示十分的同情，把她小手去抚秋枫的手背，娇媚地笑道：

"朱先生假使不讨厌我，我将来一定常会到你那儿去玩的。"

"假使你愿意来玩的话，那我总不会讨厌你……"

玉人不待他说完，早已啐了他一口，眸珠向他一白，却是忍不住嫣然笑了。秋枫理会她啐自己的意思，觉得玉人实在是个聪明的孩子，也不禁站起身来笑了。

就在这个时候，月亭亲自端了一碗粥进来，放在床边的玻璃小桌上，一面用手按着她的额角，一面含笑道：

"热度完全退了，玉人，你觉得舒服多了吗，妈喂你吃好不好？"

玉人从床栏上靠了起来，转着眸珠，含笑点了点头。秋枫坐在旁边，瞧着玉人吃完了粥，便要站起告别，月亭还没有留他，玉人早嚷着不依，月亭笑道：

"那么朱先生就吃了晚饭去，玉人这孩子刚才只会闷闷地睡，我真担着心。此刻有说有笑，灵活了许多，我才放下一块大石。可见朱先生能体贴孩子的心理，所以把玉人引逗得高兴了。"

秋枫听月亭这样说，又见玉人明眸凝望着自己，掀着酒窝只是笑，可知玉人心中果然是这份儿的欢喜了，自然不敢拂她的意思，只好答应下来。玉人见他不走了，遂伸手开亮了灯泡。因为房中是暗淡得好久了，骤然在灯光下瞧到玉人的脸颊，尤其在微病之后，那种娇柔不胜情的意态，是更觉得楚楚爱怜。

第四回

月到天心秋方半
女开情窦爱初长

　　经过了几天的服药调理和休养，玉人的微恙自然慢慢地好了起来，仍旧好好儿照常地去上课。因为在病中和秋枫已相聚了多日，无论形式上或说话中显然是熟悉了许多，因了熟悉，似乎在什么地方都觉随便一些。就是因为随便，在举动上不免显露出特别亲昵的样子。学校里的学生是最喜欢兴风作浪地闹事情，本来已是无风三尺浪，何况玉人对于秋枫的确是表示特别的好感，因此大家在无形之中，给玉人便加上了一个是秋枫小恋人的头衔。

　　天上月圆，人间秋半，光阴如驶，不知不觉地已到中秋佳节了。这天放晚学的时候，玉人胁下夹着几本教科书，匆匆地从教室里走出，心里原想去找秋枫，不料教务室里并没有秋枫这个人，便急急向月亭问道：

　　"妈妈，朱先生到哪儿去了？"

　　"我还只有从第四教室里下来，并没瞧见他呀，你找他做什么？他晚上到我家里来的。"

　　"妈，你已和他说过了吗？"

　　玉人听妈说朱先生晚上会来的，便扬着眉儿，一撩眼皮，笑盈盈地问着。月亭频频地点了点头，若华插嘴道：

　　"朱先生第三点钟没有课，也许已回去了，不然，定在校园里散步。"

"李先生，你不能失约，晚上准来吧?"

玉人听若华告诉秋枫也许在校园里散步，心里倒是乐得什么似的，因为自己不能对待李先生太以冷谈，所以随便向若华这样关照了一声。但是还不及若华回答，身子早又一跳一跳地奔出去了。

秋天的阳光没有春天里那样的热情，但也没有像夏天里那样的淫威，尤其在黄昏的时候，斜阳将要向宇宙做一日的告别，是愈显出娇柔不胜情的意态，把它剩下的一片余晖在淡蓝的天空中映现了五颜六色的云霞。校园里一排已带翠黄的树叶中，渲染了一层粉红的光彩。

秋枫身穿一套条子浅灰花呢的西服，背着双手，沿着那一排高大的白杨树，垂着头儿，明眸凝望那脚底下青青的草地，一步一步地踱着步子。听着微风吹动树叶儿播送出来的瑟瑟声音，这音韵虽然是细碎得动听，而带有了音乐的成分，不过在善感的人儿听来，觉得秋虽然是这样富有诗情而含有画意，但终不及春的蓬勃有生气，似乎秋是带有些儿懦弱和可怜的样子。

"朱先生，哟，你果然在校园里呢，累得我好找……"

忽然一阵带说带笑的喊声，震碎了四周静悄悄的空气，把秋枫从沉吟中惊觉过来，慌忙抬头回眸望去，只见那面葡萄棚下的花坞旁，从花朵儿叶里钻出一个女孩子，正是娇小玲珑的周玉人。她一面笑盈盈地喊，一面很快地跑过来，因为那一条泥路是很狭窄，同时因她奔来的姿势是合乎美的条件，所以远望过去，倒是的确一个绝妙的银幕化的镜头。

"别跑得太快，当心绊了跌，又要哭哩!"

秋枫把背着的手儿伸到高空来，连连摇了两摇。就在这个时候，玉人已奔到了秋枫的面前，因为是匆促的缘故，玉人的身躯就撞在秋枫的怀里。秋枫连忙给她抱住，但玉人胁下夹着的两本书儿却早掉落在草地上了。

"朱先生，今天是八月十五中秋节，家里稍备了些儿蔬菜，请你到我家里去吃夜饭，借此我们也可以一块儿赏月华哩，不知朱先生肯答应吗?”

秋枫弯了腰给她把书本拾起，一面携了她的手儿，慢步地一同踱到那边的长椅旁去。玉人微昂了粉颊，凝望着秋枫，显然这口吻是带着了恳求。

“你妈已对我说过了，我是逢吃必到，哪有个不答应的道理呢?”

两人并肩在长椅上坐了下来，玉人听秋枫这样回答，忍不住扑哧一声，两手伏在秋枫的肩胛上，竟是咯咯地笑了起来。

“这孩子多高兴，敢是拾到了什么好东西吗?”

“朱先生，你这话，高兴不好吗? 难道你倒希望我不快乐吗?”

秋枫见她笑到这一份儿有劲，忍不住感到了有趣，伸手抚着她的头发，含笑地说着。不料玉人听他这样说，便抬起头来，坐正了身子，噘了小嘴儿睃他一眼。秋枫拉了她的手，这就连忙赔笑说道：

“这是哪儿话，你高兴了，我心里才感到快乐，要是你心里有些不如意，那我也会觉得难受哩。所以我巴不得你天天高兴，永远快乐，哪里我会希望你不快乐呢?”

“这才对了，不过同时我也希望朱先生和我一样快乐，这不是很好的吗?”

玉人听秋枫这样说，含笑点了点头，乌圆的眸珠一转，那芙蓉两颊上的酒窝儿这就又深深地掀了起来。夕阳依恋不舍地逗留在宇宙之间，它那妃色的波光，从远处照临到树叶儿上，穿过了空隙，反映到玉人的嫩颊，是更显得容光焕发，微风吹着两人的脸儿，玉人的乌发，就在眉毛前丝丝地飘拂。虽然那晚风是已带有些儿寒意，但此刻两人的心里，热情已超过了一切，却感到了遍体凉爽。

“朱先生，我真不明白她们为什么要说我是你的小恋人，你瞧瞧我可不像是你的小恋人呀!”

两人静悄悄地相对凝望了一会儿，秋枫再也想不到玉人会问出这几句话来，一时倒不禁为之愕然。同时那胸口的一颗心儿，不知怎的，竟加了速度，似乎较前是跳跃得急促，计算起来，每分钟至少有一百跳之多。玉人见他这样惊异的脸部表情和那出神的意态，忍不住连摇了他一下手，"咦"了一声道：

"干吗老望着我不回答呀？"

秋枫暗想：这叫我回答什么好呢？心里真是又喜悦又好笑，望着她的满堆笑容的娇面，自己也忍不住笑出来，说道：

"这个我如何瞧得出，但你晓得这小恋人三字是什么意思啊？"

"我问过李先生的，说小恋人是不是小情人的别名，她说不是，就是小朋友的别名。我想做朱先生的小朋友，那原也没有什么不像的呀，朱先生，你说对不对？"

玉人听秋枫问她小恋人三个字的意思，芳心倒是一怔，觉得小恋人的恋字，真的带有了些爱的意思，所以当初我听李先生和别的教员说学生都称玉人是朱先生的小恋人时候，我曾追问李先生小恋人三个字是不是小情人的别名，李先生却回答我是小朋友的别名，那我既比朱先生年纪小，自然是小朋友了，这也没有什么关系，所以我此刻就向朱先生问一声，不料朱先生偏又问我意思。玉人因为要避免自己是曾问过李先生的，所以她定住了乌圆的眸珠，向秋枫絮絮地解释。

秋枫听了这话，方才晓得玉人是并不懂得小恋人三字的意思，所以她很随便地向自己问着。若华真也有趣，偏还给她解释是小朋友哩。于是也装作毫不介意的神气，点头说道：

"不错，小恋人就是小朋友的意思，那么你愿不愿意给我做小朋友呢？"

"这也没什么不愿意的，那么你可情愿做我的大恋人呀？"

秋枫不待她说完，早已忍不住扑哧的一声笑了出来。玉人见了他骤然这样好笑，心里倒是呆了呆，觉得他这笑的样子多少是含有些儿作用的，一时凝眸瞅着他脸儿，雪白的牙齿微咬着红红的嘴唇，问道：

56

"咦，怎么啦？我这一句话有什么好笑吗？"

"你愿意做我的小朋友，那我自然是你的大朋友了，这不是你多问的吗？"

秋枫见她这意态，显然是含有了许多的猜疑，遂慌忙这样地辩说。玉人见他怪自己多问，心里很不高兴，扭着身儿，"嗯"了一声，嗔道：

"你怪我多问，那你自己为什么要多问呢？你不问我，我也不会问你的。"

玉人说到这里，鼓起了红红的小腮子，白他一眼，似乎是赌了气。秋枫从她这两句话中听来，觉得玉人虽然是个似懂非懂的女孩子，但确实是个很多心的人，为什么要多心，在多心两中不免是含有了情的作用。那么玉人的一颗小小的心灵，也许真有爱我的意思。想到这里，心中又荡漾了一下，望着她娇嗔的神情，不但是没有增她的可畏，却是愈显出她妩媚的可爱。情不自禁地拉过她手儿，连连赔着不是，说道：

"是我的不好，我原错怪了你，你生什么气呢？"

"朱先生又瞎说人家了，我几时曾生过气的呀？"

玉人听秋枫向自己赔不是，心里一快乐，把那绷住了的小颊儿早又展现开倾人的笑容了，瞟他一眼，把身儿偎近了秋枫的身子，表示自己是并不曾和你生着气。秋枫这就忍不住又笑道：

"照你说来，又是我胡说了你，可对不对？"

玉人并没回答他，抿着嘴儿扑哧地笑，却把脸儿伏在秋枫的肩上，柔情蜜意地温存着。经过了好一会儿，玉人又慢慢地抬起头来，两手攀着秋枫的脖子，憨憨地笑道：

"朱先生，黄先生假使不来了，那你就一直代下去吧，最好明年你也在这儿教我们，一直到我毕了业，那我就随便你教不教了。"

秋枫听她这话说得有趣，忍不住又笑了起来，说道：

"这是为什么原因呢？一定要待你毕了业，我才可以离开这儿呢？那么黄先生回来了怎么办？"

"这也奇怪，我自从见了朱先生，就觉得你这人很好，所以我很愿意跟您做个小朋友。因为我心里有朱先生这么一个人，假使有几天没见你，心里就很记挂。那你若不教我们了，我不是要更加地挂念了吗？就是黄先生回来了，我也可以向妈商量，叫黄先生去教授别一级里的好了。至于我毕了业，那我就要进大学去，对于朱先生的教授不教授，我自然管不得许多了。"

玉人笑盈盈地昂着脸儿，絮絮地说着。秋枫细细地回味她的话儿，暗想：这个可糟了，她的小心灵中竟已有我这一个人，那她简直完全已爱上了我。虽然她自己也在感到奇怪的，为什么要和我表示特别的好感，其实这就是爱素作用呀。秋枫心里既这样想着，望着玉人不免出了一会儿子神。玉人奇怪道：

"为什么不说话？你不愿意教授我们吗？"

"我想你既然和我这样要好，不愿我离开你，那么待你毕了业后，我们不是终究要离开的吗？"

玉人听秋枫这样说，凝眸沉吟了一会儿，眼珠一转，望着秋枫笑道：

"待我毕业，还要三年哩，只要三年中我们不离开，三年以后就再说吧。也许到了那时，我们仍在一块儿也说不定的。"

秋枫听她频频地点着头，似乎很肯定地说，心里这就不禁为之愕然，暗想：三年后我们仍在一块儿也说不定，这一句话到底是她的孩子口吻，抑是含有意思在里面的？不过从她前面一句说毕业后要进大学去想来，显然她是说到哪里是哪里，孩子的心理原没有什么意思的。因此秋枫倒又责怪自己太不应该，为什么对于一个天真的孩子，老疑心她有爱自己的意思呢？况且月亭这样诚实地对待我，我岂能够有不诚实的行为对待她？这对于自己的良心问题有些说不过去，因此秋枫决定把玉人认作了小妹妹那样看待，不使她堕入了情网之中。

“咦，朱先生，你想什么心事？为什么沉着脸儿，好像不高兴的样子？你放心，我总不会离开你的。”

秋枫所以这样沉思，是怕玉人爱上了自己，同时又节制自己不能有爱上了她的行为。谁知玉人竟误会了秋枫的意思，以为秋枫恐怕三年后大家又要分离，以致心里不快乐，所以把纤手搭着秋枫的肩儿，轻声地安慰着。秋枫骤然听她这样说，显然在“你放心”这三个字里面是包含了无限的柔情蜜意。因为自己已存了决计不忍爱她的心，所以对于玉人这一番的深情，反而感到了种种的不安和凄然。不过仔细一想，自己不觉得自寻烦恼，太以无聊，遂握着她手儿，笑道：

“你真的不会离开我吗？恐怕过几年这句话就不作准了。”

“只要你不离开我，我情愿一辈子和你在一块儿，我的话说一句是一句，怎的会不作准？”

“别说孩子话了，那你难道不……”

玉人说出了“一辈子”三字，秋枫心中似乎一震动，望着她可爱的脸庞，不免荡漾了一下。玉人见他说了一半却咽住了，便追问着道：

“朱先生，你快说下去，难道不怎么呀？说话吞吞吐吐，不是叫人听了难过吗？”

“说就说，你别性急，你难道不嫁人了吗？”

“嫁人了就不能和你在一块儿吗？再说我也不想嫁人，我和朱先生常在一块儿，还要嫁什么人呢？”

玉人转着乌圆的眸珠，凝视着秋枫，她说话的神情是相当认真。秋枫觉得她的话愈说愈有趣，心里也愈感到她的稚气可爱，忍不住向她取笑道：

“此刻说得嘴硬，将来怕就要闹着嫁人哩！”

“我说不嫁人就不嫁人，只要你也不嫁人是了。”

玉人噘了嘴巴，啐他一口，秋波水盈盈地白了他一眼，逗给了秋枫一个妩媚的娇嗔。秋枫听了笑弯了腰，拉着她手儿，说道：

"我嫁什么人？要么嫁给你吧。"

玉人见他这样大笑，显然他是在取笑自己，不觉也红晕了两颊，"嗯"了一声，扬起手儿，在他肩上狠狠地打了一下。秋枫兀是笑个不停，玉人这就难为情地倚在秋枫怀里，缠着不依。秋枫只得说了许多好话，玉人方才罢了。

斜阳的余晖已在暮色中消逝了，四周笼罩了一层暗沉，晚风吹着树叶儿的声音，在寂静的空气中愈觉响亮。天半几只归鸟掠空而过，秋枫这才意识到时候已经近夜了，于是携着玉人的手儿，说"回家去了吧"。玉人道：

"那么朱先生此刻就和我一同回家去好了，妈妈和李先生也许正在等我们哩。"

秋枫点头答应，一面给她拿了书本，一面和她走出了黄江女子中学的大门。抬头见蔚蓝的天空，玉兔已从东面慢慢地升上来了。

"咦，明珍也在我家里吗，那真好极了。"

玉人和秋枫一脚跨进会客室，只见妈妈和李若华先生两人外，旁边还坐着是魏明珍。玉人说了这一句话，早已笑盈盈地奔到明珍的沙发旁，一同坐下，两人紧紧地握了一阵手。明珍笑道：

"周先生叫我一同来吃晚饭，我就老实不客气了。你和朱先生在哪儿玩呀？"

"在校园里散一会儿步，明珍，你是应该要来的，不是大家可以热闹一些儿吗？"

"可不是，周先生还愁哩，我说玉人一定和她的大朋友在校园里游玩，果然我就一猜便着哩。"

若华听了玉人的话，便抿嘴笑着说，同时把她俏眼儿向秋枫瞟了一眼。秋枫想起了小恋人的话，不免有些儿难为情，微红了脸儿，不禁也笑了。月亭和明珍也不约而同地笑起来。

若华自从见了秋枫，便很想爱上了他，后来见秋枫根本对于自己没有意思，这好像是落花有意、流水无情，因此也就死了这一条心。同时见玉人和秋枫的情形却是十分亲热，虽然玉人是还不懂有爱情这一回事，不过日子久了，难免要发生尴尬的事情，所以她也曾向月亭暗暗探询意思。不料月亭却这样答道：

"玉人这孩子真也奇怪，自从见了朱先生，便老是缠绕着他。朱先生这人的脾气也真好，没有不耐心对待玉人的。所以玉人肯和朱先生接近，跟他一块儿游玩，那我倒放下了心，省得玉人和别的同学一块儿到交际场所去游玩了。朱先生是个诚实的少年，对于这一点我倒信任他的。"

月亭这几句话，听在若华的耳里，倒是出乎意料之外，心中好生奇怪，月亭竟会如此相信秋枫，那倒是件难得的事。不过秋枫是否能够不辜负月亭的一番热情的重托，这似乎还是一个问题。

客室中是已亮了一盏七十五支光的白纱灯泡了，中间放了一张小小的圆台面，上面放着五双银制的杯筷。王妈已把四只冷盆端了上来，月亭请大家入席。若华让秋枫上座，秋枫不肯，拉若华上座。两人客气着，倒引得玉人和明珍都抿嘴笑了。月亭笑道：

"圆台面没有大小，随便哪一位坐下得了，客气什么？"

玉人听妈妈这样说，便把若华拉在上首坐了，于是秋枫也在旁边坐下，玉人和明珍坐在下首，月亭坐在主位。因为酒还没有烫好，彼此便静坐了一会儿。月亭道：

"王妈烧菜很不错，所以今天的菜并不到馆子里去叫的。"

"自己厨房里烧的菜，比喊馆子那就要实惠得多。"

秋枫点着头，表示他很赞成自己烧的菜吃。玉人似乎等得心烦，把筷子拿在手里，放在桌沿边敲着，一会儿又把筷头浸到放在门前的酱油碟子上去，放在嘴里一尝，便嚷着道：

"这不是酱油，是醋呀！醋我不爱吃，和李先生门前的换一碟。"

若华一面伸手给她换了一碟，一面忍不住笑起来。经若华一笑，秋枫、月亭、明珍便也都笑了。玉人见他们都咻咻笑，好像有什么意思般的，这就怔怔地问道：

"你们笑什么？醋我是向来不爱吃的，你们不信，问我妈妈好了。妈妈，我不爱吃醋的是吧？"

大家本来已经感到好笑，再经她向妈这样一声明，这就愈加好笑，几乎要笑弯腰了。若华道：

"你不爱吃醋，那最好了，女孩儿家醋本来就吃不来的。"

玉人见若华边说边笑，同时又见秋枫也笑得前仰后仆，一时觉得这其中一定有什么意思，便"嗯"了一声，撒娇着道：

"我不要，你们都笑我，这也没什么好笑的，我真的不爱吃醋，又不曾骗着你们。朱先生，你得告诉我，到底笑些什么呀？"

"我们笑我们的，原与你不爱吃醋不相干，你别缠在一块儿了。"

若华、月亭、明珍见秋枫这样回答玉人，忍不住又要笑，幸而这时酒已烫上，月亭握在手里，给大家筛了一杯，方才把吃醋的事儿丢开。

秋枫的门前是放着一盆白鸡镶肉松，因为见玉人和明珍夹不着，所以先夹一块给玉人，第二筷夹给明珍时，因为鸡皮没有切断，就两块连在一起了。玉人见朱先生给自己一块，给明珍倒有两块，心里便有些不快乐，故又笑着嚷道：

"朱先生不公平，你给明珍吃两块，我怎么只一块呀？"

秋枫见玉人秋波狠狠白了自己一眼，便慌忙又夹了一块补给她。若华瞧了这个情景，这就笑起来说道：

"玉人，你不是说不爱吃醋吗，那你为什么此刻又吃起醋来了呢？"

"这妮子真淘气，你是主人，明珍是客人啦，那你应该把菜夹给明珍吃才是哩，怎么倒反和朱先生说公平不公平呢？"

玉人听了若华这样说，眸珠一转，若有所悟。今又听妈妈这样说，便慌忙把自己那两块鸡肉也夹到明珍的碟里，红着脸儿，笑道：

"我原和朱先生说着玩玩的，哪里和明珍真的争多少呢。"

大家见玉人转机得快，也可想她是这一份儿聪明的了，反而忍不住又笑了起来。玉人垂了脸颊，似乎还在回味那吃醋两个字原来是这个意思，一时难为情得了不得，遂说去喊王妈盛饭，下厨房里去避了一会儿。

　　饭后，大家在院子里赏一会儿月华，明珍便先告别要走，月亭因她家里还不曾回去，也不强留，嘱她要不再到别处去玩了。明珍答应，又道了谢，方才匆匆地走了。

　　院子里西首种着一株挺高大的银杏树，铜盆样明月挂在像洗过似的碧天中，愈觉圆而且大，月到中秋分外明，这一句话倒是不虚的了。它那柔软的光芒，筛着树叶儿的影子，只见那浓厚的叶子丛里，似乎还杂着一颗颗奶油色的果实，微风轻轻地吹送，果实相互地摩擦，发出了嗒嗒含有节拍的声音。这声音在秋天的夜里流动，自然使人有些儿悠然。

　　银杏树的下面放着一张小圆桌，旁边围坐着四个人，正是月亭、玉人、秋枫和若华。王妈提着勺子来给他们茶杯里冲水，秋枫一撩袖子，回眸望了一眼，伸手按着嘴儿打了一个呵欠。玉人瞧他这个样子，不等他开口，便先说道：

　　"朱先生，你瞧表干什么？打算走了吗？"

　　秋枫心中倒真有要走这个意思，但经玉人这样一问后，反而有些说不出口了。把手抬到头上，抓了抓头发，这神情显然是怕玉人生气，所以虽要走而又不敢走的模样。若华这就觉得玉人妮子的魔力可不小，秋波斜乜了秋枫一眼，笑道：

　　"早哩，还只有十点不到，你还要到哪儿去？"

　　秋枫摇了摇头，并没回答什么，却是瞅着玉人微微地笑。月亭若有所思般地道：

　　"我倒忘记了，上午买来的月饼还放在房中，怎不去拿来给李先生和朱先生吃？中秋节原应该吃月饼的。"

　　玉人说了一声对了，便站起身子，急匆匆地奔进里面去了。这时夜风是吹得很紧，月亭似乎有些寒意，便说道：

"夜有些深了，外面有了露水，我们进屋子里去坐吧。"

"我也正有这个意思，究竟是秋天了，夜风吹在身上，倒有些寒浸浸的。"

随了若华这几句话，于是大家便起身回进客室里，齐巧玉人拿了月饼盒子，急急地奔下来，见她们进来了，便"咦"了一声。问道：

"都要走了吗，那么月饼总得吃了去吧？"

"谁走，都不走，外面冷呢。"

玉人听若华这样说，遂把月饼盒儿打开，每盒四个，一共八个。玉人笑道：

"这儿四个人，每人两个，吃个成双儿，不是很有意思吗？"

若华听了，不免望着她扑哧一笑。玉人这才理会一个女孩儿家说这一句话，未免有些难为情，一时把两颊涨得绯红，秋波向秋枫盈盈一瞟，竟是翻身逃到房中去了。

"玉人这孩子真有趣，动不动现在就要害羞了。"

"孩子的年龄也不小了，论理别人家是很文雅的了，只有我的玉人，一味地还像小孩子似的撒痴撒娇，推其原因，总是我平日因为只有一个孩子，未免娇养一些。从前和李先生最要好，一会儿缠这样，一会儿缠那样；现在来了朱先生，就给她来了多缠绕的一个人了。"

月亭听若华这样说，一面取出盒内的月饼，分给两人吃，一面满脸含了皱纹的笑意，絮絮地说着。若华拿了月饼咬了一口，说道：

"不过玉人倒也并不是向每个人缠绕的，和她心意相合的人，她便会一些儿不客气地缠绕，心意不对的人，她倒反而愈和人家客气了。所以我说玉人是很懂事的，你说她年纪不小了，我却说究竟还只有十五岁的孩子，天真无知一颗纯洁的童心，人家所以都感到她的可爱，也就是这一点。不过像玉人这样年龄，正当青春时期，是最容易传染，所以应该注意的，还是她的交朋友。"

"李先生的话就真不错，所以我不许她和同学们到外面去乱跑游逛的。好在玉人也安静，只跟着李先生和朱先生缠绕，我是很放心，倒是累苦了你们俩人，真被她缠不清了。"

若华所以这样说，原是暗暗打动月亭叫留心秋枫的行动。虽然两人原是师生关系，但秋枫究竟还是个年轻的未婚男子，人非草木，谁能无情，两人既然这样亲热地常常厮混在一块儿，日子久了，秋枫难免要起了野心。这对于一个情窦初开的姑娘，而且又是心意相合的玉人，恐怕要中了秋枫的圈套。假使正当地结合，倒也罢了，万一秋枫起了不良之念，或是因为情感冲动得太厉害了，这是每个年轻人所难免的，那么玉人一个玉洁的姑娘，不是有被受污的可虑了吗？

若华为什么要这样地猜疑秋枫，是否因为秋枫不爱她自己，心里有些气不过，或者因为玉人这样一个可爱的姑娘竟给秋枫轻易地得了去，而引起了妒忌心？虽然若华并不是个男子，这妒忌也还是从秋枫不爱自己而爱玉人所造成。也许是真正因为爱护玉人，恐怕玉人受骗而担忧。在若华心中，到底是好意，抑是恶意，这当然不得而知。不过在作者猜测起来，大概是互掺其半吧。

但是天下事情是意想不到的，谁料月亭回答的话并不曾顾虑到这一层，而且还是特别地信任秋枫，因此若华也就没有什么可说了，自管握起玻璃杯子，一口一口地喝着热气腾腾的玫瑰茶。

月亭和若华的谈话，秋枫是绝对不曾参加一些意思。他心中自然也在暗暗地思忖，照玉人的对待自己情形看来，虽然处处是脱不了孩子的口吻，不过按诸实际，她确实已有爱上了自己的意思。虽然我原非主动，不过我真也有爱她的成分在心里。可是我因为月亭对我太诚实了的缘故，所以反而使我不敢爱玉人；同时因为年龄的差别，我也不忍爱玉人。现在听了若华的话，显然对于玉人的前途有了相当的考虑；再加上月亭这两句话，那么我和若华两人对于玉人，今后是有了保护的责任。我既担任了保护玉人的责任，虽然月亭并不曾正式委任，但事实上，在无形中确已负了这个重大的责任，那么以一个保护人的资格，怎么再能去爱上一个被保护的人呢？所以我决计不能爱她，不过事实上也许有不可能，因为玉人对待我的热情，实在使我有些儿不能自制。两个月来的认识，玉人时常倒在我的怀里，顽皮地向我憨笑。这种妩媚的情景，几次我想低下头去，捧着她的粉颊儿吻香，但到底被自己坚强的理智竭力压住了。那么这种事情往后不免又有发生，在这发生的时候，虽然我能竭力克制，但我内心的痛苦恐怕是要到万分的了。这痛苦我相信不单是我，也许是连带着玉人。这没有什么使人可以卑鄙，因为人为性的动物，两性间正当的慰藉，是最最纯洁和合理的。那么我为避免往后的痛苦起见，现在我非先向她冷淡疏远起来不可，得能够彼此踏上幸福光明的道路，这自然使我很欣慰的了。

"朱先生，你为什么不吃，你不爱吃月饼吗?"

秋枫既然这样地静思，自然是呆呆出了一会儿子神。月亭这就忍不住含笑问他，秋枫这才意识到自己态度不免要引起人的注意，遂拿过桌上的月饼，咬了一口，微笑道：

"月饼这件东西，我倒是素来很爱吃的，不过却吃不多，因为馅子到底是太甜了，吃多了，不免要作酸，很难受的。"

若华听了，含笑点了点头，表示自己确也有这个样子。大家静了一会儿，若华笑道：

"玉人这孩子真有趣，怎么不出来了?"

"我说这孩子的脾气就古怪……"

月亭微笑着回答，在她的意思中，不免还含有了疼爱的神气。所以母性的崇高，是真可以说超过一切的一切了。秋枫这回站起来，说要走了，还得报馆里去一次。月亭见他有正经的事，自然不便强留，一面向王妈说道：

"你去喊小姐出来，说朱先生走了，快来送客。"

"怎么，朱先生要回去了吗？月饼可曾吃过了没有？"

月亭话还没有说完，只见玉人匆匆从房中奔出来，大家听玉人问秋枫可吃了月饼，心中倒是一怔。秋枫似乎有些理会他的意思，点头笑道：

"吃过了，我吃整个的一只。"

"为什么不吃两只？一只拿回去吃。"

"吃了还拿，你倒把我当作小孩子看待了。"

秋枫见她要自己带一只回去，虽然不知道是否有什么意思，不过到底有些儿难为情，因此索性当作笑话讲，身子已步出了院子。月亭和若华听了，倒忍不住都笑了。

"李先生，今夜你便宿在这儿好不好？我们明天一同到校去好了。"

玉人眼瞧着秋枫的身影在门框子外消逝了去，本来尚欲追出去送一阵，但不知怎么有了一个感觉，她又停住了步，瞧那王妈把大门也早已合上了。于是回身过来，拉着若华的手，笑盈盈地恳求。月亭也在一旁相留，若华于是便也含笑答应了。

若华是宿在玉人的房里，两人和月亭道了晚安，便携手进房。玉人小手在嘴上按着，连连打了两个呵欠，若华笑道：

"刚才你在房中这许多时候做什么？"

玉人听了，并不回答，微微一笑，红晕了脸儿，却自坐到沙发上去。若华也不追问，走近梳妆台旁，对镜理了一下云发，回眸向玉人望了一眼，却见她呆躺在沙上出神，便忍不住好笑道：

"这妮子不睡干吗，呆呆地想什么心事？"

"李先生，我问你，女孩子大了，一定要出嫁的吗？我想不出嫁，永远不出嫁，可不可以呀？"

若华听她骤然问出这几句话来，心中倒不禁为之愕然，暗想：这孩子自从和朱先生厮混了两个月，怎么说话就有些痴痴颠颠，我倒要向她问个原因了。遂走近沙发，和她一同坐下，把她纳入怀里，

67

望着她娇憨的脸儿，笑问道：

"这妮子发痴了，你永远不想出嫁，是因为什么原因呢？"

"朱先生说我将来年纪长大出了嫁，便和朱先生就要不认识了。我想这出嫁实在太没有意思了，怎么一出嫁，连平日好朋友都要不认识了，那么和李先生不是也要不认识了吗？"

玉人偎在若华的怀里，微昂了粉颊儿，转着乌圆的眸珠，很认真地说着。若华听了，这才明白是因为这一层意思。但秋枫为什么要和她说这些话呢，这倒有些儿奇怪。遂抚着她的美发，笑道：

"别说呆话了，哪有这一种道理？"

"朱先生的才学你们不是都说他很好吗？既然很好，说话会没有道理的吗？"

若华听她这样说，心里真是又好气又好笑，捧着她苹果般的颊儿吻了一个香，笑道：

"你告诉我，今天在校园里朱先生和你还有说些什么来？"

"我要朱先生在这里学校教下去，就是黄先生回来了，朱先生也不要离开我。他说你现在和我这样好，将来出了嫁就不认得我了。我问他这是什么原因，他不肯说，我想既然这样，我就一辈子不要嫁人了。李先生，你说好不好？"

玉人这几句话，听进在若华的耳里，方才知道玉人这孩子竟然爱上了秋枫，而秋枫心中倒并没有这个意思，一时对于秋枫的人格不免有些肃然起敬，暗想：我疑心秋枫有什么野心，那真是以小人之心度君子之腹了。便拍着玉人的肩儿，笑道：

"不好，不好，你为什么要一辈子不嫁人呢？"

"因为我不愿朱先生离开我，所以我情愿不嫁人。"

"那么你就嫁给朱先生吧……"

"我能嫁给朱先生吗？"

若华见她和秋枫的感情竟好到这样地步，遂故意逗她一句。不料玉人听了这话，顿时眉儿一扬，乌圆眸珠在长睫毛里一转，掀着酒窝儿竟是笑起来了。若华听她问出这一句话来，觉得两性间的神秘真不可思议极了，忍不住把手指在她颊上一划，羞她笑道：

"啊哟，这妮子怎么问出这句话来了！"

玉人在若华的怀里，原像比在妈的怀里还要熟悉，觉得和李先生可以无话不谈，兼之夜漏更深，闺房之内未免有些忘了情。今被若华这样一来，猛可理会，一时把两颊涨得绯红，啐了一声，一骨碌翻身站起，逃到床上，把被儿在自己头上蒙住了。若华虽不听到有她的笑声，但只瞧着被儿一松一颠的样子，这就猜想她在被里，定是笑得那份儿有劲的了。

第五回

一夜微酡颜如玉
连朝瘦损小腰肢

魏明珍在玉人家里喝了几杯酒出来，脸儿是红红的，一颗芳心的跳跃，似乎也较平日快速一些。踏着月色，夜风微微地吻着脸庞，心里更泛起一阵热烈的兴奋。于是她的两脚并不向家里走去，却是一步一步地向那热闹街市里移动。

踏进热狂醉心迷人的新都舞厅，就听到一阵荡人魂魄的爵士音乐送进了耳里，顿时全身便起了异样的感觉，腰儿扭，眉儿扬，眼儿媚，脚儿也会痒起来。

"哈啰，密司魏，巧极了，巧极了，几个人在这儿玩?"

就在这个时候，忽见迎面走来一个翩翩的风流少年，笑嘻嘻地过来，伸出了手，和明珍紧紧握了一阵。明珍因为是正需要着一个异性，见了这个少年，芳心之中自然是感到极度的兴奋和快乐，不禁眉飞色舞，掀起了妩媚的笑容，说道:

"我道是哪个，原来是密司脱杨，我一个人还只刚才来，你多早晚来的?"

"我也来了不多一会儿，没有别的人，密司魏到我那桌上去坐会儿怎样?"

原来这个风流的少年就是若华的表弟杨维贤，明珍听他这样说，当然是表示同意，频频点了点头，于是两人含笑走到那边沙发上的座位里，并肩坐下。维贤吩咐侍者拿上一杯牛奶，明眸脉脉地向她瞟了一眼，笑道：

"自从那天在这儿和你见面后，光阴真过得快，差不多已将有两个月了吧？密司魏的学校里，近来忙不忙？"

"可不是，一忽儿竟有两个月哩。上星期测验了一次小考，比较忙一些，所以有好久不曾出来玩了。"

"真的吗，那今天真正巧极了，因为我也好多日子不曾到这里来玩了，密司魏的表哥倒不曾一同来吗？"

明珍听他问起心尘，便摇了摇头，似乎很不开心的样子，拿起白铜的小羹匙，在牛奶杯子里放下了几块太古方糖，掏了一掏，凑在殷红的嘴唇上，慢慢呷了一口。维贤见她殷红的樱口开处，便微露出一排雪白的牙齿，瞟了她这种喝牛奶的姿态，不免令人有些想入非非，这就凝望着她的粉颊儿，呆呆出了一会子神。明珍似乎也觉察到维贤在注意自己，遂绕过无限媚意的俏眼儿，向他斜乜了一眼，微微一笑。维贤经她一笑，这才理会自己态度未免失了常，遂搭讪着笑道：

"密司魏近来可白胖多了，想来心中很得意吧？"

"也不见得什么得意，可是这两天饭倒是很吃得下。"

明珍说到这里，忍不住捂着嘴儿又哧哧地笑了。维贤也笑道：

"饭吃得下，就是表示心里很快乐，密司魏今天晚饭可曾用过，要不喊一客大菜？"

"你别客气，我在朋友家里吃了来的，你不见我脸儿还红红的吗？还喝过好多杯的酒哩。"

"哦，对了，今天是中秋佳节，天上的月儿是光圆了，人间对此月华，自然都有一番庆赏。密司魏和你的表哥不知几时月圆，我可等着这杯喜酒儿喝哩。"

维贤握着那杯白菊花茶，望着她娇艳的脸儿，很神秘地笑。明珍骤然听他这样问，芳心倒不禁为之愕然，微眵了星眸，瞅着他似乎含有些儿嗔意，问道：

"密司脱杨，你这话是打哪儿说起的呀？谁没有表兄妹，你怎么就说到这个上面来？譬如密司脱杨和李先生是表姐弟，我可以说你们几时给我喝喜酒的吗？"

明珍这说话的意态，显然有些儿娇嗔。维贤所以要这样问，原是要探询明珍和心尘两人的交情深浅如何，今见明珍这个神情，可见两人的感情也并不过分地好，心里这一喜欢，不知乐得什么似的，连忙赔不是说道：

"密司魏，别生气，我自知失言了，请你原谅我吧。"

明珍见他这样慌张地赔不是，心里这就感到他的柔顺，白了他一眼，忍不住抿着嘴儿娇媚地笑了。维贤觉得她这个白眼是一个娇嗔，心里荡漾了一下，也微微地笑起来。

舞池里忽然放射出绯红的灯光，乐队的奏乐加以特别快速，单瞧那个喇叭手，睁大了那双眼睛，两腮一鼓一鼓的模样，显然是吹得那份儿有劲。这些足以振奋人们的舞兴，维贤这就站起身子，和明珍很恭敬地行了一个四十五度的标准礼，微笑道：

"密司魏，恕我冒昧，请求你舞一次。"

明珍嫣然一笑，欣然站起，两人挽手到舞池里，搂了她的纤腰，偎着她的心胸，按着步子，合着那音乐的节拍，翩翩地似蝴蝶穿花般地舞蹈起来。

一转两转团团地打着旋子，愈旋转得快，那舞的姿势也愈觉得美妙好看。明珍紧偎在维贤的怀里，好像小鸟儿那么灵活，各人的步子都是相当纯熟，因此各人的心中也是感到了特别兴奋。同时又因为彼此搂抱得紧，肉和肉的摩擦，各人的心胸都觉得一股热的电流，灌注到全身的细胞里，便起了异样的变化，似乎整个身子都要被热狂的爱之火所熔化了。

因为舞池里有几十对的舞伴在旋转地飞舞，两对的舞伴就不免要相撞。明珍和维贤经人一撞，各人心里都是吃了一惊，维贤急忙把她整个抱住了。明珍因为喝了酒，又因了青春时期情的暴发，那两腿是软绵绵的，把脸儿就直贴到了维贤的颊上去了。维贤只觉得她的娇吁不止，吹气如兰，闻在鼻中，心神欲醉，趁势更紧搂住了她的腰肢，偎着她的颊儿，笑道：

"密司魏，可撞痛了你没有？"

明珍没有回答，那条玉臂挽着维贤的脖子，却是咯咯地笑得厉害。从这一点瞧来，明珍确实是个热情放浪的姑娘。维贤觉得在这一种性情姑娘的身上，很可以找一些儿安慰，于是更坚固了追求明珍的心。

音乐停了，灯光又变换了暗绿，维贤、明珍携手归坐在沙发上，不料才只坐下，那明珍的娇躯就倒向维贤的怀里，犹娇吁不停。维贤到此不免有些儿受宠若惊，情不自禁地抚着她的臂膀，柔声儿笑道：

"密司魏，对不起，你可乏力了吧，就多靠一会儿休息。"

明珍听他这样说，倒反而又坐正了身子，觉得一个年轻的女子和一个初交的男朋友就显出这样亲热的举动，这未免是失了姑娘的身份，便红晕了双颊，秋波瞟他一眼，抿嘴嫣然笑了。维贤被她这样柔媚的手腕之下所吸引，那一颗灵魂早已绕到明珍的身上去了，伸手又去握过她的柔荑，轻轻地抚着，含笑说道：

"密司魏，自从那天我在这儿见到你，我的一颗心中就觉得你这人令我有好感的地方，当时因为有你表哥在旁，所以不便招待你，这些要请你原谅我的。不料今天在无意中我们又遇到了，那不是一件使人感到庆幸的事吗？现在我很想和你结一个朋友，不知密司魏可情愿有我这样一个朋友吗？"

维贤轻轻说到这里，明眸又脉脉地向她凝望，表示他的话是这一份儿真挚和诚恳。明珍听了，芳心暗想：原来他在两个月前早有这个意思了，这我总算不曾认错了人，想不到两心早已相印了呢。明珍这样想着，自然暗暗欢喜，笑盈盈说道：

"密司脱杨，你这话不是太客气了吗，只怕我高攀了你吧？"

"没有这个话，没有这个话。密司魏容貌美、性情好、品学优，没有一处不超人头地，我能得您这样一个人为朋友，这不是我无限的光荣吗？"

明珍这位姑娘的性情是最欢喜有人奉承她。维贤这几句话是投其所好，听在明珍的耳里，自然是乐得眉儿一扬、眸珠一转，笑容这就始终不曾平复过，握着他的手儿，连连摇撼了一阵。笑道：

"过奖过奖，这真叫我有些儿难为情了……"

维贤见明珍会把手儿来反紧握了自己，可见这是明珍内心的热情和喜悦的表示，一时真乐得不知如何是好，笑道：

"一些儿并没过奖，密司魏，今天我心里真是非常兴奋，很想喝一些儿酒，不知你能陪我喝一杯啤酒吗？"

"啤酒我还可以喝，性凶的酒就不行啦。"

维贤听她答应了，心里欢喜极了，遂喊侍者开上两瓶啤酒，满满倒了两杯，一杯亲手递到明珍的手里，自己也举起玻杯，和她手中的杯儿碰了一下。大家便笑盈盈地凑到嘴边，咕嘟咕嘟地喝下去了。

"密司魏，你的酒量可不错。来，大家再干一杯怎样？"

两人一口气喝完了杯中的啤酒，彼此一照杯，都微微笑了。维贤握着啤酒瓶，又对准她的杯子里倒下去。明珍在玉人家里本来已有了四五分醉意，此刻一玻璃杯啤酒落了肚，热辣辣的是臊人得厉害，同时那一颗芳心也不停地摇荡，于是有些情不自制地把那第二杯啤酒又向嘴里倒了下去。

"密司魏，再喝一杯，连中三元，那才有个意思哩。"

明珍这一种醉态，瞧在维贤的眼里，心中不自然地便会起了一种野心，握着酒瓶犹向她的杯子里倒下去。明珍似乎觉得这样大喝，自己不免要醉倒的，因为自己原是一个不会喝酒的人，今晚所以又喝两杯，也无非是心里太兴奋了的缘故，所以秋水盈盈地瞅着维贤，摇了两摇头，掀了嘴儿只是憨憨地笑。

"不喝了吗？那我也不勉强你，这杯就我喝了，大家去跳一支华尔兹好吗？"

维贤瞧她这个意态，已经晓得她的确是醉了，遂把那剩下的一杯自己又一口气喝了下去，然后挽着明珍的手臂，便向舞池里走去。

明珍的舞步显然有些儿歪歪斜斜，但她犹竭力支撑着。维贤见她眼儿如水，颊儿如花，春色已上眉梢，心里不免暗暗欢喜，这就愈跳得有劲。没过多久，明珍因为身儿一阵子颠簸，那酒气就向上涌，骤然间哇的一声，只见她樱口开处，把在玉人家里吃下的夜饭竟吐出了一半。在舞池里面发生了这一种事情，别对的舞伴便都吓得避了开去，同时舞娘们还"哟"地叫了一声，回眸过来，用了神秘的眼光向两人凝望。

明珍经此一吐，顿时头晕目眩，四肢软绵，维贤只得把她扶归座来，给她喝了一口茶漱口，问道：

"密司魏，怎么啦？你觉得哪儿不舒服，要不要吃些水果？"

"没有什么，想是酒喝得太多了，让我闭眼养一会儿神就好了。"

明珍把头儿歪靠在沙发背上，微闭了明眸，轻轻地回答。维贤道：

"那么我送你回家去怎样？"

维贤这一句话，明珍似乎并不十分注意，只"唔"地响了一声，已经昏沉地睡过去了。维贤见她身儿完全偎在自己的身上，她的脸儿本来是靠在沙发背上，此刻也就慢慢歪到自己的肩胛上来了。想不到只喝了两杯啤酒就会醉到这个地步，可见真的她是不会喝酒了。不过既然不会喝酒，为什么不拒绝饮呢？这难道她的心中是和我表示特别的好感吗？想到这里，心里又荡漾了一下，把自己脸儿略为一偏，回眸望去，齐巧和明珍成个嘴对嘴的直角形。鼻中闻到她口里吹出来的气味，虽然有些酒气冲人，但有二分之一的气味却带着了芬芳的幽香。这香气不知是她敷的香粉香，抑是她珍贵的处女香？想着处女香三个字，这就情不自禁地凑过嘴去，在她的嘴唇上甜甜蜜蜜地偷吻了一下。好在舞场里的灯光是相当暗，对于维贤的偷吻，是没有人会加以注意。再加上明珍烂醉如泥，一些儿也不晓得，维贤自然乐得温存了一回。薄薄的两片嘴唇，却是全身感觉最灵敏的部分，嘴唇和嘴唇的相触，能直接应响到性机能上，所以维贤似乎有了异样的变化，决定开始他野心家侵占的欲望。

这是燕华饭店三楼十四号的房间里，电灯是开得很亮的，房中踱着一个身穿西服的少年，上褂并没穿着，只有一件条子衬衫，袖子卷得高高的，两臂背在背后，垂了头儿，不停地来回地在整个房中踱着步，仿佛心中有什么事情委决不下的神气。约莫有了五分钟的时间，那少年便在梳妆台前停了下来。他那视线直向那张半铜床上望过来。这就见那床上还躺着一个睡态娇懒的姑娘，原来这一男一女就是维贤和明珍。

维贤心中既有了侵占的欲望，便把明珍扶出新都舞厅，坐车同到燕华饭店开了一个房间，意欲乘明珍在睡梦之中，来了一个偷香窃玉的工作。但维贤到底还只有一个十八岁的青年，既到了房间之内，心里倒又胆小起来，因此望着床上的明珍，一时却下不了手。

"这样一个好机会不干，那不是太傻了吗？好在明珍她是爱我的，就是醒来了，恐怕也不会责怪我的。好，我准定干。干，就干！"

维贤一个子呆呆地出了一会儿神，因为床上明珍的粉嫩脸颊儿、高耸的胸部、圆润的大腿，一切富于弹性的肉感，太以令人陶醉了。理智制不住他性的冲动，他自言自语地说出了这几句话，仿佛是下了一个决心。

慢步地渐渐地移到了床边，离开床儿愈近，那一颗心的跳跃也愈剧烈，仿佛将要从口腔里跳出来似的。

对着她红润润的粉颊、颦蹙的蛾眉、微开的星眸，心里起了一阵无限的爱怜。因了爱怜，把他已伸下去要解她纽襻的手儿立刻又缩了回来。摇了摇头，似乎良心还没有完全地抹煞，理智告诉他，这是不道德的行为，我们青年人是应该竭力戒除的……

"唉，就这样算了吧！"

维贤内心的理智和情欲是互相拼命交战着，交战的结果，情欲却是失败了。他暗自叹了一声，低下头去和她吻了一个嘴，便自管跳上床里，和她并头静静躺了下来。

大凡一个人要干一件冒险的事，都在一时之间冲动。假使我要枪杀一个人，便得立刻就干，不能经过良久的考虑，若一经考虑，那就枪杀不成功了。这和维贤的要侵占明珍身体是一样的道理。维贤因了性的冲动，耐不住他心头的欲火燃烧，很想干一下偷香窃玉的工作，但是他并不就下手，先在房中踱圈子，后来又想到这是不道德的行为，我们青年应该竭力戒除的。同时他又想到万一明珍翻了脸，闹开了，自己便担了一个强奸的罪名，这是法律所不容许的，因了贪一时的欢娱，不要丢了我一生的名誉。经过了这一层的考虑，每个人内心的热情和欲念，立刻就会从沸点以上而降到零度以下的。维贤所以能压制他的欲念，还是因为这一层关系。

东方的朝阳慢慢地已从地平线上升了起来，晨熹从天空中透进了薄纱的帷幔，直照射到明珍的脸颊。熟睡了一夜，此刻一觉醒来，倒觉精神充足。睁眸一瞧，不禁"啊哟"了一声，一时也不及细想昨夜的经过，立刻推醒旁边的维贤，娇声喝问道：

"好，好，你这个人面兽心的……怎么平空地你敢欺侮我……我……"

维贤睡眼蒙眬，突然见她柳眉倒竖，杏眼圆睁，向自己恶狠狠的神气，倒反而忍不住笑起来，说道：

"密司魏，你这是什么话，我哪儿曾欺侮你？在新都舞厅里，我见你醉得这个样子，意欲送你回家，又恐有许多不便，但睡在舞场里，又多么不舒服，所以我特地开了一个房间，给你养神。虽然你的酒醉原是因为我，我所以帮助你也是分内之事，不过我到底是一份好意，你怎么可以怪我欺侮你呀！"

明珍听他絮絮地说出这一番话，遂急忙暗暗窥察自己的身上，觉得旗袍是穿得整整齐齐的，下部也并不曾有异样的感觉，心中这才放下一块大石，暗自想道：原来维贤有这样好的人格，这倒是值得令人佩服的。一时不免对他盈盈一笑，但忽又白他一眼，噘了嘴儿，娇嗔道：

　　"那么你干吗和我睡在一头……可见你也不是一个好人哩！"

　　维贤见她这个意态，显然是回嗔作喜，不过她所以又要这样薄怒含嗔，无非是女孩儿家假惺惺作态罢了。便大胆伸手过去，握住了她的手儿，笑道：

　　"昨夜我送你到这儿时候，我自己也有些醉了，所以糊里糊涂地就并头躺下了，这个要请你原谅。但是我此刻想起来，倒觉得真是有意思。昨天不是八月十五的中秋节嘛，我竟和你并头躺了一夜，这好像是我俩未来的生命，也像有光圆的明月那样的团圆哩！密司魏，我这些话，不知你也能表示同情吗？"

　　维贤说了这两句话，把身儿移近了一些，明眸脉脉地凝望着明珍，表示他的存心是这一份儿的真挚。明珍并不躲避，芳心荡漾了一下，瞟他一眼，向他呸了一声，却是抿嘴咪咪地笑了。维贤见她并不表示反对，同时又没有一些儿怒意，那显然是默认了，心里这一快乐，不免忘了情，伸手捧过她的脸儿，啧的一声，对准了她的嘴儿去吻了一下。不料明珍防备得快，把纤手早先按在嘴上，因此维贤吻了一个空。明珍咯咯一笑，一骨碌翻身，便跳下床去了。维贤见她这个样子，一时也不禁为之神往了。

　　"密司脱杨，你这次总欺侮我了，我可告诉李先生去。"

　　"我长了几个脑袋，敢欺侮你吗？正经的，昨夜你没回家，爸妈会不会骂吗？"

　　"爸妈不管我的事，这个倒不用忧愁，只是现在已九点多了，我今天又要迟到了哩。"

　　明珍一面在面汤台边洗脸梳头发，一面很随便地回答。维贤听她的爸妈是不管她的，心里愈加欢喜，一面跳下床来，一面又正经地说道：

"那么我揿铃叫侍役喊点心，反正迟了，就索性慢慢儿地到学校去吧，我不是也要迟到了吗?"

"你迟到了活该，谁叫你喝什么啤酒?"

明珍把手巾在瓷盆里一丢，回眸白他一眼，逗给他一个妩媚的娇嗔。维贤舌儿一伸，望着她粉颊儿，憨憨地笑道：

"我活该就活该，但你是我害你的，心里过意不去，又叫你饿肚子，那我更不安心，所以索性请半天假也不要紧呀。"

"我不要，我此刻赶到校中还不算迟哩。你也不要荒课，无故荒课，到底说不过去的。"

明珍噘着嘴儿，好像有些撒娇似的劝规他的意思。维贤见她这情景和说话，宛然是一个贤内助的口吻，心里不禁也感动了，遂摇撼着她手儿，说道：

"那么我也不吃什么点心了，就和你一块儿走吧，密司魏，我们几时再相会呢?"

"随你的便……星期日吧。"

"星期日还要四天哩……好吧，就是那一天，我想下午一点钟仍在这儿会面好不好?"

"要在这儿做什么?"

"这儿清静些，我们不是可以细细地谈一会儿心吗?"

明珍听他叫自己到旅馆里来，便定着乌圆的眸珠，带着猜疑的神气向他问。维贤微笑着顿了一顿，却又立刻很正经地答着。明珍微红了脸儿，却不回答。维贤早已随便地擦一把脸，按铃叫侍役进来，算清房金，两人方才携手出了燕华饭店。在人行道上站着，维贤给她讨了个街车，自己也上学校里去了。

明珍到了校里，第一点钟的英文课早已过了。玉人一跳一跳地走到明珍面前，握着她手儿，笑盈盈叫道：

"明珍，你家里有什么事，怎么直到此刻才到校呢？我道你在我家吃一餐饭，不要生病了，倒叫我担了一个钟点的心哩。"

"你这妮子别胡说瞎道地触我霉头了……"

明珍白了她一眼，玉人弯了腰儿，却是咯咯地笑得直不起来。就在这个时候，那上课的钟又当当地敲起来了。

下午四点钟多的时候，维贤从民华中学里出来，因为自从和明珍同睡了一夜，脑海里便时时浮着明珍这个人。虽然彼此原约定礼拜那天相见，但维贤似乎有些等不及，身不由主地匆匆又到黄江女子中学里来了。谁知这时早已放晚学了，黄江女子中学里已没有了一个学生，维贤只好到若华的宿舍里去看望他的表姐了。

这时若华的宿舍中，若华在写字台房整理书籍，玉人站在旁边，却是有一搭没一搭地和她聊着天。若华道：

"黄其俊先生今天早晨有信给校里，说下星期三可以回来了，你可知道吗？"

"真的吗？那么黄先生来了，朱先生在这里可仍教授下去吗？"

玉人骤然得到这个消息，在她的一颗小小的芳心里似乎有了一重打击，绷住了粉颊儿急急地问。若华因为自管地理着书本，所以并不曾注意到玉人脸部的表情是这份儿的焦急，依然很随便地答道：

"朱先生是个有抱负的人，他岂愿意在这儿度粉笔生活呢？所以黄先生来了，他自然是到别处去了。"

"咦，那奇怪了。昨天他不是自己答应我，在这儿再教授三年吗？要待我毕了业，他才不教下去哩。怎么朱先生又要离开了呢？这意思是他亲口对你说的吗，为什么今天一整日朱先生没和我说起呢？我得去问他不可。"

玉人絮絮地说了这一套话，显然她的小心灵中是感到这份儿惊异。若华因为在昨天夜里已经晓得玉人确系爱上了秋枫，所以对于玉人今天这几句特殊的话，倒也并不感到过分的稀奇，伸手拉过了她的手儿，同在沙发上坐下，笑道：

"那么你明天见到朱先生，就竭力地挽留他好了，也许他能答应你的。"

"我一定挽留他，他要离开这儿，我一定不依他哩！"

玉人噘了嘴儿，很肯定地说着。在她的意思中，是朱先生一定是很听自己的话，自己的意思，朱先生是不会十分拂逆的。

"表姐，你没有出去吗？"

玉华听了玉人的话，频频地点着头。就在这个当儿，只听一阵皮鞋声，走来一个翩翩的美少年。若华抬头一瞧，正是表弟杨维贤，遂拉着玉人站起，给两人介绍道：

"这位是我的表弟杨维贤，今年才十八岁，现在民华高中部里肄业。这位是我的学生兼小妹妹周玉人，也是这儿教务主任周月亭的令爱。你们快见过礼。"

两人经若华这样一介绍，彼此不免望了一眼。维贤一见玉人，仿佛是天上安琪儿那样美丽，若和明珍相较，那明珍确实是望尘莫及，一时望着玉人的脸儿竟是呆住了。玉人见维贤这人倒有三分像朱先生，今见他这样呆望，倒忍不住抿嘴嫣然笑了。维贤经她这一笑，整个的灵魂不知不觉飞到她的身上去了，但觉得这样子似乎有些失了礼仪，遂忙向玉人鞠了一躬，笑道：

"原来是密司周，久仰久仰！"

玉人并不回答，也和他弯了弯腰，却是报之以微笑。若华见维贤这样失魂落魄的样子，便瞅了他一眼，笑道：

"表弟，我把周小姐介绍给你做朋友，但你得好好侍候，切勿有得罪她的地方，不然我可不依你的。"

"表姐，你这是哪儿话，我怎敢得罪密司周？我有密司周那样一个朋友，我实在情情愿愿永远做密司周的仆役哩！"

维贤说着话，那眼儿却向玉人瞟。玉人到底还是一个孩子的成分，听他说得有趣，忍不住又抿嘴笑了。若华见维贤开口，就用迷汤灌得十足，心里又好笑又好气，恨恨地白他一眼。维贤却作不理会，自管和玉人搭讪着。玉人含笑应酬了几句，似乎心里有什么心事，忽然站起来，向若华、维贤含笑说声再见，便头也不回地急急走了。

"表姐，周小姐这人脾气古怪，怎么她匆匆走了？难道我有什么地方得罪了她不成？"

"她不是生你的气，今天她有着一件心事哩。"

"她有什么心事啦？表姐，周小姐这样美丽的人儿，我真还只有第一遭儿瞧见呢，不知今年几岁了？"

"她有什么心事不要你管，玉人今年是还只有十五岁，小了你三岁，说起来倒是一对。不过你这人太不肯长进，我有些不肯管闲账……"

若华瞅他一眼，摇了摇头，这显然是有意为难他。慌得维贤向若华左一揖右一揖，连连喊着表姐道：

"我的好表姐，你就管管我的闲事吧，我以后对于书本一定用功，对于姐姐的话，也只不敢哼一声儿。姐姐要打要骂，尽管教训，但是千万要玉成我这一对才好哩！"

若华见他这样厚脸皮，便把纤指划在颊上羞他。谁知维贤却偎到若华的身上来，千姐姐万姐姐地缠绕着，若华打他一下肩胛，便正经地说道：

"只要你做人正当，书本用功，姐姐总可以竭力成全你的。玉人的妈妈最相信我，我说你的人儿不错，她自然也会赞成的。不过玉人本身这孩子性情古怪，你不能太过分地和她亲热，不然她就要不高兴的。所以你得记着，爱情这样东西，要慢慢成熟，欲速则不达，这是一定的道理。"

"姐姐的金主良言，敢不唯命是听。将来若以然玉成我这一对，那真使我感恩不尽的了。"

若华听了，嘴儿一撇，啐了他一口，笑道：

"罢了，别给我说肉麻的话了吧，只要给我学业上争一口气，那我在你爸妈的脸上也有些儿面子呢。"

"表姐，你放心，我终不辜负你的一片厚望是了。时候已经不早了，此刻我伴你吃馆子去吧。"

维贤自见了玉人，觉得玉人的脸儿真要较明珍美上两倍，于是一心便想玉人作为自己的妻子，对于明珍昨夜的一番热烈追求，自然是抛置脑后去了。今听表姐肯从中撮合，心里自然快乐得什么似的，所以对于这位表姐，更奉承得了不得。也不征求她的同意，说完了这几句话，就拉着若华的手儿，匆匆地一同到外面吃馆子去了。

月亭在教务室里料理舒齐了事务，方才携着玉人的手儿回家。玉人坐在车上，已是忍不住她心中的纳闷，微昂了脸儿凝望着妈妈，急急地问道：

"妈，黄先生要来了，朱先生你为什么不仍挽留他教授下去呢？因为朱先生的教授，实在要比黄先生好得多哩！"

"朱先生他原是暂时来代庖的，挽留有什么用？这是要他自己愿意干下去，那才好哩。再说他的事务也很多，对于执教到底是个苦事，当然他也不希望老在教育界中混下去的。"

玉人听妈这样说，当然是没有什么再可以问的了，沉着粉颊儿默默无语，这神情显然内心是这一份儿的不高兴。

车子到了家里，玉人离开妈的身怀，翻身跑下人力车，自管先奔到了自己的卧室。放好了书本，把热水瓶的开水倒在面盆里擦了一个脸，对镜照了一照，拿起梳妆台上的那柄奶油色的牛骨梳子，整理了一下云发，又在抽斗里拣了一块妃色的绢帕，便回身匆匆又奔到上房里去。只见妈坐在房里的写字台旁，正在翻那《康熙字典》，便偎到月亭的怀里，笑盈盈地说道：

"妈，我此刻到朱先生寓所里去一次，好吗？"

月亭知道玉人这孩子的性情是非常温柔，她明明已经存心要去了，还要加上好吗两字，显然是要月亭答应一声。月亭虽然觉得时候已经五点多了，难道一到人家家里就吃晚饭？不过又不忍拂她意思，知道玉人所以今天要去，还是因为朱先生将要离开校中的缘故，遂点头说道：

"那么王妈伴了你去，天色将夜了，你一个人在路上我有些放心不下。"

正说着，王妈拿勺子进来冲水，月亭遂叫王妈伴了玉人同到秋枫的寓所里去。

秋枫坐在家里的写字台旁，台上已亮了一盏绿纱的台灯，面前摊着今日出版的《华北日报》，裁剪那自己的一篇社论。忽然间从室外走进一个少女来，后面跟着一个老妈子，仔细一瞧，却是玉人和她家的里的王妈。玉人这时会来，倒是出乎自己的意料之外。因为玉人还只有第一次到自己家里来，当然不能不表示热烈的欢迎，含笑站了起来，说道：

"咦，玉人，这时候你怎么会来？我倒是想不到的，请坐请坐。"

"这时候我不能来的吗？"

玉人笑盈盈地已是走到秋枫的面前，转着乌圆的眸珠，瞅了他一眼，这意态是带着淘气的口吻。秋枫一面笑着倒茶，一面忙说道：

"谁说你不能来，你又多什么心？请喝茶……你还是第一次来，可惜朱先生家里没有什么好东西给你吃……"

秋枫把茶杯亲自端到玉人的手里，望她一眼，笑着说，似乎回身要出房去喊人似的。玉人把茶杯放在桌上，伸手把玉枫拉住，秋波睃他一眼，说道：

"忙什么，朱先生，你怎么把我当作小孩子看待了？我到家里来，难道是因为吃东西的吗？"

秋枫听她这样说，倒是一愕，觉得玉人这话言在意外，那么她今天来我家，显然是有什么事情的了。遂望着她笑了一笑，说道：

"我不忙就不忙，那你请坐吧。"

秋枫说着话，自己又在写字台旁的转椅上坐了下来，玉人见朱先生虽然是待自己十分客气，不过这客气是未免带有了应酬的意思，举动上并没有和以前那样亲热了，一时心中颇觉闷闷，也只好退到沙发上去坐下了。回眸打量房中的用具，却是相当简单，可见独个儿的生活是这样单调的了。秋枫见她的明眸只管向室中打量，两手摸着沙发的臂膀出了一会子神，心中暗想：这孩子有趣，今天她是做什么来的？遂把报纸翻拢，放过一旁，和她搭讪着问道：

"玉人，你这时打哪儿来？从家里来的吗？"

这一句话显然也是问得十分无聊，玉人这才回眸过来，齐巧和秋枫的视线成了一个直角，这就对他嫣然一笑，说道：

"从家里来的，朱先生，这儿只有你一个人住着吗？那么收拾打扫地方，也是你自己干的吗？"

"本来我原想雇一个用人，但是睡的地方发生了问题，好在房东有个仆妇，没有什么事情，所以常给我差遣，每月给她几元钱，她也很高兴的了。"

玉人听了，频频点了点头，雪白的牙齿微咬着嘴唇微笑道：

"这个才是，否则我想朱先生也太辛苦了。"

秋枫见她有一搭没一搭地说着空话，心中好生奇怪，但又不能问她是做什么来，为的又怕她生气。这样聊天一会儿，秋天的天日原是很短促，太阳一下山，不多一会儿，天色早已夜了。秋枫站起来，说叫房东仆妇到馆子里喊菜去。玉人道：

"就马虎吃些儿好了，叫什么菜？"

"我的饭原包给房东，二菜一汤，十元钱一月饭金，虽然我不常吃，但是防着落雨落雪的时候，那就省却许多麻烦了。你想，这二菜一汤，又怎样好吃？我自己也想去叫菜，却并不是因为你。玉人，你爱什么菜吃，就点两个，我也点两个……"

秋枫握着笔杆在纸上写了两个菜名和一个汤，递给玉人，叫她也点两个。玉人也就不客气，簌簌写了两个菜名，拿给王妈，说道：

"王妈，就是你去到馆子里喊一声吧。"

王妈答应一声，便自管下去。两人静了一会儿，玉人慢慢走近秋枫的身旁，望着他的脸庞，柔声含笑问道：

"朱先生，黄先生下星期三不是要回校来了吗，那你……不教授了吗？"

"黄先生回来了，那我的责任自然完了。"

"你不能再教授我们吗？那你昨天怎么答应我再教授三年呢？"

"这是你的意思，我原不曾答应你呀。"

玉人忽然听秋枫会说出这个话来，一颗芳心顿时泼上了一盆冷水，蛾眉微蹙，眼皮低垂，粉颊绷得紧紧的，一步一步地又退回到沙发上坐下，却是默不作声。秋枫见她这个神情，显然是大不高兴，心中这就感到了一阵难受，不免轻轻叹了一口气，暗想：今天她忽然会来，想是因为挽留我再做教授了，此刻我竟这样拒绝她，怎不要使她心中感到失望呢？虽然我之所以要和你疏远冷淡，原不是出于我的本心，因为环境的关系，不得不如此，其实我的心里又如何痛苦哩！秋枫想到这里，大概因为情感太浓的缘故，情不自禁又站起身子，意欲和她坐到一处去，但不知又有了一个什么感觉，他终于又在桌边停住了，两手抚摸着桌沿，望着她低垂的脸儿。低声道：

"虽然我不再教授你们了，但我自会常到你家里来玩。再说你有空的时候，不是亦可以常到我这儿来玩的吗？"

玉人听了，并不回答，经过良久的时间，她把手儿抬起来在眼皮上擦了擦，方才微昂了脸颊，向秋枫含笑点了点头。秋枫觉得她的笑是非常勉强，同时从她这意态上瞧来，显然她还在出眼泪，一时心头也不知打哪儿冲上来一股辛酸，竟感到了一阵莫名的悲哀。想不到她竟和自己有这样的好感，瞧了她这样楚楚可怜的神情，心中很想安慰她几句，可是嘴里却愈说不出一句。玉人见他回过头去，望着窗外出神，心中却又误会朱先生是在讨厌自己，不然像从前他早拉着我的手儿很亲热地絮絮说话了。但又怎晓得秋枫两眼望着窗外黑漆的天空，眼角旁也正涌上一颗说不出所以然的眼泪呢。

"菜来了。"王妈边嚷边走进到房中，秋枫随手在眼皮上一揩，

86

立刻回过身子，见馆子里的人已把四菜一汤放在桌上了，房东的仆妇也把饭菜送来了，见小圆桌上已放着了菜，便笑道：

"朱先生，有客人在这儿吗？"

秋枫笑着点头，一面在橱里取出两只金边的饭碗和两双红象牙的筷子，王妈接过，早已盛了两碗。秋枫叫王妈在茶几上吃房东送上的饭菜，自己回头对玉人喊道：

"玉人，吃饭了，你酒不会喝，我也不和你客气了。"

玉人听秋枫这样说，方才站起身子，含笑移步过来，和秋枫相对坐下。玉人捧着饭碗，握了筷子，望了一会儿，说道：

"朱先生，我饭盛太多了，分一些给你好吗？"

"什么，一碗饭也吃不下吗？回头要饿的，这碗饭又不满，你就吃下了吧。"

玉人听他这样说，似乎不忍拂他的意思，但吃了一半，再也吃不下去，遂回头给王妈，叫王妈代吃完了。秋枫见她这个样子，显然还气着自己，遂搭讪着笑道：

"菜不好，害你一碗饭也没吃呢。"

"菜是很好，不知怎的，我的肚里却很饱哩。朱先生，你慢用。"

玉人说着，站起身来，又自坐到沙发上去。秋枫觉得玉人的态度有些改变了，心里总感到了有些不自然。

饭后，两人静坐了一会儿，这也奇怪，在平日玉人偎在秋枫怀里总有许多的话好说，此刻两人竟在无形中是生疏了许多。壁上的钟敲了八下了，王妈催玉人回家了。玉人方才站起告别，秋枫送到门外。玉人见他并不相留多坐一会儿，心里愈加悲伤，当跳上人力车的时候，那满眶子里的眼泪竟不由自主地淌了下来。夜风是一阵阵地吹送，人力车的影子在黑暗里消逝了。秋枫站在人行道上，身子瑟瑟地抖了一下，心头感到了无限的凄凉。

第六回

忧心戚戚有如失
娇面盈盈欲说难

玉人回到家里，月亭见她并不像从前那样一跳一跳高兴地含笑进来，心里好生奇怪，遂把她拉到怀里，抚着她乌黑的美发，说道：

"夜饭可是朱先生家里吃的？干吗不高兴？和朱先生吵了嘴吗？"

"妈，你怎的说这些话？朱先生怎么会和我吵嘴吗？"

玉人听妈这样说，微昂了粉颊儿，乌圆眸珠在长睫毛里一转，掀着笑窝儿，装作毫没有一些事儿般的神气。王妈在一旁插嘴笑道：

"朱先生待小姐真客气，还特地到馆子里去叫菜，不料小姐今夜胃口不好，却只吃了半盅的饭呢。"

"不要你多嘴。"

玉人听王妈说自己只吃了半盅饭，似乎恐怕妈妈疑心自己有什么不高兴似的，便白了她一眼，噘了嘴儿，向她挥了挥手。王妈微微一笑，只得悄悄退了出去。

月亭瞧玉人这个意态，心里自然有些狐疑，朱先生既然待玉人这样客气，那么玉人为什么心里还要不快乐呢？难道真的两人吵过嘴吗？玉人生怕王妈告诉我，所以不许王妈说出来吗？但朱先生断断不会和玉人吵嘴的，想来定是玉人要朱先生教授下去，朱先生没答应玉人，所以这孩子心里就不乐意了。便偎着她粉颊儿，又含笑说道：

"你和朱先生闲谈些什么？你去的时候，他在家做什么呀？"

"朱先生在看报，他说他虽然不教授我们了，但他常会到我家来望我，他又叫我有空的时候，常到他家里去玩玩。"

"这我也对朱先生说过了。玉人，在七点钟的时候，李先生和他的表弟也到我家来过了，她的表弟姓杨叫维贤，是在民华高中部肄业，年纪还只十八岁，品貌倒也不错……"

玉人对于若华和维贤也来过家里的话，似乎并不十分注意，攀着月亭的脖子，又急急问道：

"那么朱先生他预备去干什么事情呢？"

"这个我倒不曾问他，刚才你怎不向他问一声，倒反回家来向妈问呢？"

月亭望着女儿玫瑰般的颊儿，瞅着她反问。玉人听了，一想这话不错，自己真也糊涂，一时倒也忍不住扑哧一声露齿嫣然笑了。良久，方又问道：

"妈，李先生到我家里做什么来呀？"

"李先生请你一同瞧戏去，她见你不在家，便坐一会儿，和她的表弟走了。"

"李先生倒有兴致哩。"

玉人这样回答一句，伸着纤手，按在嘴上，连连打了两个呵欠。月亭道：

"你疲倦了吗？那么就早些儿去睡了吧。"

玉人含笑频频点了点头，遂离开了月亭的身怀，向她妈一招手，便笑盈盈地自回到卧房里去了。

这夜玉人躺在床上，一颗小小的心灵真感到十分奇怪。为什么好好的我又不曾得罪朱先生，朱先生却和我这样冷淡了呢？难道朱先生不做教授了，我们也就不认识了吗？那我还不曾嫁人哩，因为朱先生说将来我嫁了人，便和朱先生要不认识了，那么我只要不嫁人，我和朱先生自然也依旧很要好的了。照今天朱先生对我的情形瞧来，虽然是原待我很客气，不过我觉得这客气似乎有些虚伪的样子，那是使我很伤心的，这就无怪我的眼泪，竟止不住它扑簌簌地滚下来了。不知道朱先生以后仍会和我亲热吗？假使他以后不教授我们了，那我们见面的机会自然很少了，见面的机会既少，彼此若再不亲热些儿，那将来恐怕是真要到不认识的地步了。玉人想到这里，总感到十分伤心，不过究竟为什么要伤心，自己却是说不出一个道理来，只觉一股辛酸冲上鼻端，因此那雪白的绣花枕儿上倒又湿了一大堆。可怜一个天真无知的周小姐，不知不觉竟也坠入情网中了。

次日，玉人依旧上学校里去读书，见了秋枫，便含笑叫了一声朱先生。在她的意思下面，原想再和秋枫说几句话，表示亲热些儿，不料秋枫只含笑回叫了一声"玉人，你早"，便匆匆自管走开。因此玉人虽想和秋枫表示亲热，却再也没有这一个机会了，玉人觉得秋枫是有意避开她，心里自然很难受，因此把她性情竟变了一个沉默的人了。

这是一个星期五的早晨，秋阳已悬挂在树枝的梢头了，微风吹在身上，似乎感到了有些寒意。秋枫和若华在校园中碰见了，两人并着肩踱了一会儿步，静悄悄的空气里，若华开始她的闲谈。

"这两天来，不知怎的，玉人这孩子竟会沉默得多了。"

"真的吗？我却不曾理会……也许孩子年龄大了，她的性情自要改变一些。"

秋枫听若华这样说，心中虽然明白玉人所以会变了这个样子的原因，但表面上又不得不装出没理会的样子，很随便地回答。若华绕过媚意的俏眼儿，却向秋枫瞟了一眼，微微笑了一笑。秋枫瞧她这个笑的意态，似乎含有了些神秘的样子，因为自己有些心虚，不免心中有了些狐疑，暗想：玉人她自己承认是我的小恋人，现在她突然见我和她这样冷淡，难道她小小的心灵中，也曾感到失恋的痛苦吗？不然她一个活泼淘气的个性，怎么会变成这个惹人可怜的模样了？假使因为避免彼此被外界苛责，而竟陷害一个可爱的姑娘堕入了悲哀的境地，这我是多么难受。一阵无限的伤感激起在秋枫善感的心灵，忍不住长叹了一声。

"我想玉人所以变成这个样子，还是因为朱先生不肯在这儿再教授下去。朱先生，你难道自己一些儿都没有觉着吗?"

若华这一句话倒也问得直爽，听进在秋枫的耳里，不禁为之愕然，凝眸望着若华的粉颊儿，顿了一顿，说道:

"这我想不会的吧……"

显然秋枫这话是有些儿支吾，若华抿着嘴儿咻咻一笑，说道:

"朱先生，也许你真的没有这个意思，这两个月里来，人家因为你俩的感情和举动似乎特别亲热和好感，因此在无形中就给玉人加上了一个是你小恋人的头衔，这你大概也不会不听到吧? 我每次在玉人的口中得知，玉人虽是一片孩气，但确实已有爱上你的成分，我心里常常感到非常有趣。现在因为朱先生要离开这儿，同时这几天你又和她十分冷淡，所以她的心中感到很不快乐了吧。"

若华会说出这几句话来，秋枫是做梦也想不到的，既然若华明白得这样详细，自己当然也不用再装含糊，便微笑道:

"玉人仅仅只不过十五岁的孩子，我是只当她小妹妹看待。所以和她表示特别的好感，原是因为她的天真娇憨的意态太以令人感到可爱，因为彼此熟悉，行动上不免显现了亲热一些。在我根本没有对于玉人存了一种希望的心。不料最近我也发觉玉人这孩子的说话有些儿奇怪，同时也感到了有趣。虽然不知玉人是否懂得有爱之一个字，不过若照此下去，难免发生了爱素的作用。所以我趁着黄先生要回校了，便慢慢地可以和玉人疏远一些。至于玉人这几天感到不快乐，那是要请李先生随时给她做个伴儿，或者一块儿到公园去玩玩，或者一块儿去瞧戏，孩子懂得什么，几天以后，自然也渐渐淡然了。这事本来我原不好意思和你说，但好在李先生都是知己，请你别见笑。"

秋枫这一篇话，听进在若华的耳里，虽然不晓得秋枫是否戴着假面具，不过他毅然和玉人生疏起来，这是事实，就从此一点看来，秋枫的人格真令人钦佩到了极点，但却又瞟他一眼，妩媚地笑道：

"朱先生的理智很坚强，不过内心似乎很痛苦吧，但我细想玉人虽然很爱你，那你就不妨接受了她的爱。朱先生的年龄也不大，况且也还不曾有对象哩……"

"李先生，请你别取笑我。我要有这个意思，那我也不能算为学生的教授了。况且周先生这样诚实待我，我若存了这个心，我的良心又如何对得住周先生呢？虽然结婚原为每个年轻男女所必经过的道路，但像我这样年龄，真如你所说还并不十分大，就是因为并不大，当然也不需要，何况在这风云变色的局势之下，那似乎更谈不到这些……"

若华听他这样说，觉得秋枫会一些儿无动于衷，这当然也是说说罢了，人非草木，谁能够没有情感呢？不过秋枫能够把火样的热情竭力压制着，这秋枫可真谓是一个理智健全的人。这种青年倒也难得。若华到此，对于秋枫不免也敬佩得五体投地，不住地连连点头。

"李先生，你是爱护玉人的一个人，当然对于玉人，你得仍应该使她和以前一样快乐。"

"不错，我就是因为这样想，所以我有许多的考虑，就是把你所以对玉人疏远的意思，要向玉人详细解释，使她有彻底的明白。同时玉人会和你表示这样好感，也未始不是因为年龄的进展、发育的健全、生理上的变态，需要两性间的慰藉，去调剂那处女时代的苦闷，心灵上得到了快慰，体质上自然更蓬勃得有生气。所以一个白胖活泼的姑娘和一个黄瘦呆滞的姑娘，其所以有这样的差别，在此也未始不是其中原因的一点。玉人的变了沉默的态度，我的确为她很忧虑。今天我问你一声的原因，假使你能接受她的爱，自然很好，就是你决计和她疏远，我也得给她介绍一个，补救她的空虚心灵，使她仍能活泼，那当然是使人很快慰的了。"

秋枫听了若华这许多话，觉得若华对于情窦初开的处女心理倒是剖析得很有意思，自己因为和玉人太亲热一些的缘故，不要使玉人受到健美的影响吗？那我因为爱她，不是反成了害她吗？便慌忙点头说道：

"那么李先生决定给她介绍一个朋友，使她心中能够遗忘了我，这当然是再好也没有了。"

"这也可以不必到这样地步，你俩师生间的友爱，何苦又这样地完了呢？玉人这孩子对于你是特别地信任，所以只有你的话，她认为是对的，因此你对于玉人的前途，还始终有保护的责任……"

秋枫听若华这样说，倒忍不住又笑起来了，这也未始不可以，遂含笑点了点头，便又问她道：

"那么李先生给玉人介绍的是谁？"

"就是我的表弟杨维贤，那天你不是瞧见过了吗？玉人的妈也见过，似乎对于表弟的人品尚称满意。"

"哦，是了，你表弟不是尚在民华中学高中部读书吗，这样才相称哩。"

杨维贤的容貌在秋枫的脑海里尚有一个印象，觉得维贤的年龄和品貌都和玉人有些相合，所以便很欣慰地说着。若华见他表示赞同，心里自然很欢喜。就在这时候，上课钟已敲了，于是两人遂分手走开。

若华为什么和秋枫说这一番谈话，其中当然含有了深刻的意思。因为若华晓得秋枫不但是给玉人相爱着，而且还是给月亭所信任的人，那么我要玉成表弟这一头婚姻，实在少不了秋枫帮一下忙，就是叫秋枫能够在月亭和玉人面前说一句维贤果然是个好青年的话，那事情是可以稳稳成功了。

维贤好不好，自然日后人家瞧得出，若华为什么要想秋枫吹嘘呢？可见若华对于自己这位表弟也晓得并不是个十分前进的青年。那么既知维贤并不前进，若华为什么又要成功玉人这一头婚姻呢？

这若华怎么还可以说是爱护玉人的人，简直是陷害玉人了。但若华自然也有她的念头，维贤虽不是个前进少年，但他家有百万家产，既无兄弟，又无姐妹，嫁他为室，难道还愁吃还愁用吗？何况维贤才学虽不好，外表却是相当美，正经事虽不研究，男女间却相当聪明，这样人才，确具有谈恋爱的条件。玉人嫁给他，也并未辱没了她的好模样。那么我完成了这一件美事，也总算报答了姑爸姑妈教养我的一番恩惠了。

若华既一心一意地要玉成这一头婚姻，但对于秋枫的心里，是否也真有爱玉人的心，这自己到底还不十分明白，假使秋枫也爱上了玉人，那维贤自然想也不用想了。若华所以和秋枫这样询问，其中还有这一层意思。秋枫只道若华是因为完全爱护玉人，怎能知道若华是还另有作用的呢？

这天晚上，若华到玉人家里来，见月亭坐在上房里看夜报，玉人却不在房中，便笑着招呼道：

"周先生，玉人到哪儿去了？"

"李先生，你怎不到我家里来晚餐？玉人在自己房里，想是在写字哩。"

月亭见了若华，放下报纸，站起相迎，笑着招呼，一面请她坐下，一面倒卜一杯茶，若华连忙接讨，道了谢。两人遂闲谈了一会儿，彼此又谈到玉人的身上来。若华道：

"玉人这孩子为什么近两天很不快乐的神气，想是在家里闷得慌了，所以我想在星期日带她出去玩玩。孩子老不出去散心，也要关得木木的了。"

"可不是，从前常跟着朱先生游玩，现在因为朱先生就要离开了，同时大概因为朱先生自己事情很忙，所以也没有空工夫来和她做伴了，不料玉人这孩子倒弄得不声不响地没精神，我正在发愁哩。李先生肯带她去玩玩，那我是求之不得的事，而且也很放心的了。"

若华听月亭这样说，心里十分喜欢，遂又说了一会儿，见玉人并没出来，便别了月亭，到玉人的卧房里去了。只见玉人坐在灯下，握着钢笔杆，正在书写英文。若华进来，她却并没觉得，若华也不去惊她，在她背后站了一会儿，见玉人就要写毕，生恐她回头猛可见了自己吓了她一跳，遂咳嗽了一声，笑道：

"玉人，你真用功，怎么李先生来了这许多时候，你却不理会呀？"

玉人听了，慌忙回头，见若华已站在背后，不觉吓的一声，站起身子，拉了若华的手儿，笑道：

"李先生，你多早晚来的？怎的一声儿也不响呀？还怪我不理会哩！"

若华把脚跳起，给她瞧瞧，原来是穿了一双软底鞋子。玉人笑了，一面整理墨水笔杆，一面又倒茶。若华把她拉在怀里，同坐在沙发上，笑道：

"别忙，茶在你妈房中早吃过了，玉人，你这几天为什么老闷闷不乐呀？"

"可不是，我自己也不晓得哩。"

玉人这句话回答得有趣，若华也就愈加感到她的可爱，捧着她的粉颊儿，吻了一个香，笑道：

"你不晓得，我倒知道哩，是不是因为朱先生不肯再教授下去，同时这几天朱先生和你很冷淡，是吗？"

"这也是一个原因……真奇怪，朱先生忽然和我冷淡了，李先生，你可晓得这是因为什么缘故啊？"

玉人听若华说到自己的心眼里，遂也憨憨地一笑，转着乌圆的眸珠，似乎很怀疑地问着。若华笑道：

"朱先生当然有一个原因，他因为恐怕你和他发生恋爱呀。"

"这话奇怪了，他怎样知道我要和他发生恋爱呢？"

玉人听若华这样说，芳心倒是一怔，暗想：朱先生怎么怕我和他恋爱？即使和他恋爱又有什么关系？何况我也并不曾有和他恋爱的心呀。因此颦蹙了蛾眉，凝眸怔怔地呆问。若华见她一知半解，问得有趣，忍不住望着她娇媚的脸颊，扑哧一声笑起来，说道：

"你和朱先生这样要好，他和你冷淡了，你心里就感到不快乐，这情形就是你心中爱上了他。不然，他和你冷淡，你又为什么要闷闷不乐呢？"

"我爱上了他，他就和我冷淡，那么我是不是不能爱他的吗？"

"这妮子真痴了，他是你的先生，你怎可以爱上他呢？"

若华见她问出这个话来，心里真感到了说不出的有趣，忍不住把手指儿去划玉人的脸颊。玉人见若华对她这举动，方知这是一件羞涩的事，不禁在两颊上飞起了一朵桃花，把脸儿藏在若华的怀里，缠绕着不依。若华被她扰得痒丝丝的，便笑嗔着说道：

"别疯了，是你自己问我的，闹什么？"

玉人听她这样说，方才罢了，白她一眼，忍不住又笑起来。一会儿，她又说道：

"李先生，你对朱先生说，我不会和他恋爱的，叫他放心是了。"

"朱先生其实一半还是因为事情忙，所以没有工夫和你出去玩，现在朱先生介绍我的表弟给你做朋友，他常可以伴你出去游玩，不知你愿意吗？"

"是朱先生介绍的吗？我妈可晓得，假使别人介绍，妈是要骂我的。"

"那么维贤原是我的表弟，假使是我介绍的，那你妈难道也会骂的吗？"

玉人见若华脸部的表情似乎有些儿不高兴，遂偎着若华的颊儿，憨憨地笑道：

"李先生做的事，妈妈当然也不会骂的。"

若华听她这样说，方又回嗔作喜，望着她笑了。两人絮絮地又说了一会儿，若华推开她身子，说要回校去了。玉人拉着笑道：

"李先生今夜宿在此处吧。"

"不宿了，我还有些儿事呢，你别送出来了，明天见。"

玉人送到房门口，若华挥了挥手，玉人真的不再送出去，回身掩上了房门，躺在沙发上，呆呆地出一会子神，心中暗想：原来朱先生所以和我冷淡，是因为怕我恋爱他，朱先生也太会多心了，我不能和朱先生发生恋爱……这不知是谁做出来的……唉……玉人想到这里，不由自主地叹了一声，遂也懒洋洋地脱衣就寝了。

第二天星期六下午放假，若华匆匆又到玉人家里来，说今天天高气爽，携了玉人同到中山公园里去游玩，月亭自然答应。玉人因为多天不曾出去，今见李先生来约她，心里乐得什么似的，拉了若华的手，说到房中去换身旗袍，便笑盈盈地拖着若华进去了。在房里拉开橱门，取出一件茶绿色的夹衫，又换了一双黄漆平底皮鞋，扭着身子，向若华笑道：

"李先生，这件旗袍的腰身儿好不好？"

"唔，很好，恰合你的腰身，那么快洗个脸儿，我们好走了。"

"我饭后刚洗过了，不洗也得，就这样走吧。"

"再洗个脸儿也不要紧，涂上一圈胭脂，女孩儿家大了，是应该修饰修饰的。"

"嗯，我不要，胭脂我是从来不涂的，这样子不是很好吗？"

玉人噘着嘴儿，"嗯"了一声，对着镜子照了照，又回眸过来瞟了她一眼，一面却拉着若华的手儿，走出卧房去了。在月亭那儿去回了一声，月亭道：

"晚饭回不回来吃？"

"不一定，大概在外面吃了，周先生，你放心，回头我伴玉人回家是了。"

月亭听若华这样说，便含笑点头。于是若华、玉人出了大门，坐车到中山公园去了。车到中山公园，只见公园门口站着一个西服少年，玉人老远望去，便"咦"了一声，回眸对若华笑道：

"李先生，门口站着的不是朱先生吗？"

"这妮子的魂灵老在朱先生的身上去了，你再瞧瞧是谁?"

这时人力车也早已停下，玉人听了若华的话，慌又回头瞧去，自己也扑哧一声笑了出来。原来这少年不是朱先生，却是杨维贤。维贤一见两人，便含笑迎上前来，说道:

"密司周，好多天不见了，你身子很好吧? 我在这儿是恭候多久了。"

玉人听了这话，心中好生奇怪，回眸望了若华一眼。若华知道她在怀疑维贤恭候好久的一句，便笑着说道:

"密司脱杨是我约他在这儿等我们的。"

玉人这才明白了，和维贤含笑点了点头，很柔和地答道:

"真的多天不见了，身子很好，多谢你记挂。"

维贤听玉人这样回答自己，心中不知乐得什么似的，耸了两耸肩膀，竟是拉开了嘴儿笑起来。若华付去了车资，三人一同走入公园。这时秋阳暖和和地照着大地，公园里百花盛开，树叶儿浓浓淡淡，微风吹在身上，感到十分舒服。对对的青年男女携手同行，有的并坐树下，情话喁喁，各人的脸上都含了无限喜悦的笑容。

"我们到那面池边也去找个座位吧。"

若华见游人都坐着谈笑，便也向那面池边指去。维贤点头，先加快了几步，走上前去找座位。不料长椅子上早已都坐满了人，回头见若华和玉人已慢步踱过来，便笑着说道:

"椅子已没了我们的份，大家还是坐在草地上吧。密司周，请坐请坐。"

维贤在袋内摸出一方雪白的绢帕，摊在青草地上，自己却是在草地上盘膝坐下，指着绢帕，请玉人坐。玉人见他这份儿多情对待自己，心里倒反而感到有些儿难为情，拉着若华，叫若华坐。若华在自己胁下也抽出一方手帕，摊在地上，笑道:

"玉人，你别客气，我也有手帕儿呢。"

随着若华这一句话，两人便含笑坐下来。玉人齐巧是坐在维贤和若华的中间，因为维贤时常望着玉人很多情地微笑，玉人不好意思，只得把两眼去望那圆圆的池面。这个池的面积倒也不小，沿池种着大大小小的树儿，微风吹着枝条儿，都发出了细碎的声音，因为是数多的缘故，因此洒洒的声浪就拖得很长。

"公园里的空气到底是新鲜的，坐在这儿，迎着微风，就觉得精神爽朗，胸襟舒畅，假使能常到公园来散散步，对于身心实在很有益处的，密司周不知常出来游玩吗？"

彼此静悄悄的，若都不说话，那就觉得十分无聊，维贤这就找些话儿出来，和玉人搭讪着。玉人见人家和自己说话，那自然不得不回答人家，遂望着他微微一笑，摇着头儿，说道：

"我除了跟着李先生出来玩玩，一个人也不常出外，因为妈妈是要不放心的。"

在一个男朋友的面前，回答出这一句妈妈要不放心的话，那是一件挺有趣的事。若华和维贤这就觉得玉人实在还不脱孩子的口吻，两人忍不住微微地笑了。维贤说道：

"那密司周对于学业一定是很用功的。"

"这也不见得，你倒问问李先生，在学校里我是最笨的了。"

"不错，玉人在学校里是最笨了，每学期考试倒总是第一的。"

若华听玉人说了谎，还要叫自己帮助她说谎，心里忍不住好笑，便斜乜了她一眼，笑着点头说。维贤听若华这样说，显然玉人在校中是个优秀的学生，一时望着她又不禁扑哧一声笑出来。玉人经他一笑，又听若华这样，那自己的谎话便立刻揭穿了，两颊这就添上了两圆圈红晕，纤手搭在若华的肩上，伏着粉颊儿也笑起来了。

"表姐和密司周坐会儿，我去买些东西，这样空坐着也是怪无聊的。"

维贤忽然站起身子，向两人一点头，便急急地奔去了。若华回头望去，那维贤的身影早已在树丛中消逝了，便回眸望了玉人一眼，抚着她纤手，笑道：

"玉人，你瞧我表弟的品貌还好吗？他是吴县人，爸爸名叫惠祖，在上海开着许多厂家，总算很多着几个钱。他和你一样，是个独生儿子，我知道他的性情是很温柔的。现在李先生介绍给你做朋友，不知你喜欢吗？"

"你昨夜不是说朱先生也介绍密司脱杨给我做朋友吗？那朱先生一定也认得的了。"

若华听她念念不忘的是朱先生，可见朱先生在玉人脑海中的印象实在是很深的了，遂频频点了点头，说道：

"不错，我表弟和朱先生也认识，而且朱先生也很赞成维贤这个人，我希望你能接受维贤真挚的情感，那我才心里喜欢。"

玉人听若华这样说，表面上虽含笑不答，但心里却有了一阵反感，暗想：李先生这话也有趣，希望我接受他的真挚情意，他的真挚情意是什么呢？叫我又打哪儿去接受呢？怎么说话却是一厢情愿的？若华见她含笑不语，以为她是害羞，不好意思说什么。若华一味地把她当作小孩子看待，谁知这位周玉人小姐虽然是天真无知、活泼可爱，但意志坚强，却并不是个胸无成竹的姑娘呢！

"咦，咦，这位可不是密司李若华吗？啊，咱们好多年没见了吧？"

正在这个当儿，忽见前面走来一个穿西服的男子，年约三十左右，高高的个子，棕色的皮肤，身材魁梧，见了若华，便迎过来笑着问。若华抬起头来，凝眸向他仔细望了良久，方才"哟"了一声，连忙站起身子，笑着招呼道：

"啊呀，我道是哪个，原来是密司脱董，久违久违，差不多要不认识了。你一向在哪儿，可得意吗？"

原来这个男子姓董名志杰，乃是若华中学时同学，两人都不曾毕业，若华转入高级师范，志杰却转到军官学校，两人一别十二年，虽然曾经一度感情很好，但后因伯劳飞燕，各自东西，所以也就淡忘了。此刻在这儿相逢，彼此自然十分兴奋。尤其若华正在苦无对象之际，对于志杰不免表示特别亲热，紧紧握了一阵手，并着肩儿，一面走一面谈，竟不知不觉渐渐走远了。

玉人坐在草地上，瞧了两人这个情景，心里自然感到了十分的好笑，暗想：李先生遇见了的一定是要好朋友，不然怎么忘其所以地竟丢了我走远呢？玉人正抿嘴暗自笑出来，忽见维贤手里捧着许多糖果急急奔来，一见若华不在，便忙问道：

"密司周，咦，我的表姐呢，她到哪儿去了？"

"李先生遇到一个朋友，两人边谈边走地竟不知走到哪儿去了呢。"

维贤把手中糖果放在地上，自己也就靠近玉人身旁坐下。听玉人这样回答，便忙又问道：

"遇到了怎样一个朋友，却把密司周一个人丢在这儿了？"

"一个穿西服的男子，大概是姓董的，他们都说多年不见了，好像很亲热的样子。"

玉人说到这里，抿嘴咪地一笑。维贤见她笑得很神秘，显然是因为遇到一个男朋友，同时又因为很亲热的样子，这就明眸瞟了她一眼，也逗给她一个会心的微笑，说道：

"这姓董的是什么人，我却不认识，莫非是表姐的情人吗？对了，一定是情人，不然怎么要避着密司周去说话呢？但我们不要管他，还是吃我们的吧。密司周，这是巧克力糖，吃了开胃的……"

维贤一面说，一面把巧克力糖的锡纸剥去，递到玉人的面前。玉人见他这样殷勤，又听他说李先生是遇到了情人，同时望着自己又很神秘地笑，玉人觉得他这笑，或者还含有另外的意思，一时又觉难为情得很，红晕了脸儿，嫣然一笑，伸手接过那块巧克力糖，说了一声谢谢。维贤见她这一笑，真是千娇百媚，艳丽无比，又见她纤纤玉指拿了这块巧克力糖，放到殷红的樱唇旁，微微咬了一口。

因为是怕难为情的缘故，她那樱口是开得很小，就因为嘴儿微启，就稍会露出那一排雪白的牙齿，令人瞧了，不免有些儿想入非非。

"密司脱杨，你干吗自己不吃呀？"

玉人被维贤这一阵子呆看，那两颊愈加红晕了，一撩眼皮，转着乌圆的眸珠，向他盈盈地瞟了一眼。维贤这才理会自己的态度未免有些失了常，慌忙在草地上拿走一块巧克力，也剥了锡纸，放到自己的嘴里去，笑道：

"密司周，你别客气，要吃什么就吃什么，这儿杏花软糖、奶油太妃糖、胡桃糖都有，你随意自己拣吧。"

玉人频频点了点头，两人静了一会儿。维贤见她并不再吃，便又拿了杏花软糖给她，一面乘势去握她的手儿，一面说道：

"密司周，怎么啦，你不喜欢吃糖吗？"

"并不是不喜欢吃，却是不敢多吃，因为我怕牙齿痛，密司脱杨自己吃吧。"

玉人见他来捏自己的手儿，心里有些不乐意，遂把杏花软糖仍放在草地上，挣脱了他手，抬到头上去理被风吹乱的云发。维贤听了她的话，同时瞧了她这意态，方才知道若华的话不虚，玉人这位姑娘虽然艳如桃李，但却是冷若冰霜，并不像明珍姑娘那样来得热情，因此虽然是爱到心头，却再也不敢有动手去亲她肌肤的举动了。就在这时候，忽听有人叫了一声表弟，两人连忙回眸望去，只见若华和那个西服少年仍又踱了回来，维贤和玉人这就从草地上站起。若华便给大家介绍了一回，维贤忙和志杰握了一阵手，彼此客套了几句，大家仍又在草地上坐下，维贤便和志杰谈起军队中的事情来。

原来志杰自从军官学校里出来，便在第五十八师六十九团担任了一个营职，那年还和人家结了婚。谁知不到两年，妻子因产死了，其时正在内战，志杰又被调赴前线，打了几年仗。总算枪弹有眼睛，好像和志杰特别有交情，所以一颗也不曾吃着。现在军阀都一个一

102

个地下野，新中国便完全一统起来，虽经当局竭力建设整顿，但因了连年内战，外侮自难免也多起来。志杰此刻已升旅长，驻军在北平，趁着今天假日，便穿了便服出外游玩，不料却和若华相遇，彼此叙谈之下，方知一个中年丧偶，一个还待字闺中，两人到此，不免脉脉含情。

新月一钩，已在灰白有浮云堆里慢慢地掩映而出了。若华等四个人缓步踱出了中山公园，在一家四维村的馆子里吃过夜饭后，方才各自分手回家。

若华所以约玉人到中山公园来游玩，原是因为要联络玉人和维贤的感情，可以玉成这一对美满的姻缘。不料在无意之中，却遇到了一个十二年不见的旧同学，那旧同学又是军界里的一个军官，最可喜的是他妻子已在早年没有了，今见志杰的说话和情景瞧来，大有追求自己的意思。想不到给人家拉皮条，自己却要得到了一个意外缘哩，所以若华的心里，实在要较玉人和维贤高兴得多。因为维贤见玉人虽美，却有些凛不可侵犯的神气，这实在还是明珍姑娘好得多了。玉人因为心中只有秋枫一人，是很可爱最知己的，其余原不过应酬性质，所以在他们俩人的心里，倒并不感到有怎样的快乐。

"李先生今天多高兴，拉开了嘴儿只是笑哩。"

"这妮子，你难道不高兴吗？我给你介绍这样一个俊美的朋友……"

玉人和若华坐在人力车上，玉人回眸见若华粉颊上的笑容没有平复过，忍不住也哧的一声笑着问。若华似乎有些乐而忘形，向玉人瞟了一眼，回答出这个话来。但既说出了口，倒又觉得不好意思了，好像这话是承认自己所以高兴，是因为自己也得着了一个异性朋友似的，一时红晕了脸儿，却再也说不下去。玉人听了，却不说什么，也对了她哧哧地笑。

两人到了家，时候还只有九点钟，月亭笑问在哪儿玩，玉人笑着告诉，却不曾谈及维贤等在那边的话。若华坐了一会儿，也就告别回校。月旁见玉人倚在怀里，遂抚着她的脸颊，说道：

"脸儿红红的，可不是和李先生在外面喝了酒？"

"没有喝多少，只不过一杯酒，谁知脸就红了。妈，我觉得怪头疼的。"

"不会喝酒，下次千万别喝，你快早些儿去睡吧。"

玉人听妈这样说，便点头答应，含笑自回到卧房里去了。

玉人躺在床上，心中暗自细想：李先生说把维贤介绍给我，意思是叫我和他表示亲热些儿，这也奇怪，维贤虽然比朱先生还生得漂亮，但我总觉得朱先生比他要可爱得多，这也许是感情作用吧。一时又想起朱先生和我慢慢冷淡了，虽然是怕我恋爱他，但他也许是有些讨厌我，那么我自然不好意思和他表示亲热了。维贤却很喜欢和我亲热，但我好像总有些儿难为情似的，同时对待一个人，为什么和朱先生好像就不用避嫌疑，和维贤总似乎有些隔膜般的，真奇怪哩……玉人想到这里，自己也得有个说不出的所以然。

喝了酒后的玉人，此刻躺在床上，又因为是想着男女间的事，那一颗心儿的跳跃是特别急，同时全身的血液也流动得快速。忽然间，玉人觉得下部有什么东西流出般的，慌忙掀开被儿一瞧，只见裤裆下染有了一些儿红色。一阵又惊又羞的成分渗入了她小小的一颗处女的心灵，她顿时更把脸儿涨得血红，伸手在床边小橱旁取出一条短裤，只听"哔嗒"一声，那室中灯光就熄灭了。

次日十点敲过，玉人还没起床，虽然是星期不上学，但月亭总有些放心不下，遂悄悄地到房里来望她，只见玉人红晕了双颊，微闭了明眸，躺在床上。月亭走近床边，低声儿问怎么，玉人一见妈妈，好像十分害羞的样子，说没有什么，我的腰儿有些酸，身子软绵无力呢。月亭有些奇怪，忙说可以请个大夫瞧瞧，玉人一听，慌得连连摇手，伸出玉臂，弯倒月亭的脖子，附耳悄悄地说了一阵。

月亭唔唔响了两声，望着她娇媚的脸儿，微笑道：

"玉人，你是已做大人了，别害怕，静静躺一会儿就好了。往后你快不要太孩子气了，见了朱先生，别再向他缠绕了，知道吗？"

玉人听妈这样叮嘱，似乎稍会懂得男女间的神秘，什么地方都应避嫌疑的。一时猛可想着和朱先生李先生的前几天谈话，真是十分难为情，便唔唔答应了两声，瞟了妈一眼，便娇羞万状地别转脸儿向床里去了。

第七回

有限蝶梦酣未足
无端劳燕惜分飞

　　爱美原是人之天性，明珍两月前见了维贤后，在她芳心中对于维贤便有了一个很好的印象。两月后的中秋那夜，在无意之中，竟和维贤又在新都舞厅会晤了，经过几次搂抱的欢舞，甚至在燕华饭店并头在床上躺了一夜，就因为这一夜的勾留，在明珍的芳心中，把维贤这个人就认为世界上唯一的诚实少年。这样见色不乱，而且又是这样温文多情的少年，倘然能够作为自己的夫婿，这岂不是一件人生幸福的事情吗？同时又知道维贤是个上海实业巨子的独养儿子，这对于婚后的生活，自然更合乎我的个性。心尘表哥虽然爱我，但他的容貌没有像维贤那样美，他的家境没有像维贤那样好，当然水向下流，人向上进，自己总要拣一个有财有貌的夫婿，方为称心。明珍既然存了这个心，自然她把爱心尘的心又慢慢地移到维贤身上来了。

　　大凡一个女子，她有浓厚的虚荣心，往往就容易受累于人，这对于明珍便是一个很好的例子。明珍自维贤约她星期日仍在燕华饭店会面，她的一颗芳心便没有一刻不等星期日到来。好容易到了那一天，明珍吃过午饭，就急急地回到卧房里，对镜修饰起来。看看将到一点半钟，于是她披上一件花呢的夹大衣，挟着一只黑漆的花纹皮夹，便预备到燕华饭店去了。

　　不料在大门口的时候，齐巧遇到了表哥心尘。心尘见了明珍，连忙含笑抢步上前，和明珍紧紧握了一阵手，笑着招呼道：

"巧得很，表妹到哪儿去，我正来约您去瞧瞧戏呢?"

"哟，对不起得很，我因为要做几件衣服，所以要到百货商店去剪件料子，今天恕我不能奉陪了。"

明珍听表哥要约她去瞧戏，心里倒是着慌了，顿了一顿，不得不撒了一个谎，向心尘笑盈盈地拒绝。大概心尘是太爱这位表妹了的缘故，便忙又说道：

"表妹要剪料子去吗，很好，那我就伴你一块儿去怎样? 反正我左右无事的。"

"……唔，我剪好料子，还要到一个女同学家里去赴约会，表哥虽然可以一块儿同去，但到底有些不便。我想表哥不妨在家里等着我，也许我不多一会儿就回家了。"

心尘这一番好意，是并不能博得明珍的欢心，而且还感到有些儿可憎，一时心中倒难了，赴情人的约会，难道身旁再好带着一个情敌吗? 但聪明的人，转机自然比较快一些，明珍眸珠一转，这就有了主意，便立刻又掉了一个枪花。心尘听她忽儿剪料子去，忽儿又赴女同学的约会去，显然表妹是不要自己一同走，心里未免有些儿猜疑，她的说话是否是个事实。不过表妹既叫我在家里等着她，那也就没有什么话可以说的了。

"那么我决定候在家里，表妹，你就早些儿回来吧。"

明珍听心尘这样说，心中这才放下了一块大石，但又恐表哥心里要猜疑自己，所以故意又装出特别亲热的样子，笑盈盈和心尘的手儿又握了握，说声再见，便跳上人力车，手指向东一指，那车夫就拉起车杆，拔步向前飞跑了。

明珍到了燕华饭店，推进房门，只见维贤歪在沙发上，闭了眼儿打瞌睡，遂蹑手蹑脚地走到他的身旁。在明珍心中，原以为他假装睡着了，不料走近一听，果然有微微的鼻息之声，出自维贤的鼻中，便忍不住抿嘴好笑，遂脱了身上的大衣，丢在一旁，一面在壁上撕了一张日历，暗想：这人这样好睡，昨夜不知在做什么，我倒不妨和他开个玩笑。想着，遂把那纸儿用两手搓成细细的一条，慢慢地塞到维贤的鼻中，轻轻地转了一转。维贤正在睡梦之中，经她一弄，顿时奇痒难当，把手在鼻上一擦，便猛可打了一个喷嚏。明珍瞧此情景，这就忍不住弯了腰肢咯咯地笑起来。

"咦，原来是你来了？好呀，我等候了你这许多时候，你这样迟来还要和我开玩笑哩！"

维贤骤然听到了笑声，遂睁开眼来，向前一瞧，只见是明珍来了，心里十分快乐，便站起身子，猛可把明珍抱在怀里，嘴儿凑到她的颊边去闻香。明珍一面把手抵住了他嘴，一手拧他面颊，娇嗔道：

"你再胡闹，我可走了。"

"密司魏，我不胡闹，我再也不敢胡闹你了，那你就别走吧。"

维贤听她说要走了，便急得放下了手，连连告饶着。明珍见他这个样儿，遂故意又噘着嘴儿，回身拿过大衣，仍是要走。维贤见她真的动了气，连忙抢步上前，先奔到房门口，拦住了她的去路，笑着道：

"密司魏，我不是向你讨饶了吗？那你千万别生气了吧，你要如再说走的话，那我情愿跪在你的面前了。"

维贤说了这话，真的向明珍跪了下来。明珍瞧他这样向自己屈服，心里一快乐，那绷住了的粉颊儿这就再也忍不住露出笑意来。秋波恨恨地白了他一眼，纤指划在脸上羞他道：

"亏你一个堂堂七尺之躯，向我们女孩儿家做出这个丑态，不怕难为情吗？"

"在你那儿根本用不着怕难为情，就是你叫我穿鞋，我也会小心服侍你。假使在别的女人家面前，我连说一句话也不高兴哩！"

维贤涎皮嬉脸地站起身子，把明珍臂上挽着的大衣拿来，丢在床上，一面又携了她手，一同坐到沙发上去。明珍见他这样奉承自己，忍不住把眉儿一扬，乌圆眸珠一转，笑起来嗔骂道：

"不要你拍什么马屁，我有福气叫你穿鞋哩？"

"假使你不讨厌我，我还情愿给你穿旗袍。"

明珍不等他说完，啐了他一口，便又站起身子，走到梳妆台边，两手抚摸着桌沿，却是回眸过来咻咻地笑。维贤见她并没动怒，显然她希望有这一种的事实，心里不免荡漾了一下。这就细细向她打量一下，见她乌亮的美发是烫成最新的飞机形，还盘着一根淡青的缎带。今天她穿了一件妃色软绸的夹衫，两袖齐肩，露着两段嫩藕般的玉臂，却是相当丰腴，脚下踏着一双天青的高跟革履，旗袍开衩处露出粉色挺结实的腿肚，亭亭玉立。虽然不及玉人美丽，但明珍与普通姑娘相较，实在也可算是十分漂亮的了。

"密司脱杨，你干吗老望着我？"

明珍见他坐在沙发上，目不转睛地只管盯住了自己，一时感到十分不好意思，雪白的牙齿微咬着鲜红的嘴唇，秋波睃他一眼，忍不住薄怒含嗔地问。维贤笑道：

"密司魏，你这话有趣了，你不来瞧我，你怎么知道我老瞧着你呀？可见你也老望着我的，既然彼此都在相望，那你还怪我什么呢？况且你两只眼睛，我也两只眼睛，不见得你就会蚀了本呀！"

"算你这只贫嘴会说话……"

明珍见他涎皮嬉脸地絮絮地说了一大套，便啐了他一口，忍不住抿嘴又笑起来。维贤见她笑的意态实在很好看，不禁又站起身了，拉了明珍的手儿，说道：

"密司魏，你这人真是个快乐之神，一到这里，大家笑容就没有平复过，你真好像是只陈皮梅，吃了使人开胃健脾的呢。"

"你又信着嘴儿胡说了，怎么把我当作陈皮梅，可以给你吃的吗？"

明珍瞅他一眼，粉脸上又含了娇嗔。维贤见她这娇嗔是只有增加她的妩媚可爱，忙又笑着说道：

"你又生气了，我不过是一个比方，谁又不曾把你真的当作陈皮梅呀。别生气，别生气。密司魏，你来了这许多时候，我还不曾问你可用过饭了呢。"

"你真睡糊涂了，现在是什么时候了，还问我可曾吃过饭，你难道还不曾吃过饭吗？"

"我早晨八点钟就在这儿等着你，正预备你来一块儿吃饭，不料左等你不来，右等你也不来，因此就在房中打瞌睡了……啊哟，现在已两点钟了吗？我还道只有十二点哩！"

维贤望着她粉颊儿笑着说，说到后来，一瞧手腕上的表，不禁"啊哟"一声叫起来。明珍听了，撇了撇嘴儿，白了他一眼，说道：

"罢呀，别说好听话了吧，那天你不是约我下午来吗？"

"谁说的，那么恐怕我说错了，照你意思，难道我还舍不得请你吃一顿午饭吗？"

"这也说不定，谁又知道你的心？"

维贤听了，气急了，便忙揿铃叫侍役进来，吩咐他拿两客精美大餐。明珍见他真的要喊两客，便摇着手儿，急忙阻止道：

"一客好了，一客好了，我真的已经吃过了饭，那钱不是白花的吗？"

"不要紧，拿两客好了，反正吃过了就少吃些，白花了几个钱，原算不了什么的。"

侍者答应下去了，明珍指着他，哼了一声，说道：

"你这个人就真会多心，我原和你说着玩，你又何苦一定要喊两客呢？"

维贤听她这样说，心里直乐得什么似的，便拉了她纤手，又在沙发上坐下，明眸脉脉含情地凝望着她娇靥，笑着道：

"我倒并不是多心，我一个人吃多寂寞，就算承你的情，陪陪我吧。"

明珍听他这样说，显然他是那份儿柔情蜜意，一时频频地点了点头，瞟他一眼，忍不住又妩媚地笑。维贤见她柔顺得像一头羔羊似的，心里不免荡漾了一下，温存地抚着她的手儿，低声说道：

"密司魏，自从中秋那天和你分手后，我心中实在没有一刻儿不记挂你，甚至在睡梦中，也会和你在舞池里欢舞哩。不知你心中也和我有同样的记挂吗？"

明珍两颊笼罩了一层红晕，却是并不回答，俏眼儿向他瞟了一下，含羞垂下了头。维贤见她这样不胜娇媚的意态，便把身子更紧偎了她，用手去抬她的脸颊，笑道：

"怎么啦？密司魏，别怕羞，你回答我呀！"

"你不要缠绕我了，只要瞧我今天能来实践这个约会，那你就可以知道我的心中是记挂你还是不记挂着你呢。"

维贤见她微抬起脸庞，轻轻地嫣然含笑说出这样可人话来，一时心中直乐得什么似的，情不自禁猛可凑过嘴去，在她樱唇上吻了一个香去。因为这次是冷不防之间，明珍却是没有预备，今见被维贤吻了一下，心里觉得自己是太吃亏了，恨恨地打了他一拳。维贤见她娇嗔的意态，是更增加她的妩媚，虽然经她捶了一拳，却感到软绵绵地十分轻松，因此望着她只是哧哧地笑。明珍见他这样厚皮，弄得没法可想，扭着细腰儿，"嗯"了一声，竟撒起娇来。维贤瞧此情景，料想她不会恼怒，遂乘势把她身子纳入怀里，偎着她笑道：

"彼此都是一样的嘴唇，你就恼怒了，假使你觉得太吃亏，那你就吻我一个还好了，这样不是公平交易、老少无欺了吗？"

明珍的所以撒娇，原是女孩儿家假惺惺作态，假使在一个异性的朋友面前，太显出了温存柔弱的样子，那未免是失了姑娘的身份。其实在明珍的一颗芳心中，也确实希望维贤有这个举动，以调剂她处女的枯燥，所以被他搂在怀里，并不十分挣扎。谁知维贤说完了这些话，竟低下头去，把嘴凑到她的唇边，要给她吻还。明珍的芳心是不停地荡漾，媚眼瞅了他一下，露着牙齿却是憨憨地笑。维贤见她躺在自己怀里，微昂了脸儿，这是一个仰卧之势，胸间一起一伏，只是向自己娇媚地笑。虽然自己把嘴儿已渐渐凑近过去，但她并无一些儿躲避的神气，显然她的确也需要拥抱和接吻，于是大胆地贴下身去，把她紧紧搂住，亲亲密密地吻住了。经过了良久的吮吻，呼吸不免都有些急促。明珍把手将他身子推开了，但她并不坐起来，好像四肢已经软瘫，全身已被爱之火所包围了。她绕过无限媚意的俏眼儿，逗给了他一个又喜又羞的娇嗔。

"够了吧？你将吻到什么时候去呀？"

"唉，我要吻一整日，吻一辈子，生生世世给我吻过去，我总吻不厌的。"

维贤见她羞人答答地说出这两句话来，便故意装出涎皮嬉脸的神气，笑嘻嘻地真又要低下头去。这回明珍却坐起身子，很快地啐了他一口，逃到对面沙发上去了。就在这时候，侍役把两客大餐的第一道先送上来，问维贤可喝酒，维贤叫他拿上两杯白兰地，一面拉了明珍的手儿，在桌旁一同坐下。明珍瞧了一下手表，抿嘴笑道：

"此刻已两点半了，这算吃什么饭呢？再说我的饭还在喉咙口，哪里吃得下嘛？还是你自己吃吧。"

"吃大餐本来不是吃饭，原只不过吃些菜的呀，就算你吃过饭，但此刻已过二个半的钟点，肚子多少总有些饿了，别客气，来来，我们喝酒吧。"

明珍见他举起高脚玻璃杯，一定要自己也举起杯子来，便扭了一下身子，摇头抿嘴笑道：

"你别发痴了，这样凶的酒能喝吗？我喝了啤酒尚且要醉得这个样儿呢？"

"那天因为你本来已喝过酒，自然要醉了。现在这个酒虽然凶一些，不过你只要慢慢地喝，再吃些菜，这是一些儿也不会醉的。密司魏，你不信倒试试看。"

维贤的话儿是说得那么婉转，明珍觉得维贤实在是个温文多情的少年，好像自己再也没有勇气可以拒绝他了，遂含笑频频点了点头，拿起酒杯，微微喝了一口。维贤见了，自然乐得眉飞色舞了。

一满杯白兰地，大约有了三分之二落下了肚，大餐的菜也上了最后的一道，明珍的两颊是绯红得可爱，眼波好像水样地动荡，全身每个细胞都发出热辣辣的紧涨，尤其那一颗摇摇不停的心，好像小鹿般地乱撞。她把酒杯推过一旁，摇头微笑道：

"这酒实在是厉害，我再也不能喝了。"

"只有这一些儿了，密司魏也就乐得给个面子，喝完了，我们就可以跳舞去呢。你瞧我一饮而干，多漂亮……"

维贤说到这里，把自己那杯剩下的果然全喝了下去，一面拿起明珍的一杯，亲手递到她的口边，要她喝尽。大概是因为情感胜过理智了，明珍竟没法拒绝，索性接过杯子，也向口里直倒了下去。维贤此刻自己也有五六分醉意，瞧她如此直爽，不禁拍手笑道：

"好，好，密司魏漂亮极了，总算赏给了我一个大面子。哈哈，我兴奋快乐极了，来，我们就先在房中舞一次吧。"

维贤说着，便站起身子，向明珍鞠了一个躬，明珍到此，也就笑盈盈地伸开两手，扑了上去。一个弯着他的脖子，一个搂着她的细腰，两人在房里转转地欢舞起来了。

两人跳舞的步子都有些歪斜，因了歪歪斜斜，两人的身子这就更加搂抱得紧。维贤的胸间，似乎被她两个软绵绵的奶峰有些颠簸得肉感，撩拨起他内心的爱火，情不自制地把脸儿偏过去，对准她的小嘴吮了一个痛快。明珍的明眸在微微地闭着，呼吸是那样不调匀，她似乎也需要这样的安慰，遂把小嘴一张，将她的小舌尖伸到维贤的口中，维贤像孩子哺乳般地吮着。就因此一吮，两人的全身顿时起了异样的变化，感到了不可思议的神秘和难受。维贤的脑海里已模糊了，他觉得性的爆发虽已到了刀斧加头亦不可压制的时候了，于是他把明珍的身子慢慢地搂到了床上。明珍已仰卧在床上了，维贤紧紧地压在她的身上，嘴儿在她的唇上发狂似的吮吻。彼此并不说什么话，明珍更紧闭了明眸，只有两人急促的呼吸之声，似乎在室中隐隐地流动。

"珍，我亲爱的珍，你别伤心了，我总不会忘记你的。"

经过良久的时间，明珍瞧着雪白帕儿上的一点鲜红，她才意识到自己珍贵的处女的贞操已被维贤在酒后的醉中所攫去了。一阵羞涩和后悔激起了她良心上的惭愧，忍不住掩着脸儿，呜呜咽咽地哭起来了。维贤见她这样楚楚可怜的神情，因为在她的身上已经得到了甜蜜温存的滋味，自然是更觉无限的爱惜，轻轻地扳过她身子，捧着她的脸颊，柔情蜜意地安慰着。明珍听了，并不停止她的悲哀，觉得这是一生中仅有的贞操，一旦轻易地送给了维贤，这到底是一件伤心的事，片刻的狂欢，剩下的是良心醒悟中的悲伤。维贤见她哭个不停，遂把嘴儿又去吻她的樱唇，柔声说道：

"珍，你快不要哭了，再哭我的心也给你哭碎了。你虽然是个处女，可是我也是个童子，究竟你也不曾十分吃亏呀。况且你的贞操既已交给了我，那你就是我的人了，珍，我的珍，你不用忧愁，我绝不会负心你的，你请放心是了。"

"我还有什么话好说呢？只有希望你不要忘了今天的这几句话才是，我的一生是都寄托在你的身上了。你若要抛弃我，那我是只有一死了。"

明珍听他这样说，频频点了点头，那话声是这样可怜，说到后来，她那眼泪又不停地落下来。维贤见她柔顺得好像一头驯服的羔羊，忙又吮去了她颊上的泪水，轻怜蜜爱地温存着道：

"珍，你放心，我要如抛弃了你，我绝不好死……"

明珍听他发了重誓，心中倒又不舍得起来，急忙伸手将他嘴儿一扪，无限柔情而又无限哀怨的目光凝望着他，低声儿嗔道：

"只要你言而有信，何苦又说死说活呢?"

维贤见她这样疼爱自己，一时感到心头，忍不住吻着她嘴又默默温存了一会儿，良久，明珍推开他身子，却恨恨白了他一眼。维贤笑道：

"你恨我吗，亲爱的珍？"

"唉！我怎么不恨……你害……"

"珍，你可怜我就别恨了吧，我总不敢忘记你的恩情……"

"恨也罢了，不恨也罢了，你真是我命中的魔……"

明珍秋波白了他一眼，含了无限恨而又无限疼爱的神情，把纤指向维贤颊上一点，忍不住又垂下粉颊儿微笑了。维贤见她这一笑，真有说不出的美丽，遂跑下床来，关上房门，索性叫明珍脱了衣服，两人钻进被儿，甜甜蜜蜜地去找他们的好梦了。

两人因为刚才太兴奋了的缘故，狂欢的结果自然是感到了极度的疲劳，所以两人搂抱在被窝里，直睡到晚上七点敲过方才醒来。

"珍，我们这一回养神的时候可不少，你此刻觉得爽快吗？假使精神充足的话，那么我们不妨再来一次，这回你也许更感到甜蜜了……珍，肯不肯呀？"

维贤扭亮了空中的灯光，回眸望着明珍醒后的娇靥，是更觉容光焕发，大概在明珍枯燥的处女心中，已灌溉了维贤的滋养，所以愈显出水芙蓉那样的艳丽。对着这样可爱的人儿，维贤不觉又燃起内心的爱火，偎过身子去，伸手到她的下面去拉扯。明珍却把身子缩成一团，抵住了他的手儿，嗔道：

"不要，我不许你再……你若胡闹，我可恼了。"

"那么给我一些儿甜的吧，我给你穿旗袍、穿皮鞋，大家一块儿吃饭去。"

维贤见她不许，遂对准了她的小嘴亲密地吮吻，明珍遂也不违拗，两人吻了良久，维贤方才把她抱起，给她穿上旗袍。明珍怕痒，不要他穿，维贤遂拿过高跟革履，握了她俏脚儿给她穿鞋，一面笑嘻嘻地望着她说道：

"你说没有福气叫我穿旗袍穿鞋吗？现在我不是已做你忠实的仆役了吗？"

明珍听了这话，心里真乐得心花儿都开了，扬着眉毛，但却又把小嘴一撇，纤指划在脸颊上羞他。维贤笑了，明珍自己也笑起来。

两人携手出外，在京华楼馆子里去吃了饭，然后又到舞场去狂欢，直到十一点钟，明珍要回家了，维贤却硬留她又到燕华饭店欢娱了一夜。倒叫心尘等在明珍的家里，干候了一整天，方才怏怏不乐地回家去。

黄其俊来信，原说星期三到校，谁知他却早到了几天，就在星期日早晨，便到了北平。先去拜望秋枫，秋枫一见，自然握手言欢，问及母病，知已于上月逝世了，秋枫当然深表扼腕。其俊又向他道谢代庖的事情，秋枫笑说道：

"自己老朋友，何用客套？你今天来得正好，那么明天星期一起，我就算完成了你相托的使命了吧？"

其俊听了，连声答应，两人又闲谈了一会儿，其俊方才别去。下午，秋枫暗想，其俊既然来了，明天我可不用再到校去，但在月亭面前，应得去说一声，反正今天是星期日，月亭是在家里的，我就不妨去一次，借此可以望望玉人。一想到了玉人，心里不知怎的，总有些说不出的不自然，忍不住轻轻地叹了一口气，伸手在衣挂上取下雪花呢的夹大衣，便驱车到玉人家里去了。

"哦，原来是朱先生。好久不来了，我们小姐病着呢！"

王妈开了门，一见秋枫，便含笑地说。秋枫听小姐病着这句话，倒是吃了一惊，暗想：好好儿的玉人怎么又会病了，难道是因为我的和她冷淡，她不快乐得病了吗？假使真的话，可不是成了相思……想到这里，不免又连说该死该死，一个还未成年的女孩子，说得上这些吗？秋枫因为胸中有了心事，也不曾回答王妈，只一点头，身子是已走进了会客室。只见月亭坐在沙发上晒太阳，手中还拿了绒线结衣衫。见了秋枫，便含笑站起，招呼道：

"朱先生，你没有到别处去吗？请坐。"

"我听王妈说玉人又有些儿不舒服吗？不知患的什么病？"

秋枫且先不回答，急急地问着玉人的病。月亭暗想：玉人的病怎能告诉你，而且也并不是什么病。便微笑着道：

"玉人没有什么病，只不过乏力了，所以喜欢躺会儿。"

秋枫听月亭这样回答，心里倒有些狐疑，这奇怪了，王妈说小姐病着，月亭怎么却偏说没有病呢？难道有病没病也要瞒着我吗？莫非月亭也知道玉人已恋爱我，并也晓得这次玉人所以病的原因，故而不叫我知道吗？秋枫觉得这猜想是很对，心头不免激起了一阵莫名的悲哀。这时王妈倒上了茶，递上了香烟。秋枫遂向月亭告诉今天的来意，月亭见秋枫并非继续执教之意，当然也不说什么，只喊他日后常来走走，秋枫自然含笑答应。两人呆坐了一会儿，因为彼此不说什么话，室中空气自然显得静寂。秋枫见月亭这个样子，这就误会月亭喊自己常来走走的话，原不过是敷衍性质。因为单瞧了她此刻的情景，显然她是恐怕她女儿恋爱了我，所以对于自己未免有些厌恶，那么我还是自己识趣，早绝了这一条路比较好，免得玉人更陷入了不可救的地步。秋枫心中既这样想着，便起来告别了。

"朱先生，你还要到什么地方去呀？怎的一会儿就走了？不到玉人房里去坐一会儿吗？玉人这孩子一个人只喊冷清哩，朱先生就和她去聊天一会儿吧。"

月亭会说出这两句话来，这是出乎秋枫的意料之外，顿时倒不禁为之愕然，暗想：这是什么意思？那我的猜想竟是错了。既然月亭自己叫我去坐会儿，那么我就不妨去望望她。便笑着搓了搓手，说道：

"也没有到什么地方去，玉人既然怕冷清，我就去和她谈会儿。"

随了这两句话，秋枫便跟月亭到了玉人的卧房。只见玉人云发蓬松，倚在雪白府绸的绣花枕儿上，露着两条圆润的玉臂，正在捧着书本看。一见秋枫进来，好像十分怕难为情的神气，急忙在床头撩过一件羊毛衫披在身上，笑盈盈叫道：

"朱先生，你今天怎么想得到会来呀？"

"玉人这话有趣，今天是星期日，我知道你在家里，所以来望望

117

你，同时还带有些儿公事。"

秋枫听玉人这样说，显然是怪自己为什么平日不来，遂笑着回答她。玉人听有公事，便急问什么事情，月亭便代告诉了。玉人知道秋枫明天就要不做教授了，心里十分难受，粉颊上的笑容立刻就会平静下来，低声儿说道：

"朱先生不做教授了，那么你应该常可以来玩玩的。"

"不过你空的时候也很少，我要来也只有星期日了。"

秋枫见她两道脉脉含情的秋波只管凝望自己，显然这是她最后的一些希望，总要自己答应了她才是，遂也柔声地说。不料玉人听了这话，便把小嘴一鼓，很不乐意地说道：

"星期六下午不能来吗？平日四点以后不能来吗？"

"你这妮子别说孩子话，朱先生难道自己没有事情的吗？"

月亭听玉人这样说，也不待秋枫回答，就插嘴向玉人笑嘻嘻地说。在她这意态中，一半固然是嗔女儿孩子气，一半还是带了慈母疼爱的口吻。玉人听了，似乎也觉得自己是太任性了一些，忍不住瞟了秋枫一眼，抿嘴嫣然笑了。

月亭见壁上钟已有了三钟，遂自到外面去做点心了。房内是只剩了秋枫和玉人，秋枫坐在桌旁，握了茶杯，只是一口一口地呷着，并不说什么话。玉人却向他招了招手，喊道：

"朱先生，你过来，我有话问你。"

秋枫一面站起身子，移步过来，一面含了猜疑的目光，向玉人望着，微笑道：

"什么话，你说吧。"

玉人听了，几次要向秋枫问如何晓得我要恋爱朱先生，因此便和我冷淡，这个问话已到喉咙口了，但玉人因为自己做了大人，总没有勇气问出来。今被秋枫一催，那两颊愈加红晕了，望着他娇媚地一笑，忽又摇了一下头，说道：

"没有什么话，我骗朱先生过来呀！"

秋枫到了床边，却听玉人说出这个话来，心里忍不住又感到了好笑，情不自禁地坐在床沿，握起她的手儿，故意轻轻打她一下手心，笑道：

"你真淘气……玉人，你到底有什么不舒服呀?"

"我没有什么不舒服，只不过懒得起床……"

玉人见他握着自己的手儿，心里似乎感到十二分的欢喜，眉儿一扬，滴溜乌圆的眸珠一转，掀着酒窝只是憨憨地笑。但听他问起自己有什么不舒服，心里又无限地羞涩，嘴里虽然回答，但她的脸儿却已垂了下来。秋枫见她这样不胜娇羞的意态，先是一怔，及后仔细一想，似乎有些理会了，但心中又觉得奇怪，玉人只不过是十五岁的姑娘，难道已……想到这里，不免"哦哦"地响了两声。玉人经秋枫这样一来，好像自己的秘密已被秋枫觉察到了似的，便挣脱了他的手儿，睐了他一眼，咯咯地笑着，躲进被窝里去了。秋枫这才明白玉人是患了女孩儿家的特种病，心里暗暗好笑，怪不得月亭要说没有病了，谁知自己倒又误会月亭在讨厌我了。

"玉人，你这是什么意思? 我实在有些不懂了。"

"谁叫你说'哦哦'的呀?"

一会儿，玉人又钻出脸儿来，秋枫遂假作不理会的样子，向她笑着问。玉人却噘着嘴儿，瞅他一眼。秋枫笑道：

"这是打哪儿说起，我说了两声'哦'，你难道就怕起难为情来了吗?"

"不要你多说这些话了，我问你，李先生说你给我介绍一个朋友，名叫杨维贤，你可曾真的介绍过吗?"

秋枫听她这样问，心中暗想：对了，这一定是若华要成全维贤这头姻缘，所以假说是我介绍，原因是因为玉人很听从我的话。但这一件事，我倒要考虑一下。我假使说并不曾介绍过，那么玉人一定不肯和维贤交友；假使答应说介绍过了，那么维贤的人品究竟如何，我又不曾知道。好的，固然而是玉人幸福；倘然坏的，岂不害

119

了玉人的终身吗？眸珠一转，这就有了主意，遂点头笑道：

"不错，我曾经对李先生说过，至于维贤的性情好不好，那是要你去体会的。"

"那么朱先生觉得他的人品好不好呢？"

"维贤是李先生的表弟，我觉得他的人还好。不过各人有各人的鉴别，我说他好，也许你不赞成，这是很难说的。所以我希望你和他先交个朋友，日子久了，人的好坏自然有深刻的了解了。"

秋枫所回答的话，是并不肯负一些儿责任，在意思中还是要玉人自己去理会。玉人正欲再问，王妈已端进一盘饺子，说是太太亲手制作的，于是秋枫也就离开了床边。接着月亭也进来，叫秋枫别客气，多吃一些。秋枫点头含笑答应，玉人今天很高兴，也吃了七八只。这天秋枫在玉人家里，直到晚饭吃过才回家。

维贤既把明珍的贞操破了，自然对于明珍十分地疼爱，甜言蜜语，说两人将来毕业后，便同到上海结婚去，一面又时常约她开旅社去欢娱。明珍一则也心里爱他，一则也爱风流，所以并不拒绝，双宿双飞，恩爱异常。

若华原不知维贤做此卑鄙的勾当，一心还把玉人介绍给他。维贤见了玉人，心里便会忘记明珍，所以也乐得两头讨好。玉人因为秋枫承认是他介绍，对于维贤稍微还存了一个好感。同时又因为维贤晓得玉人脾气古怪，不敢过分地轻薄，所以玉人似乎还觉得维贤人品不错。

秋枫自从离开了黄江女子中学，和玉人见面的机会自然比较少了，就是相遇的时候，也没有和以前那样亲热，只管和月亭谈些正经的事务。玉人见朱先生虽然常常到家里来，但总是一本正经的样子，因此虽欲和他亲近，但是却没有这个勇气，往后日子一久，两人便也自然而然的生疏起来。

流光好像电一般地闪去，壁上的挂历，随着那日子一张一张地撕去，不知不觉地竟又十月小阳春的季节了。十月里的天气，气候是没有一定，阳光好的时候，晒在身上，暖烘烘的，自然很像春天里一样。不过遇着秋云密布的时候，瞧着枝条上一片一片的落叶，在天空中做那婆娑舞的时候，觉得"秋云不雨长阴，黄叶无风自落"这两句词句，确实秋的景象，总令人感到了肃杀的意味。

在这两个月中，玉人和维贤的感情，经若华竭力地拉扯，在玉人的小心灵中，虽然并没有爱的意思，但对于维贤却也并不曾发生什么恶感。维贤一方面固然竭力地追求玉人，同时一方面也不肯放弃明珍。在明珍的面前，这是一片花言巧语、山盟海誓，可怜意志薄弱而又重于虚荣心的明珍，却一味把他当作了知心着意的人，每次的相叙，总投在他的怀里，让他任意地玩弄。

这是一个星期六的下午，阳光并没有在天空中照映，秋风微微地吹拂着宇宙，显然令人感到了无限的寒意。玉人想着有一星期没有和朱先生遇见了，她便和月亭说知，坐车到秋枫寓所里去望他了。

"咦，朱先生，你怎么整理起衣箱来了呀？"

玉人一脚跨进了秋枫的卧室，只见室中的物件是堆得乱七八糟，床上的被铺已没有了，只剩了一张床骨子，同时秋枫弯了腰，犹在整理他的皮箱。这情景瞧在玉人的眼里，自然万分地惊讶。秋枫回头一见是玉人来了，便抢步上前，握住了她的手儿，微笑道：

"玉人，你来得正好，我此刻也想到你家里哩！"

"做什么啦？朱先生，你难道要远行了吗？"

玉人听他这样说，同时又瞧到皮箱中已满满地放整齐了秋枫的衣服，她意识到秋枫是确实要离开北平了，心里似乎感到了一阵紧张，明眸凝望着秋枫的脸颊，连连跳了两跳脚。

"不错，前天我接到一个朋友的来信，说他行中需用一个秘书长，叫我见信速即动身到申任职。我想吃报馆的饭，虽然是为民喉舌，但近来我的文章似乎受了某派的攻击，因此我也很想到上海去一游了。好在我们年纪都很轻，将来见面的日子自多。我希望几年后的你，能达到一个更幸福的阶段，那我是十二分地欢喜了。"

秋枫见玉人这份儿着急的神情，显然她内心是很感到别离的忧愁。因为不愿引起玉人的恋恋不舍，不得不装着毫无感情作用的样子，含了满脸的笑容，向玉人絮絮地告诉着。在他后面的两句话中，还含有了安慰的意思。玉人听他果然要到上海去了，不在校中做教授，已使自己心里感到难受，何况又要到老远的上海去呢！一阵莫名的悲哀激动了她善感的心灵，忍不住眼皮儿一红，凄然地说道：

"好好地在北平做事，干吗又要到上海去了？在上海你又无亲无友，孤零零地在异乡客地，是多么寂寞呢！"

秋枫听她说出这个话来，心头倒是激起了十分的悲思，叹了一声，两眼凝望着她已定住了的乌圆眸珠，显然玉人也是这样地出神，遂轻轻说道：

"话虽如此说，可是在北平，我何尝不是孤零零的一个人呢？"

"但到底还有我呢！你不是承认我是你的小朋友吗？"

玉人这两句话听进在秋枫的耳里，不免荡漾了一下，愈觉得玉人对待自己的真挚和多情，心头也更感到了说不出的痛苦。望着她娇艳的脸颊上，已是沾了两滴晶莹的泪水，也许是感情冲动得太厉害的缘故，秋枫再也忍不住也要涌上泪来。但因为在一个曾做自己学生的姑娘面前淌泪，到底不好意思，遂立刻回过头去，托故到写字台前去了。既到了写字台边，又觉得无事可做，但秋枫是个转机敏捷的人，不至于会没了主意，伸手倒了一杯茶，回身来递给玉人，微笑道：

"玉人，你喝杯茶，你的家里恐怕来不及去了。回头我到报馆去一次，便就要动身了。你妈那儿，请代为告诉一声吧。"

"什么，今天就走吗？这份儿匆促干什么，就迟两天动身也不要紧，我去告诉了妈，我还得给朱先生饯行。"

玉人并不接茶杯，拉了秋枫另一只的手儿，扭着身子闹不依。秋枫把茶杯只好仍放在桌上，抚着她小手，说道：

"这就省了吧，因为我的朋友在上海等着我，所以不得不快速一些儿。假使你愿意送送我的话，五点钟的时候就在车站等着我好了。此刻已三点钟了，我要到报馆去一次，那么我们就一块儿走吧。"

秋枫说着话，拉了她手儿，已是跨出了房门。玉人见他竟是这样要紧，几乎没有自己再说话的余地，忍着一眶子的眼泪，却是再也说不出一句话，默默地跟着秋枫，一同步出了公寓的大门。秋枫眼瞧着玉人坐上街车，他便慢步地到报馆里去，当秋风吹在他的身上，心中总感到了一阵无限的凄凉。

第八回

旧雨重逢饥渴慰
新欢乍结故交忘

　　是黄昏的时候了，宇宙间笼罩了一层暮褐的颜色。站在月台外的玉人和月亭，手里提着一挈罐头路菜，两眼凝望着前面一条平直的大道，注意着那一辆一辆车马中跳下来的人儿，显然母女俩是等候秋枫的到来。

　　"朱先生，你来了吗?"

　　"玉人，你等候好久了吧? 啊呀，怎么周先生也来了，劳你的驾，对不起，对不起!"

　　玉人远远地发现秋枫坐了一辆人力车，已在车站门口停住了。她已是忍不住抢步跑上去，和秋枫紧紧地握住了。秋枫一手提了皮箱，一手携着玉人向里面走，忽然抬头一见月亭，心里感到了一阵喜悦，连忙又满脸含笑地向月亭道谢。月亭道:

　　"朱先生，你到上海去为什么不早些儿告诉我们呀? 照理我们是应该给你饯行，谁知竟这样局促哩。"

　　"可不是，事情实在很局促。对于饯行，周先生也太客气，我们好在像自己人一样，当然不用再闹这些了……你们等一等，我先买了票。"

　　"朱先生，车票我已给你买好了。"

　　"啊哟，这是打哪儿说起，周先生这样高情厚谊，倒反叫我心中感到不安了。"

秋枫正欲回身去买票，今听月亭这样说，便又回身过来搓着手，表示他的内心实在很感到不好意思。玉人听他这样说，便拉了他手摇了一阵，望着秋枫憨憨地笑道：

"朱先生，我们像自己人一样，那是你自己说的吧？既然像自己人一样，那你还客气做什么呢？"

秋枫听玉人这样说，倒给她说得哑口无言，这就不免望了她一眼。见她已换了一件妃色软绸的夹衫，外罩一件网眼的绒线衣，微昂了粉颊儿，秋波脉脉含情地凝望着自己，掀起笑窝儿只是娇媚地笑，便抚着她手笑道：

"那么我就老实不客气了……周先生，其实这些也可不必呢。"

秋枫指着月亭手中提着的罐头食物，又笑嘻嘻地说着。月亭道：

"这些原花不了多少，一些儿只不过聊表寸心罢了。朱先生说不客气，怎么倒又客气了呢？"

"因为你们太客气，所以使我很惭愧……"

"别说这些了，我听玉人告诉，说朱先生做秘书长去，我心里真喜欢得了不得。早知道朱先生原不是池中之物呢，将来飞黄腾达，前途无量，可是别忘记了旧日的朋友才好。"

秋枫听月亭说出这个话来，心中不知打哪儿冲上来一股辛酸，只觉得有阵无限的伤感，眼皮一红，几乎要掉下泪来。但又竭力镇静了态度，低声地正色道：

"周先生，你这是什么话，你瞧我可是这类的人吗？"

"我妈和你说着玩的，你这份儿急干什么，我也晓得朱先生不会忘记我们哩！"

玉人见秋枫一本正经地说着，便瞟了他一眼，忍不住又抿嘴儿笑了。月亭又说道：

"但朱先生在哪儿做秘书长，我可还不知道呢。"

"我高中里的同学孔儒明，他在上海贸业银行出纳科里已任职四年了，听说最近已升做了副主任。前天他来电告我，叫我见字便即到申。不过是否有十分的把握，这还不能知道。假使我到上海有了一定的住址，那我便会来信告诉的。"

月亭点了点头，这时火车已经进站，乘客和送客的都纷纷走进月台。拣到了二等车厢坐定，玉人两眼只管凝望着秋枫，似有依依惜别之情。秋枫虽有所觉，却只装不见，自和月亭闲谈。

忽然间一声汽笛的长鸣，在天空中响亮地流动，震碎了每个离人的心灵。秋枫知车将开，遂催两人下车。玉人眼皮儿有些红润，握着秋枫的手，低声地道：

"朱先生，你信总要给我的……我们再见……"

显然玉人的话声是有些儿哽咽，她那明眸里含了无限哀怨的目光，向秋枫望了一回。不知她又有了一个什么感觉，立刻放下了手，别转头去，很快地跟着月亭跳下了车厢。秋枫见她若有所失的情景，心里虽欲安慰她几句，但喉间似乎有什么东西塞住着，除了频频地点头，始终不曾说出一句话来。今见她很快地跳下车厢，知道她心中一定已被悲哀整个地占有了，不禁叹了一声，急忙又从车窗里探出头去。犹见月亭、玉人两人在月台上呆呆地站着，一见自己探首窗外，便举起了手儿招了招。玉人还拿了一方帕儿摇着，红润润含了笑容的颊上，却是挂了两行泪水。车身向前行动了，渐渐地向前移去了，玉人的身子远了，月台的轮廓消逝了，剩下的车轮在铁轨上摩擦，发出了宏亮的隆隆响声。秋枫望着两旁青青的草原，一片凋残的秋色，把他已贮满了一眶子的眼泪，尽让它痛痛快快地涌了出来。

秋枫到了上海，坐车先到大陆饭店二楼十八号开了房间，安顿了行李，休息了一会儿，方在会客室里坐下，然后拿名片到里面去。约莫三分钟后，只见儒明含笑进来，两人一见，握手言欢。儒明在袋内摸出一盒卷烟，打开雪亮的盖子，抽出一支，递了过去，又取出打火机，两人都燃着了烟卷。儒明笑道：

"今天才到上海吗？现在耽搁哪儿？"

"不错，刚才到上海，耽搁在大陆饭店二楼十八号。多承你热情，来电相招，小弟实为感激。不知你和对方可有接洽过吗？弟倒恐怕力量够不到呢。"

秋枫听儒明这样问，便喷去了嘴中一口烟，向他含笑说。儒明摇着手儿，忙说道：

"你别客气，以你的大才，对于这些儿小事足够有余，那是我所素来知道的。今天行长已经回去了，我想明天行长来的时候，我先和他说一说，然后再打电话给你好不好？"

"这样再好也没有了，只不过一切都麻烦了你，那么此刻我就走了。"

秋枫知道行中规矩，行员会客，不能超过十分钟之久，所以便站起身来，向儒明告别。儒明握着他手，点头笑道：

"我和你多年好友，还说什么客气话。此刻我因公务在身，也不留你了。假使你不到别的地方去，那么五点以后，我就来大陆饭店看你。"

"好极，好极，我准定恭候着你是了。"

秋枫笑着回答，身子已是出了会客室，儒明送到电梯门口，方才回进办公室里去。秋枫出了贸业银行的大门，走在人行道上，只见马路上汽车电车来去不绝，两旁高大建筑物矗立高空，若与北平的马路相较，自然更觉繁华热闹。秋枫一路踱来，不知不觉地已到大马路外滩，只见江海关的大时辰钟已鸣了四下，腹中似乎感到了有些饿，于是便转入了南京路，预备找个馆子店去吃些点心。经过了冠生园的门口，知道这是上海有名的广东吃食店，遂慢步走了进去。不料就在这个当儿，从冠生园里走出一个摩登女郎来，因为她是走得很快速，彼此都猝不及防，两人竟撞了一下。只听那女郎"哟"了一声，娇愤地说道：

"你这人好不小心，到底可曾生了眼睛没有啦？"

秋枫见她不怪自己的错，反说我不小心，觉得上海的小姐倒是

127

惯会使性子的，便望了她一眼，慢吞吞地说道：

"你不能全怪我不小心呀，假使你肯小心一些儿，也许不会相撞哩！"

秋枫这两句话回答得很幽默有趣。那女郎听了，似乎也觉得这是彼此都不小心，怎能怪谁的不是，自己说他生了眼睛没有，反转来就是骂他瞎了眼珠，想不到自己骂了他，他却一些儿不动火，仍会温颜悦色地向我解释，这样耐心好的男子，倒是不可多得的。因此也不免向秋枫望了一眼，一见秋枫生得这样俊美，芳心倒是一动，这就觉得自己骂了他，有些抱歉。但是心里虽然抱歉，难道口里再向人家赔不是吗，这自己断断办不到。想到这里，眸珠一转，竟是对秋枫嫣然一笑。不过既笑了出来，倒又感着非常难为情，红晕了脸颊，遂匆匆走出去了。秋枫见她这一个情景，心里真感到十分有趣，觉得这位姑娘不免是含有些儿神秘，遂也回头望去。只见门外停着一辆簇新的汽车，车夫开了车门，那位姑娘已是跳了上去，呼的一声，汽车便开得无影无踪了。秋枫这才理会她并不是不懂道理，实在因为是多了几个钱，便造成了她古怪骄傲的脾气。金钱能压人吗？唉！秋枫想到这里，轻轻叹了一声，方才拾级登楼。侍者迎上前来，招待到座位上去。

从冠生园里出来，时候已经四点三刻，秋枫生恐儒明到大陆饭店去找不到人，遂急急坐车到大陆饭店，茶役泡上茶，秋枫问可有人来找过，茶役摇头说没有，便自管退出。秋枫坐在沙发上，吸了一支烟卷，两眼望着从嘴里喷出来的烟雾，呆呆地想了一会儿心事。那脑海里不由自主地又想起了玉人。可怜玉人她小小的心灵不知怎的竟会爱上了我，虽然我也未始不是不情愿接受她的爱，但因为环境的关系，及外界人言的可畏，我是终于忍痛拒绝了。唉！人生的聚散，竟好像萍水相逢，现在我在天之南，她在地之北，隔开了千山万水，也许十年廿年永远再没有相叙的机会了吧，无怪玉人在车站告别的时候，她那粉颊上竟已沾满了无数的眼泪呢……秋枫静悄悄地想到此，一阵莫名的悲哀激起在他善感的心头，忍不住那眼帘下也显现了一点眼泪。

"秋枫，我可没失约，现在才五点一刻哩。"

忽然一阵粗重的声音震破了寂静的空气，同时惊断了秋枫的思潮，急忙拿手在眼帘下擦了一擦，站起身来，笑道：

"老兄真信人，我已等候好久了呢。请坐，请坐！"

秋枫和儒明握了一阵手，儒明脱了呢帽，秋枫送过一支烟卷，彼此在沙发上坐下。儒明望着他的脸儿，笑道：

"刚才很抱歉，没有好好儿坐一会儿，我们算一算，差不多有五年不见了吧？要不是彼此常有照相寄送，恐怕要不认识了呢。你近年来比那去年的照相，似乎又胖些儿了。"

"真的吗？你也胖得多了。前年你发喜帖来，我没有参加你的结婚典礼，实在很惆怅，现在想来家有小弟弟了吧？"

秋枫听儒明说他胖了，心里很喜欢，忍不住拉开了嘴儿笑起来，一面又问他有没有了小弟弟。儒明听了，摇头微笑道：

"哪有这样快？假使有了的话，我会不带你红蛋吃吗？"

"小弟弟虽然还没有下地，但我猜想过去，尊夫人的腹中，是定有你俩的结晶哩，对不对？"

儒明听了，却笑而不答。秋枫知道她夫人真的有了喜，忍不住拍手哈哈笑起来。儒明见他这样快乐，便站起来说道：

"你别笑了，小弟弟下了地，总给你红蛋吃是了。刚才我在行中，已打电话到家里通知她，今天请你吃夜饭，这时我们就一块儿走吧。"

"你府上我原要去的，而且还要见见你的新嫂嫂，不过夜饭还是外面吃好，否则不是又累忙了你的夫人了吗？"

"还说新嫂嫂哩，再过几年差不多老也要老了。"

两人都哈哈笑了一阵，方才一前一后出了大陆饭店。儒明是住在法租界蒲石路新园村，两人到了家里，仆妇开了门。儒明问少奶在哪里，仆妇答少奶在烧餐，秋枫听了，向儒明望了一眼，笑道：

"可不是又因为我哩，真叫我心里不安。"

儒明听了，却笑着说自己不是也要吃饭的吗，遂请秋枫在会客室中坐下。秋枫见收拾得纤尘不染，清洁十分，觉得他的夫人一定是个干练的人。那时室中早亮了电灯，仆妇送烟送茶，儒明请他宽坐一会儿，便自进内去了。

"我给你们介绍，这位就是我的老同学朱秋枫先生，他还只有从北平刚出来；这便是我的内子徐淑芬。"

不过一会儿，秋枫见儒明在前，后面跟着一个少妇，眉清目秀，腹部微隆，身穿一件酱色绸的旗袍，姗姗出来。秋枫知是他的夫人了，遂忙站起，儒明便给两人介绍着。淑芬含笑叫了一声"朱先生，请坐吧"。秋枫忙也弯着腰，笑叫道：

"新嫂嫂，前年你俩的大好日子，我因身在北平，无法前来道贺，抱歉得很，这是要请你特别原谅的呢。"

淑芬听他喊新嫂嫂，忍不住微红了脸儿，抿嘴笑起来。因为是怕着羞，所以并不回答什么。这时仆妇已在小圆桌上摆好三副杯筷，淑芬请秋枫入席，秋枫笑道：

"那么新嫂嫂也一块儿来，今天我要向两位补敬三杯哩。"

"你们先吃起来，我一会儿就来奉陪吧。"

淑芬说着，便又含笑到厨下去了。这里儒明陪着秋枫喝酒，先吃那四只冷盆，一会儿，热炒都上来了，淑芬也出来相陪。秋枫笑道：

"这菜全是新嫂嫂亲手煮的吗，味儿挺好，真能干极了。这里一杯酒，请新嫂嫂喝下了，算我补敬你的，同时还算谢谢你累忙的意思。"

"朱先生，你别客气，哪有客人敬主人的酒呢？照理还是我敬你一杯哩。"

淑芬见秋枫把一满杯的酒送了过来，便也握了酒壶，给他筛了一满杯，两人这样客气着，大家都不依。儒明瞧了，笑道：

"我看还是各干一杯，那倒是很爽快的。"

秋枫赞成，于是三人喝了一个照杯，都很快乐。淑芬秋波瞟了他一眼，露齿笑道：

"朱先生什么时候给我们喝喜酒呀？"

"早哩，我真早哩，起码再过五年。"

儒明和淑芬听了，不约而同地吓了一声，大家忍不住又都笑起来了。淑芬笑道：

"朱先生假使还没有对象的话，我倒可以给你介绍一下，因为我的同学可不少呢。"

秋枫听淑芬这样说，便抿着嘴儿只是笑。儒明瞅了秋枫一眼，向淑芬笑道：

"他还用你介绍的吗？像老朱这样漂亮的人儿，怕后面不知跟了多多少少的姑娘哩！"

儒明这几句话，说得淑芬笑弯了腰，这一餐饭，显然是吃得十分快乐。饭后，又谈了许久，方才告别回大陆饭店去。

第二天早晨十时左右，秋枫接到儒明电话，叫他下午三点到贸业银行去接洽事务。秋枫自然很欢喜，到了下午三时，便即驱车前往。当由儒明伴他到行长室，只见写字台旁坐着一个五十左右的西服男子，头上犹留着西发，可是已稀疏得薄得几乎数得清。他戴了一副眼镜，方面大耳，圆圆的手指上戴了一只金刚钻约指，倒是一副行长的面相。儒明走上一步，向秋枫说道：

"这位就是行长赵晓光先生。赵先生，这位是朱秋枫先生，毕业于清华大学，曾任《华北日报》主笔，中西才学都有很深的根蒂，若聘为本行秘书，赵先生确得一臂之助哩！"

秋枫见儒明给自己这样吹嘘着，遂向晓光亦行了一个礼，叫了一声赵先生。晓光凝眸向秋枫望了一眼，似乎见了秋枫，心中是已有了一个很好的印象，便把手一摆，请秋枫在旁边椅上坐下。儒明觉得自己使命已完，遂自退了出去。

经过一小时的谈话，儒明在外面一间，只见秋枫满脸含笑地从行长室里退出。儒明慌忙迎上来，握住了他的手儿，笑问事情怎样，秋枫点头笑道：

"全仗老兄的大力，赵行长很客气，致送月薪二百元，嘱我明天前来视事，并说他有许多私事，也都要我代为办理，暂时津贴我五十元。这事情总算非常满意，实在很令人感激。"

儒明得此消息，心里也代他喜欢得了不得。秋枫因欲先去找间房子，以便安身，所以便别了儒明，匆匆地出去了。

光阴匆匆，秋枫在贸业银行任秘书长之职，不觉已有两个月了。同时他已在愚园路渔光村十一号内，租了一间房屋，并购买了一套家生，花费了二百四十元钱，经秋枫用艺术的手腕一布置，显然觉得非常美观。

这是一个星期日的下午，秋枫坐在家里，伸手翻着案上的日历，是已到了农历十二月二十四日了。想着到上海后曾去过一封信给玉人，可是并不曾有地址，此后两个月中，被公务累得一刻儿也没有空，所以也并不曾写信去。趁着今天空着，何不写一封信去。但觉得就是写一封信去也没有什么意思，月亭待我这样厚情，我还是给她两母女剪几件料子去吧。秋枫想定主意，遂披上大衣，到永安商场买了许多礼品，回家又写了信，方才到邮局里，用航空寄了去。

从邮局里出来，时候还只有四点十分。秋枫不想回到家里，便坐车到新园村望儒明去。谁料儒明偏不在家，淑芬笑道：

"他也许就要回来的，朱先生坐会儿好了，反正又没有什么事，晚饭吃了去吧。"

"等他一会儿再说，晚饭不吃了，我还有别的事情呢。孔嫂子，你的腹部近来愈加大了，我看你还是少吃一些儿饭吧。"

淑芬听他又向自己取笑，便啐了他一口，忍不住抿了嘴笑了。秋枫见她含嗔的意态，倒是十分好看，确实是增加她的妩媚，因此也笑起来。

"少奶，外面有个赵小姐来望哩，还有卡片的……"

正在这时，忽见仆妇拿了一张名刺进来。淑芬接过一看，只见粉红色的片上书着"赵香君"三字，不觉满脸含笑，自嚷起来道：

"咦咦，她怎么倒会想着来了……"

淑芬说着话，身子已是迎了出去。不多一会儿，只听一阵女子嬉笑的声音，就见淑芬携了一个少女走进室来。那少女脱了灰背大衣，淑芬连忙亲自接过。少女回过脸儿，不料她的视线齐巧和坐在沙发上的秋枫成了一个直角，两人都觉好生面熟，不禁呆呆地怔住了。淑芬见两人这个神情，还以为各人在爱着各人的俊美，心里暗暗好笑，便向秋枫一招手，给两人介绍道：

"你们两位还未必认识，我来给你们介绍：这位是我的同学赵香君女士，这位是我外子的同学朱秋枫先生。"

秋枫这时早已走近香君身旁，听了淑芬介绍后，便向她弯了弯腰。谁知香君却很大方地伸过手来，和秋枫握了握，笑着叫道：

"原来是密司脱朱，久仰久仰！"

秋枫见她这样豪爽的神气，倒是出乎意料之外，一时也只好连说了两声言重。经此一番寒暄，彼此便在沙发上坐下，仆妇倒茶敬烟。淑芬望着香君的粉颊儿，哧哧地笑道：

"香君，今天你是什么风儿吹来的呀？我给你算一算吧，自从我结婚那天你来吃了酒，从此便没有来过吧？你到底在忙些什么贵事呀？"

"我倒不忙什么，因为你有了后台老板，行动上不免受了拘束，假使我常来约你出去游玩，不是要被你后台老板讨厌的吗？"

"呸！别说好听话吧，像我们这种同学，当然是丢在你的脑后了。"

淑芬瞅了她一眼，大家都笑了起来。这时秋枫瞧着香君的脸蛋，实在觉得十分面熟，可是一时里却再也想不出，所以不免向香君常常望了一眼。不料香君似乎和秋枫有同样的意思，嘴里虽在回答淑芬，眼儿也向秋枫不住地瞟。秋枫这就忍不住笑问道：

"密司赵，我觉得面熟极了，不知在哪儿看见过似的。"

"可不是，我觉得密司脱朱也很面熟，哦哦，是了，冠生园门口不就是你朱先生吗？"

秋枫想不到香君的记忆力倒比自己强，听她一说，自己也猛可理会了，忍不住笑道：

"对了，对了，怪不得我总似乎有些认得一样。那天的事，实在很对不起。"

香君听他还对自己说对不起，这是更增自己的难为情，不免红晕了脸儿，连摇了两下手，瞟他一眼，笑道：

"密司脱朱，你别客气，这是我的不好，怎可以怪你……"

香君这两句话，倒是使秋枫不禁为之愕然，暗想：这位姑娘说话有趣了，那天她明明骂我生了眼睛没有，谁知今天她倒怪自己不是了。可见这位姑娘的脾气虽刁，倒也是个重面情的人，似乎彼此既认识了，就是我不好，当然亦要说她自己不好了。心里这就感到她的多情，遂望了她一眼。香君被他呆呆地一望，这才理会自己的说话未免有些前后矛盾了，似乎觉得在一个年轻男子的面前说出这些话来，那是失了自己姑娘的身份，在他心中想来，不要以为我是对他发生了特别的好感了吗？不过我既对他不发生好感，怎么肯自己认错呢……香君想到这里，也就愈觉得不好意思。因为要避免不好意思，只好拿起一杯淡黄色的柠檬茶，凑在鲜红的嘴唇上喝了一口。

"你们葫芦里到底卖些什么药，我可听不懂呢，你们究竟是怎么一回事呀？"

香君和秋枫的说话，淑芬当然是听不明白，趁着香君回眸过来的时候，便怔怔地望着问。香君听了，抿嘴扑地一笑，便把两月前在冠生园门口，两人曾经相撞了一下的事情，告诉给她听。淑芬听了，拍手笑道：

"原来你俩早有一面之缘哩，那是巧极了，我倒希望你们结一个永久的朋友，这不是使我感到一件快乐的事吗？"

秋枫和香君听她这样说，觉得在这永久两字里，不免含有了些意思，一时彼此的脸颊儿上这就泛起了一朵红花。秋枫望了她一眼，谁知香君也在望自己，四目相对，各人的心灵不免荡漾了一下，掀起了一丝会心的微笑。

"密司赵在哪儿求学？"

"在上海女中，这学期方才可以毕业哩，你想笨吗？密司脱朱呢？"

彼此静了一会儿，秋枫向香君这样搭讪着问，香君眸珠一转，笑盈盈地回答，在她这意态中，显然是个活泼的交际家，便摇着头道：

"我与学校已闹脱离关系了，现在做些儿小事。"

香君、淑芬听他说出这样滑稽的话，忍不住咯咯地笑弯了腰，同时香君正在喝那柠檬茶几乎喷了一旗袍。淑芬瞅他一眼笑道：

"密司脱朱倒会说笑话，那么你可曾请过律师呀？"

"律师就是你的儒明哥哥，他来电叫我出申，不是等于他讲开的吗？"

秋枫这两句话，更笑得两人花枝乱抖，淑芬啐他一口，忍不住抿嘴又笑了。这时仆妇从广东馆子里喊来一锅虾仁伊府面，因此把彼此的问话都打断了。

吃了点心后，秋枫见时已五点多了，儒明仍没回来，于是便起身告别。香君见秋枫要走，便也说回家了。淑芬望了两人一眼，很神秘地笑了笑，说道：

"怎么啦，你们俩人可不是一裤脚管的吗？一个要走了，怎么一个也要走了？大家忙什么，夜饭吃了去，也不要紧的呀。"

"淑芬，你这是哪儿话，我是还要到一个朋友家里去呢。"

香君因为自己是看秋枫的样，淑芬的话，显然自己好像和秋枫还要到什么别的地方去似的，遂红了脸儿，白了她一眼。淑芬原是喜欢开玩笑，听香君虽然是这样辩着说，不过两人到底都含有些儿意思的，那么我也乐得成全了他们，遂也不为难她，笑道：

"那么两位在三十那天到我家来吃年夜饭可好？没有别的客人，都是自己几个朋友。"

秋枫、香君听了，都连声说准定到来是了。仆妇拿上两人的大衣，给两人披上，淑芬送到门外，方才回进里面去。两人并肩出了新园村，只见外面停着一辆汽车，早已开了车厢，候香君跳上去。香君回眸向秋枫瞟了一眼，微笑道：

"密司脱朱的府上在哪儿？"

"在愚园路渔光村十一号。"

"这就巧了，我的家也在愚园路，那么我就送密司脱朱回去吧。"

香君说着话，把纤手一摆，意思是叫秋枫上车。秋枫想不到香君待自己有这样的热情，一时倒也不能拂她意思，遂含笑一点头，因为这是人家的车子，自己自然只好先跳了上去。接着又闻到一阵芬芳的幽香，回眸看时，原来香君已坐在身旁了。就在这个当儿，汽车呼的一声，便向前直开。

"密司脱朱的口音是北平，想来定是最近从北平出来的，不知是哪个学校毕业？"

"哦，我在清华大学毕了业后，便由密昔司徐的丈夫介绍，现在贸业银行任职。"

秋枫见她绕过无限媚意的俏眼儿，向自己瞟了一眼，笑嘻嘻地问，便回过头来轻声地回答她。香君听他在贸业银行办事，芳心倒是一动，扬了眉儿，扑地笑道：

"原来密司脱朱在贸业银行办事……"

秋枫见她这说话的意态，似乎还有一层什么意思似的，心里不觉一怔，遂笑问什么。香君摇了摇头，却微笑道：

136

"没有什么，我听说密昔司徐的丈夫不是也在那边任职吗？"

秋枫点头说了一个不错，两人彼此都又静了下来。这时车到愚园路转角上，秋枫见有座很高大的洋房，香君伸手一指，说道：

"这就是我的家里，密司脱朱有空，请过来玩玩。"

"好的，我改天一定来拜望你，渔光村和府上却很近哩。"

随了这两句话，那车子已在渔光村停下来。车夫早打开了车厢，秋枫和香君握了握手，连声说了两个谢谢，便跳下车来。不多一会儿，车身掉头，又呼的一声开去了。秋枫不见了汽车的影儿，方才回身走进渔光村去。

这夜里秋枫睡在床上，想着香君对待自己的情景，显然很愿意和我结一个朋友。像这样美丽的闺阁小姐，能够和我有这样的好感，总算也是一件难得的事情。想到这里，心中不免荡漾了一下的，抱着被角儿，便很欣慰地睡着了。

次日，秋枫到行里，见了儒明，笑问他昨天在哪儿，儒明说在朋友家里，被拉住玩雀牌了，说抱歉得很。秋枫连说哪儿话，彼此一笑，各自走开到办事室去了。秋枫的秘书室，是一个人一间，和行长室隔壁，以便什么事比较来去便利些。秋枫坐到案桌边，只见桌上信件已堆了好多封，遂拆开逐一见过，作复的作复，该问的便留在一旁。此时钟鸣十一下，想来晓光定已到行了，遂拿了该问的信件，缓步走到行长室来。轻轻推开室门，倒是怔了一怔，你道是为什么？原来赵行长的写字台上，正坐着一个年轻的摩登少女，拉了赵行长的手儿，似乎扭着腰肢正在撒娇。秋枫以为是赵行长的爱宠，自己若撞破了他们的秘密，对于自己不免要引起恶感，所以急得连忙回身退出，不料却听里面喊道：

"密司脱朱，你早……"

"朱先生，这就是我的小女，你们怎么认识的呀？"

晓光见女儿竟是识得秋枫，心里很觉奇怪，但是秋枫听了，却是呆呆地出神，好像十分诧异的样子，这就心里愈加奇怪，所以便

137

插嘴这样地对秋枫说。秋枫听了，这才恍然大悟，"哦"了一声，抢步走上前来，笑道：

"原来密司赵就是赵先生的掌珠，哈，我还只有今天知道哩。"

香君抿嘴哧地一笑，秋波盈盈瞟了他一眼，似乎含了无限的柔情蜜意，回头又向晓光絮絮地告诉彼此认识的经过，晓光也方才明白。因为这儿是办公室，秋枫遂把信件拿给晓光，并问了一遍，晓光指示了几句，秋枫和香君说声再见，便匆匆回秘书室去了，想着进门时看到香君坐在写字台像尚有什么意思似的，想不到她就是行长的小姐哩，香君这人倒刁得厉害，为什么当时却不肯告诉我呢？……秋枫想到这里，忽见门儿开处，香君又笑盈盈地走进来了。秋枫忙站起相迎，请她坐下，送过一支烟去，香君说声谢谢，便伸手接过。秋枫又给燃了火，望着她娇靥，笑道：

"密司赵，昨天你还守着秘密，可是今天却给我知道了。"

"你这人说话有趣，难道你不问我，我就告诉你我爸爸是贸业银行行长吗？这似乎……"

香君听他这样说，便笑着说，说到这里，停了一停，却不说下去，秋波白了他一眼。秋枫这才晓得这位赵小姐倒不是要显阔绰的人，忍不住望着她脸儿也笑了。

"其实这是要怪密昔司徐的不好，当时她应该介绍得周到一些的呢，密司赵，你说对不对？"

"这倒不能怪她的，因为她也不晓得呢。我爸是这儿占有大股份，前任行长因病辞职，自去年起，开股东会议决，爸才任职的呢。"

秋枫听香君这样说，便含笑点头，两人又闲谈了一会儿，见时已近十二下，香君方才站起，握着秋枫的手儿，笑道：

"今天晚上我到你府上来望你，你别出去，我们大家一块儿到百乐门去玩玩好吗？"

想不到香君会来约秋枫，这当然是求之不得的事，哪里还会不答应呢？秋枫自然连连答应。这天晚上，香君和秋枫在百乐门舞厅里欢舞了半夜，因此在两人的友谊上不免是增加了一层粉红色的爱素。

　　光阴如驶，早又到了农历的大年夜，贸业银行各部的行员都忙得了不得，只有秘书长朱秋枫很空闲，六点钟的时候，急急坐车到新园村里去吃年夜饭。只见香君早已到了，见了秋枫，便白他一眼，说他架子大，这样迟来。秋枫笑道：

　　"这是密昔司徐约得不好，年三十各银行钱庄都要忙一整夜，哪里还有空工夫吃年夜饭呢？虽然我是没有什么事，但到底也不能先走。本来我想打电话说不来了，后来我恐怕你们生气，所以来一次，我吃饭还得回行里去，你瞧儒明他就走不开哩。"

　　香君知道他说怕你们生气，那是指点自己而说的，一时把秋波瞟了他一眼，忍不住抿嘴又笑起来了。

第九回

天寒岁暮书初达
灯舵夜闯人未回

秋枫在上海儒明家里吃年夜饭，玉人在北平却正思念着秋枫呢。玉人自从秋枫离开北平后，一颗小心灵中好像失去了什么似的，总觉得闷闷不乐。虽然若华常来伴她出去游玩，维贤殷勤小心地服侍，却不能十分引起玉人的兴趣。虽然在秋枫离平后一星期曾接到他一信，但信中只有寥寥几句，只说平安抵申，同时这封信是给月亭的，而且在里面也并不曾提及玉人，所以玉人心里很是失望，虽欲想写信到贸业银行去，但终于没勇气实行。

窗外的西北风是吹得那么紧，呼呼地好像江头潮水在澎湃，又好像万马在奔腾。室中虽然是生旺着炭缸，但听了那可怕的风声，心中也曾激起了一阵寒冷，不寒而栗，禁不住要瑟瑟地抖了。

玉人站在通红的炭缸旁边，手中拿了一根铁杆，拨着缸里的炭火，两眼凝望着融融的火光，出了一会子神。月亭坐在沙发上，垂下了头儿，只管注意在她手中的活计。室中是完全埋没在静悄悄的空气里，只有壁上的挂钟的声音，合着节拍地好像来回地踱着步子。

"妈，朱先生临别的时候，还说不会忘记我们旧日的朋友，那么这许多日子，为什么竟不来一封信呢？假使再不来，那今年是不会有信来的了。"

"那也怪不了人家的，恐怕人家事情忙哩。"

玉人微抬起头来，把手中的铁杆放在旁边，若有所思地步到沙发旁，望着月亭这样地问着。月亭嘴里虽然这样回答，但心里也暗暗地奇怪，差不多有两个月了，怎么秋枫竟没有一封信来？

"太太，上海有信来了，要打圆章的，因为是航空信哩。"

事情是很凑巧的，念着信件，那信就来了。玉人见王妈手中拿了一张回单条子，连忙抢步上前，接了过来，见收信人处写着"周月亭"三字，玉人虽然不晓得这封信究竟是否秋枫写来，但是并没有周玉人，那总是使自己一件不高兴的事情，便噘了小嘴儿，递到月亭的面前，说道：

"妈，你拿去打圆章吧。"

月亭放下手中的活计，在抽屉内取出印鉴，盖了一个圆章，交给王妈去换了信。月亭拆开信封，抽出信笺，玉人似乎心中还存了一种希望，忙又含笑向月亭问道：

"妈，你快瞧瞧清楚，里面可附着给我的信吗？"

"咦，写给我不是写给你一样吗，你快过来一同瞧嘛！"

月亭向信封里瞧了一瞧，摇了一下头，瞧着玉人一脸不高兴的神气，忍不住心里好笑，遂向她招手。玉人虽然心里是很生着气，但到底不晓得里面是写些什么，所以身不由主地一步挨一步地走了拢来。月亭伸手把她拉到身边，并着头儿一同瞧着道：

月亭学长有道：

前个月草草地奉上一函，想你已收到了吧？在第二天下午三时，当由友人伴我到行长室接洽。行长姓赵名叫晓光，是一位五十多岁的老年人，非常和蔼可亲，也许和我有些儿缘分，所以颇为器重我，致送薪水二百元，又叫我办理他私人的事务，津贴我五十元。想你听到了这个消息，一定也代我很喜欢吧？光阴是过得那么快，只觉转眼之间，一年又将完了，想你们校中也一定放寒假了吧？两个月不见了，玉人想是又长了不少，这一次的成绩，我相信又是第一的，不知我可曾猜错吗？

　　我现在卜居于愚园路渔光村十一号，假使来信，就写到那去是了。在平的时候，多承你十二分热诚地对待我，爱我之心，等于母同，所以我身虽在申，我心却没有一刻不想念你的。兹由邮局带上衣料等物件一包，请持条前去收领，物微情重，万望不要客气，即希哂纳，这是我很为感激的了。

　　近来上海的气候甚寒，想北平当然是更加冷了，你是上了年纪的人，玉人又是素来体弱，所以你们自当添衣加餐，善自珍摄，这是很要紧的呢。我在上海，体尚顽强，请勿锦注。逢便还希复我数行，不胜感盼，敬祝健康！

朱秋枫谨上

二月九日下午

　　两人瞧完这一封信，脸上不免都浮现了一丝笑意。玉人心中暗想，信里关于我的事虽然只有寥寥几句，就在这几句中就可以晓得朱先生确实是很关心我的了。心中一快乐，那眉毛儿就会扬起来，掀着笑窝儿，说道：

　　"我说今年朱先生是不会有信来的了，谁知偏偏在今天大年夜里赶到了，可见无论什么事情，理想与事实总是相反的。"

　　"可不是，你说朱先生忘记我们了，他不是仍记得的吗？朱先生真太客气，他还带给我们衣料等物件哩。"

　　月亭见玉人把手儿环着自己的脖子，她那颊儿竟偎到自己的脸上来了，遂也抚着她的手儿，笑嘻嘻地说着。因为是笑得很有劲，所以她那额上的皱纹也就始终不曾平复的了。

　　"不晓得邮局可有寄到了没有，我叫王妈去领好吗？"

　　玉人拿着秋枫寄下的领取收条，秋波向月亭瞟了一眼，站在月亭的面前，跳了两跳脚，这意态显然是这一份的高兴。月亭因为玉人这一种神情是几个月来所不常有的，自然心里也很欢喜，便连连地点了点头，于是玉人便很快活地奔到外面吩咐王妈去了。

黄昏的时候，王妈从邮局里领了一大包东西来。玉人见里面似乎并不止是几件衣料，心里喜欢得什么似的，立刻拿一柄剪刀，将外面粗皮缝成的袋儿拆开，见里面大大小小的几只精美的盒儿。开了盒盖儿一看，只见一件是灰哗叽，一件是水银百蝶绸的，还有一盒是半打丝袜和帕儿。最有趣的其中一盒，竟是一架小飞艇，上面有根线，悬在天花板上，开足发条，那飞艇便会在半空团团打旋的。玉人想不到朱先生竟会买这个玩具来给我，显然他是一味地还只当我是小孩子看待，心里一欢喜，那颊上的酒窝儿这就深深地又掀了起来。

"朱先生真有趣，还寄这个小飞艇来给你哩……可是这许多东西，倒又叫他花了不少的钱。玉人，这件百蝶绸是剪给你的，这丝袜和帕儿也都是你的，你快拿到自己的房中去吧。趁着这时没事，我来写一封回信谢谢他吧。"

玉人听妈妈这样说，心中暗想：不错，他既送我这许多东西，我当然也得写信去向他道谢。于是她便含笑点头，捧了几只精美的盒儿到自己卧室里去了。

玉人坐在写字台旁，扭亮了绿纱罩的台灯，心中想着朱先生送给我小飞艇，很觉快乐。但不知怎样有了一个感觉，心里又引起十分不高兴，朱先生为什么老把我当小孩子看待，到了明天，我不是已十六岁了吗？况且妈妈也对我说，我是已做了大人哩。我既已到了成年的时期，朱先生照理也应该对待我像大人一样，怎么倒买给我小飞艇玩呢？想到这里，不免又噘起了小嘴儿，纤手托着两腮，凝眸出了一会子神，但心里到底为什么要不快乐，连自己也说不出一个所以然来。约莫沉吟了十分钟之久，玉人方才在抽屉内取出冰瑯雪笺，开了自来水的笔套，在上面写了一行"朱先生鉴"四字，想了一会儿，又觉得不对，遂把那张信笺揭过，在下面一张上重新写道：

亲爱的秋枫先生：

　　你这人真不应该，就是行中公务忙累，总不至于连写一封信的工夫都抽不出来的。为什么直到两个月后的今天，方才给我妈妈一封信呢？虽然我也晓得朱先生在上海自然有许多的事情，不过似乎使人有些儿望穿了秋水哩。

　　多谢你寄下这许多物品，真使我非常喜欢而且又非常感激，但是在喜欢之中，我又有一些儿不高兴。你送了我东西，我还要不高兴，那你瞧了，一定要奇怪，而且又一定要生气。不过我不管你生气不生气，我心里总是不高兴。为什么要不高兴，在这里自然有两个缘故。

　　在半年以前，我果然像小孩子一样，朱先生常说我淘气，那我也并不否认。半年后的我，妈妈常说我是个大人了，所以我也处处留心，不敢再显出孩子的成分了。不过我接到朱先生给我的小飞艇，显见朱先生还一味地把我当作小孩子，那就是我所以不高兴的一个原因。

　　两个月中的日子，我天天希望你有信件从绿衣人的手里送到了我的怀抱，但每天的希望只剩了黄昏后的泡影。我常怀疑着，朱先生忘了我吧？事情忙吧？病了吧？……这并不是我咒念着你，怀疑的结果也无非使我心里感到难受罢了。好容易在今日的大年夜里，接到了先生的一封信，我心怀的喜悦几乎像雀儿那样跳跃，但是失望立刻涌上了我的心头。你的信是给我妈的，虽然信里也承蒙你很关心地问起了我，但是我心里总感到有些儿不高兴。在这里我觉得奇怪，第一封信倒也罢了，第二封信依旧是给我的妈，难道我有什么地方得罪你，而使你不愿意和我通信吗？你送我这许多东西，我固然是喜欢，假使你能给我一封信，那我一定较之接到你的东西更喜欢。不过当我接到你的小飞艇时，我有些不高兴，虽然这也没有不高兴之必要，但我自己也说不出一个所以然。在北平我很健康，在上海你当然也很快乐，希望你给我一个回信，这我心中似乎比较盼切一些。祝你努力前进，我们的前面的一片辽阔的大道并没有止境的。

你的玉人写于大年夜

玉人写完了这一封信，足足有三张的信笺，自己念了一遍，觉得虽然自己写信是还不多几次，但似乎还写得顺利，并不怎样格格不入，心里自然很喜欢，遂把它折好，放进信封里。就在这时，王妈来叫小姐吃饭去了。

第二天是正月初一，大约在十点多钟的时候，若华和维贤来拜年了。维贤在玉人家里已来了好多次，而且也吃了好几次饭，显然维贤是做了秋枫的替身。月亭见维贤一表人才，和秋枫略有相像，同时知道他只有十九岁，比玉人大了三年，假使真能成功一对的话，也未始不是一头美满的姻缘。又因维贤在月亭面前处处装出温文小心的样子，所以在月亭的心里倒也颇觉喜欢。

"今天天气很好，风并不大，所以路上沙泥倒没有十分扬起哩。"

彼此经过一阵贺年的俗套，大家就在会客室里坐下，王妈端上橄榄茶、银耳茶，月亭问外面天气怎样，若华笑盈盈地喝了一口茶，回过头去答着。

"玉人呢，她出去了吗？"

"没有出去，大约在房里，不知做些什么。王妈去喊一声，说李先生和杨先生在着。"

月亭听若华又问着玉人，遂对王妈这样说，王妈答应了一声，便走进里面去了。不多一会儿，玉人从里面便笑盈盈出来了，她今

145

天穿了一件花青绸的皮旗袍，外面尚罩了一件妃色的羊毛衫，因为她踏着一双黑漆的高跟革履，所以人儿比较高得多，真是亭亭玉立，大有仙子凌波的丰姿。

"玉人，你躲在房中做什么？李先生来了，也不出来陪陪哩。"

"李先生，你来了，为什么不预早通知一声儿？我又哪里晓得你这时候来呢？别生气，李先生，我给你吃块糖。密司脱杨，你要不也吃一块？"

玉人听若华向自己打趣着，便在小圆桌上的果盘里拿了两块太妃糖，一块交到若华的手里，回头又向维贤望了一眼，把剩下的一块，却掷了过去。维贤连忙伸手接过，心里不免荡漾了一下，望着她很多情地一笑，说了一声谢谢。玉人听他向自己道谢，忍不住抿嘴也笑了。

"玉人今年又长一岁了，怪不得人儿高大得不少哩。"

若华见玉人倚在小圆桌旁，一只脚尖还在地板上划着，那站立的姿势，确实是合乎美的条件。因为玉人从来不曾穿过高跟鞋，今年的年初一，同时而且又是第一次，所以便笑盈盈地对她这样说着。玉人见若华的两眼只管注视自己的脚儿，显然她的话是含有打趣的意思，这就扭着腰儿，秋波盈盈地白了她一眼，笑嗔道：

"李先生最不好，老喜欢和我开玩笑的……"

"这也并没有和你开玩笑呀，难道你倒希望不再长大起来吗？个子再高大一些，不是要更漂亮了吗，好在你有这双高跟鞋垫着，那就差不多了。"

月亭、维贤听若华这样说着，忍不住都笑起来。玉人也就更觉得难为情，红晕了脸儿，啐了若华一口，说道：

"李先生，你再打趣我，我这双鞋就不高兴穿了，立刻去换下了可好？"

玉人一面说，一面身子真的向里面走，急得若华连忙站起来，把她手儿拉住，拖到沙发旁一同坐下，笑道：

146

"你这孩子就真有趣，好好地穿着去换它干吗，因为你穿了这双高跟鞋，似乎脱去了孩子的成分，显出少女的意态，的确是增加了你不少的美丽呢。"

玉人听若华这样说，便回眸向维贤望了一眼，谁知维贤的两眼也正对着自己看，四目相窥，都感到有些儿不好意思，大家忍不住又哧地笑了。

"杨先生这次寒假期内，打算不回南了吗？"

"寒假的日子是这样少，来回的路程却那样遥远，那么这些假期不是只够在道路上吗？而且回家反正也没有什么事，所以也就省却这些往返了。"

月亭因为见维贤这样呆坐着，似乎太冷待了人家，所以回过头来向他搭讪着。维贤听月亭向自己问话，自然装出十二分有礼貌的样子，很小心地回答。月亭听他这样说，觉得这话倒也不错，微笑着点头道：

"可不是？再一星期我们学校里又要开课了呢。杨先生差不多也有许久不曾回家了吧？"

"是的，我自前年到北平，就一直没有回去过，好在今年暑期可以毕业了，回家的日子可也不远了。"

大家这样闲谈了一会儿，已是午饭时候了。维贤问若华可走了吗，月亭笑道：

"杨先生这样来不及的，可不是还要到什么地方去吗？不然就在这儿便饭，是用不到客气的。"

"表弟，周伯母家里是和我自己家里一样，你也就别客气了。"

月亭听若华向维贤称呼自己伯母，觉得在这伯母两个字里，一定含有深刻的意思，同时想着若华常常在我面前赞美维贤的好处，也未始不是没有连带关系。其实我倒不成问题，只要玉人自己中意，我做妈妈的总没有不答应的。不过玉人这孩子似乎很忠于朱先生，对于朱先生不特是表示特别的好感，而且还有爱上了他的成分。虽然玉人是并不曾向我诉说过她的意思，但做妈的对于一个自己女儿的心思，哪里还会不明了吗？对于这一点，实在不能不佩服秋枫人格的伟大、道德的优美。秋枫现在也不过是个才二十三岁的少年，论理实在是正当找寻配偶的时期，和玉人也只不过差七年，他知道玉人是有爱他的意思，同时秋枫也未始不爱着玉人。不过我暗窥秋枫所以要和玉人冷淡的缘故，是因为两人是个师生关系，好像名分上先差了一级，假使也恋爱起来，恐怕要被外界攻击，当作笑话讲，所以他毅然地和玉人生疏了。我虽然对于秋枫倒很瞧得入眼，但我到底不能和他说情愿把女儿配给你的话。不过现在这个维贤，模样儿倒也不错，人品虽未甚详，听若华这样夸奖，想也不见得会十分错的了。

月亭自管这样暗暗地细想，不免出了一会子神。玉人倚在若华的身旁，却向维贤睃了一眼，说道：

"密司脱杨又不是没有在我家里吃过饭，还要假惺惺地闹什么娘儿态呢？"

维贤想不到玉人会对自己说出这个话来，一时不免心里荡漾了一下，对她微微一笑，这才又坐下身子，暗自细想：玉人虽然冷若冰霜，但近来对我似乎比较要亲热得多了，单瞧今天她给吃糖和刚才这句话的情形看来，显然她也并不十分讨厌我，只要她不讨厌我，那日后自然有给我达到愿望的一天了。想到这里，那脸上不免挂了一丝无限得意的笑容。

"对了，表弟，你可听见了没有，玉人可不把你当作外人哩。"

若华听玉人这样对维贤说，便把眼儿向维贤瞟了一眼，抿嘴咻咻地笑。玉人倒又不好意思起来，红晕了两颊，轻轻打了若华一记，却把脸儿躲到若华的后背去了。

饭后，若华要玉人同到戏馆里听戏去，玉人欣然答应。月亭因怕冷，没有一同去。三人出了胡同，只见大街上冷清清的，各店家都紧关了牌门，连街上车马行人都少得很，只有红红绿绿的小爆竹却是沿街道地点缀着。维贤说道：

"街上车子这样少，否则我们在家里打电话喊一辆汽车就好了，现在是只好走一截路再说了。"

维贤说着话，把两眼脉脉地凝望着玉人。若华觉得他这话是向玉人而发，自己当然不便抢着回答，却把头儿别转去，装作不听见。玉人因此也就不得不含笑点了点头，说道：

"年初一出来走马路，原很有个意思。所以我说不坐车子，倒还是走走好。"

"密司周这话倒也不错，坐车子无论哪一天都好坐，要在像用水洗过一样清静的年初一的大街上散步，这机会在一年中是只有仅仅今天哩。"

维贤听玉人这样说，便也附和着她的意思回答。若华听在耳里，忍不住抿嘴扑的一声笑了。玉人回眸望她一眼，问道：

"李先生，你笑什么？"

"我没有笑什么，我心里觉得好笑，我就忍不住笑出来了。"

若华这话倒也回答得有趣，但玉人和维贤原是聪明的人，自然理会她所以笑的原因，一时微红了脸儿，大家都垂下了头。因为是空气太沉寂的缘故，所以三人的步伐摩擦在平坦的柏油地上，发出了很调匀有节拍的响声。

"咦，咦，那边人力车上坐着的不是密司脱董吗？"

维贤微抬起头来，忽然瞥见前面拉来一辆人力车，车上坐着一个西服男子，定睛一瞧，认得是那天中山公园里碰见的董志杰，所以不禁大声地嚷起来。待若华和玉人发觉，那志杰早已从人力车上跳下，抢步上来，笑着喊道：

"密司李，密司周，密司脱杨，巧极，巧极，你们打哪儿来，我正从你们学校里出来的呢。"

大家听他喊了一大套，忍不住都笑着，彼此握了一阵手，又连说拜年恭喜。维贤笑道：

"我们是二十世纪崭新的人物，对于这一套陈旧的举动，彼此还是免了吧。"

维贤说着，大家又都笑了一阵。若华问志杰到我们校里去做什么，杰志听了，瞅了她一眼，笑着道：

"密司李这话问得有趣，到贵校来不还是因为拜望你老人家吗？"

若华听他这样说，便把秋波盈盈的俏眼儿向他斜乜了一下，忍不住抿嘴嫣然笑了。维贤也晓得近来表姐和这位密司脱董是非常要好，不但是要好，彼此交谊而且确已达到了爱人的阶段。今听两人的说话和意态，显然是非常亲热，因此便哈哈地很神秘地笑了。若华见他笑得这样有劲，可见他也并非没有作用，遂嗔他道：

"你发痴了，笑得这样有劲干什么？"

"我没有笑什么呀，我心里觉得好笑，我就忍不住笑出来了。"

维贤这几句话是含有些儿报复的性质，听进在玉人的耳里，也不禁哧哧地笑。若华想不到六月债还得快，这就弄得没了办法，也只好附和着笑。三人笑得这样有劲，是只有三人自己知道，志杰瞧了这个情景，倒是呆呆地怔住了。

"你们三位真高兴，竟是拉开了嘴儿合不拢来了。可惜我不曾带着快镜，不然摄来，倒是挺有趣的三种笑的姿态呢。"

"别叫你胡说瞎道了，新年里难道不应该高兴吗？"

若华听志杰这样说，便白了他一眼，逗给了他一个娇嗔。这娇嗔在志杰的眼里瞧来，自然是更增加她的妩媚，正欲向她连连赔不是，谁知就在这时候，忽听后面有位粗重的声音说道：

"先生，你去不去啦，咱们的光阴很宝贵，可不能老耽搁下去的呀。"

志杰连忙回头看去，自己也忍不住哑然失笑。原来只管说着话，就忘记了人家车夫还老是等着呢，便忙在袋内摸出一元钱的钞票来，交到车夫的手里，笑道：

"不去了，不去了，你拿着走吧，别等待了。"

车夫接着了一元钱的钞票，这似乎是出于意料之外，怔了一怔，方才满脸含笑地道了一声谢，拉了车杆自管地找别的主顾去了。心里却是暗想：拉了只不过一截路，就是一块钱，新年发财，咱真是遇见了一位财神爷哩！

"密司脱董，你本来到什么方去呀，为什么不去了？我们是没有什么正经事，完全出来闲逛的呢。"

"我也没有什么正经事，原不过出来约你们一同去玩玩，不料一到黄江女子中学，说密司李已出去了，我扑了一个空，心里真觉得扫兴，想不到在这儿又会遇到了三位，那真也是个巧事哩。你们欲到哪儿玩去，我总可以奉陪的。"

志杰付了车资，回过身子，听维贤这样问，便笑嘻嘻地回答。同时把他两眼只管向若华脉脉地凝望，显然他是十二分的柔情蜜意对待着若华。若华可不是木人，哪有个不明白的道理，便很快地先笑着回答道：

"我们到戏馆里听戏去，你去不去？"

"听戏去吗，啊哟，这可不成功了，你们除非预先买好了票，否则票子早已没有你们的份了，我经过好多家戏馆，家家门口都挂着客满的牌子呢。我想听戏是不成功了，还是到惠宫舞厅里坐一会儿吧，听说茶舞时候，还表演特别节目庆祝新年，不知你们三位意思如何？"

"既然戏馆子里已家家客满了，那么我们就到惠宫舞厅去坐也行。密司周，逢场作戏，原没有什么意思，大家就去坐会儿吧。"

维贤听志杰主张到舞厅去，那自己是最赞成的了，不过从前曾经也约玉人去玩过，玉人推说妈妈不许自己玩这种地方而拒绝了。维贤生恐这次玉人又不答应，所以回眸过来，带着恳求的口吻，向玉人轻轻地含笑说。玉人是个重情面的人，同时又因为李先生一同去，所以也就含笑频频地点头，于是四个人走到一家汽车行，坐车直到惠宫舞厅里去了。

今天舞厅里的游客是特别拥挤，不过来瞧特别节目的却是占了半数。因了游人多的缘故，菲律宾的大音乐队睁大了眼睛，掀起了两片厚嘴唇，露出一排雪白的牙齿，把那爵士音乐也愈加奏得热狂。舞客们似乎不忍辜负他们这样大卖力，所以每一节音乐起，舞池里总是拥满了对对的舞伴，翩翩地做那蝴蝶穿花的婆娑舞。

"密司李，我们去舞一支好吗？"

志杰瞧了舞池中对对的红男绿女，搂着腰肢儿欢舞，心里不停地荡漾，那脚儿就会痒起来，情不自禁地站起身子，向若华弯了弯腰，做个求舞的姿势。若华当然不便拒绝，遂点了点头，含笑又向维贤、玉人说道：

"你们就谈会儿吧。"

"密司周，你听我表姐这话有趣吗？她自己和密司脱董去跳舞了，却叫我们谈一会儿，难道我们就不能去舞一支吗？"

维贤待若华和志杰到了舞池，便回眸向玉人望了一眼，拉了拉西服的衣襟，笑嘻嘻地说着。玉人虽然晓得他这也就是求舞的变相，但是自己舞厅里根本还只有第一次进来，哪里谈得上会跳舞呢？便含笑摇了一下头，低声地说道：

"密司脱杨，对不起得很，我是并不会跳舞的。"

"没有这个话的，现在的青年男女，还不会跳舞吗？密司周，你别客气，我也不十分会的，不过既到了舞厅，也无非应个景儿助助兴趣罢了。"

"我真的不会跳呀。不瞒密司脱杨说，我到舞厅里来还只有今天第一遭……"

玉人听他话中意思，似乎说自己故意不允许，一时情急，便向他声明这个话来。不过既说了出来，心里倒又不好意思了，红晕了两颊，顿了一顿，却不再说下去了。维贤见她这样不胜娇媚的意态，真可谓是妩媚到了极点，只觉得任何姑娘都及不来她的艳丽，一时不免爱到心头，一意欲想玉人作为自己的终身伴侣，对于明珍的恩爱两字，此刻早又忘得一干二净了。今听玉人这样说，知道她确实是不会跳舞的，想从前她再三不肯来舞厅游玩的原因，大概也是因为不会跳舞吧。便挨近了一些身子，明眸脉脉地含了无限柔情蜜意的神气，凝望着玉人的粉颊儿，低声儿笑道：

"密司周这话可真的吗？那真有意思极了，在废历新年的第一天，你又第一次到舞厅来玩，若再开始学会这个跳舞，那不是一个很好的纪念吗？所以我不妨算毛遂自荐，教你普通的交际舞，你假使会了后，准会感到相当的兴趣哩。"

玉人听维贤这样殷殷地劝说，芳心不免也怦然一动，秋波向他瞟了一眼，很羞涩地笑道：

"你瞧这儿舞池里谁不会跳舞，只有我……被别人瞧了，不是怪难为情的吗？我不要，坐着听会儿音乐也很好。你假使寂寞，不是可以去跳舞娘的吗？"

玉人这说话的意态和脸部的表情是很可爱的，从这一点瞧来，维贤知道玉人并不是绝对不愿意跳，实在因为不会跳，生恐被人见笑，所以有些儿胆小不敢尝试。这个心理是每一个人都有的，就是自己初学时也是这个样子，不过一学会了后，你不跳那脚也会自己有主意一般到舞池里去了。遂又劝道：

"密司周，你不用胆小，谁出生来都会的吗？还不是慢慢儿地学着方才会吗？所以你大着胆儿只管学，没有什么人会见笑你的。况且跳舞又不是学校里考试功课那么难，像你这样聪明的人，保管一学就会，下次是'勃罗司'的时候，不妨去试一下，只有四步的式样，你瞧着，这样，这样，再这样，就行了，不是极便当极便当的吗？"

维贤对于这一点是很会用一些儿功夫，滔滔不绝地说到后来，竟是站起身子，先在玉人面前把脚儿左一步右一步地教起来，玉人的心里被他既说得活动，她那俏眼儿自然也注视到他的脚步去了。维贤试验了好多次，方才又在沙发上坐下，望着玉人的娇靥，很得

153

意地笑道：

"密司周，你看不是很便当的吗？我想你一定已会的了。"

玉人听他这样说，瞟他一眼，却不回答，抿着小嘴儿，嫣然笑了。维贤见她这意态，显然是已经有了允许的意思，心中这一快乐，几乎把心花儿都乐开了。

"密司脱杨和密司周，你们俩人为什么不去跳一次呀？"

一节音乐完了，志杰和若华携手归座，见两人呆呆地坐着，志杰便笑嘻嘻地问着。维贤听了，很得意地笑道：

"时候早哩，我们休息一会儿，自然会去跳的呢。"

若华听维贤这样说，不免向玉人望了一眼，暗想：维贤竟说得这样肯定，难道他已征得玉人的同意了吗？玉人被她一望，却先报之以微笑。若华这就觉着玉人这笑，也许是含有些儿意思的，忍不住也微红了脸儿笑起来了，拉了她的手儿，搭讪着轻轻地问道：

"跳舞是全身运动之一，你有兴趣的话，倒不妨和我表弟去舞一支，交际场所那是没有什么关系的，有做祖父和孙女儿跳也很多很多。"

玉人虽然不晓得若华说的是否有这一种事实，但假使有的话，那究竟也是现代社会畸形家庭的怪现象，倘若这种现象是认为文明新派的话，那么祖父和孙女儿结了婚，不是更文明新派吗？玉人经此一想，倒忍不住抿着小嘴哧哧笑了。就在这时候，那平台上的乐声又响起来，维贤一听，齐巧是"勃罗司"，便忙说道：

"密司脱董，这支音乐最好了，我们大家一块儿去舞一支吧。"

志杰刚才在舞池里和若华亲热地偎抱了后，这个滋味是最好多一刻好一刻的，今听维贤这样一提议，当然很快地起来求舞。维贤同时也向玉人行了一个四十五度的鞠躬礼，玉人见若华已是和志杰到舞池里去了，自己这就不得不站起身子，含笑而又含羞地跟着一块儿同到舞池里去了。

玉人今天会给维贤捏了手儿，搂着腰肢，在舞池里翩翩起舞，这在维贤的心里是做梦也不会想到的，现在果然能够实行，这真好像比买中了发财票还难得更高兴。闺中女儿的可贵，就是贵在这一点，可怜舞海中的舞娘，只要有了几张舞票，便可以前去一搂，任你花容月貌，那是更成千人万人搂了，说起来确实是很痛苦的，不过因为生活的逼迫，当然是没有什么办法的。

"密司周，你真聪明，不是已舞得很好吗？"

在舞池，维贤因为要适合玉人的个性，博得玉人对自己发生了好感，所以愈加显出大方的态度，手儿虽然是按在玉人的腰间，但是非常轻微，身子距离得很远，并不十分紧贴她的胸部，在舞池边慢慢地舞了一圈，维贤更仰开了一些儿脸颊，望着玉人的娇靥，很柔和地说着。玉人听了，也觉得跳舞这一件事实在容易，可见娱乐一项，较之研究文学、科学、化学，那真是要便当得千万分之一了，怪不得世界上的人，是成名的少、堕落的多，因为堕落比成名的确容易，这就无怪妈妈不许我到这儿来了。玉人心里虽然是这样地想，但嘴里自然不免回答道：

"不见得吧？我根本舞不来，哪里谈得上好字呢？"

绯红色的霓虹灯光笼映之下的玉人脸颊儿，是更美丽得像画中的一个美人，兼之她乌圆眸珠好像秋波那样地动荡，玫瑰花朵般颊上的笑窝好像万山环抱中的一个秀丽的小池，画中美人，哪有她这样灵活可爱。维贤觉得秀色可餐的这一句话，倒也并非言过其实。玉人见他目不转睛地这一阵子呆看，自己的回答他几乎没有听到一般，心里真感到了万分的难为情，这就睃了一眼，嗔道：

"你痴了？可是有什么心事吗？"

"我想密司周这样聪明，我真有些儿够不上资格和你交朋友呢。"

维贤被她这样一问，方才恢复了他原有的知觉，显然这话是有些儿奉承性质，马屁这样东西，是人人爱的，就是拍马屁的人，他也喜欢有人来拍马屁，这句话是不错的。玉人听维贤这样说，便呸了一声，却逗给了他一个白眼。在维贤瞧来，觉得这个白眼是女孩儿家假惺惺作态的表示，在她心中一定是相当快乐，便又笑问道：

"密司周，怎么啦？依你说可不是我够得上资格和你交朋友吗？"

玉人听他又这样说，掀着酒窝儿只是憨憨地笑，却并不表示什么意思。维贤见她这样可人的意态，心中直乐得什么似的，说道：

"你并不异议，那就是默认。多谢你，承蒙你瞧得起我，我真感激得无可形容了。"

"我一些儿也不知道，你自己喜欢怎样说，就随你去说吧。"

玉人红晕了脸儿，别转头去。维贤知道她这话是掩饰她的难为情，心里感到了十分有趣，觉得今夜能够有这一个情形，实在已可以说得到了相当的成绩。他想着欲速则不达的一句话，于是他不再向玉人说什么，稍会移近了一些身子，略碰着了玉人的胸部，按着音乐的节拍，踏着循规蹈矩的步伐，慢慢地舞起来。

"玉人好像晓得今天要和表弟来跳舞似的，所以却穿了高跟鞋呢。"

忽然若华和志杰两人舞罢回来，到玉人和维贤的身旁，瞧了两人差不多高的个子，若华便伸手拍着玉人的肩胛，笑盈盈地说。玉人一见两人，早把身子离开了维贤，恨恨地白了若华一眼。维贤瞧着，心里不停地荡漾，连志杰也笑起来了。就在这个时候，音乐停止，那霓虹灯又换了一种暗绿神秘的颜色了。

跳舞这一件事，实在是非常神秘，有些不可思议，不学不跳，那是最好，就不会想到跳舞两个字。若学会了，尤其在初会的人，说来有些不相信，心里对于跳舞，是好像有了一种牵挂，只要听音乐一响，那脚真会痒起来。玉人虽然晓得跳舞总是不好的，但是经过了和维贤几次的舞蹈，觉得跳舞确实有一种魔力，能够吸引每个青年男女的一颗心，到后来而且也自然而然地喜欢紧偎了身子，仿佛这是调剂青春期的一种枯燥。所以大半的年轻男女，都是沉醉在不知不觉中。

瞧过了特别的节目后，舞场四围的游客就少了一半，但这时候晚舞的客人都又陆续来了，所以舞厅四周显然仍是那样拥挤。

"李先生，我要回去了，妈妈在家里恐怕要心焦了。"

玉人瞧着手腕上的白金表儿，已是指在六点半钟，所以便回过头来向若华说。若华还不及回答，维贤和志杰就不约而同地说道：

"密司周，时候已晚餐了，我们就舞厅里吃客大餐不好吗？回家恐怕已吃过了饭呢。"

"吃过饭不要紧，不是仍可以开的吗？你们和我一同回去好了。"

若华知道玉人脾气古怪，她说要回去，就再也留不住，便向维贤、志杰问可要大家一同到玉人家里晚餐去，志杰说不好意思，维贤因为还有明珍约会，所以也说不去了。若华是负着陪伴玉人的责任，只好陪同玉人回去。志杰向若华悄声儿道：

"我仍在这儿等着，假使密司李有兴趣的话，回头再来好了。"

这话虽说得很轻，但若华尚恐玉人和维贤听见，连连点了点头。这儿侍者拿上玉人的豹皮大衣、若华的灰背大衣、维贤的海木龙大衣，志杰的大衣仍叫他拿回到衣服间去，说还要坐会儿，于是彼此道声再见，便出了惠宫舞厅。

"密司周，那么我不送你了，伯母那儿请代为说一声吧。"

在惠宫舞厅门口，维贤眼瞧着若华、玉人跳上了一辆出差汽车，他便含笑地十分小心地向玉人说着。玉人的一颗心灵里，似乎对于维贤也有了一种好感，频频点了点头，伸出手来，又向他招了招。不到一分钟后，那汽车早已在黑暗的道路上消逝了。

"李先生，你不要和我妈说在舞厅里，知道吗，只说在听戏是了。"

玉人坐在车厢里，望着若华的脸颊儿笑着叮嘱。若华笑道：

"和李先生在一块儿，告诉也不要紧。"

"你告诉了，只怕李先生也要被妈不信任了……"

玉人这句话倒是实话，不过细想起来，若华未免有些儿惭愧，也只好装作含糊地连连答应了两声不告诉是了。

维贤见汽车开得没了影儿，方才坐车到新都旅社四楼十二号房间。这是去年廿九小年夜那天就和明珍开好的，两人在这间房中已连宿了两夜。明珍因为是侧室所养，那侧室又早殁了，所以行动一些儿没人管束，从小就放任惯的，好在家里有钱，父亲大小老婆不知多少，当然更不管女儿，因此明珍在外面混天胡地，从不有人过问，就是几个月不回家都不要紧。明珍之所以造成她浪漫的行为，一半固然是自己意志薄弱，而大半当然是因为环境的不良。社会上像这种的女子，实在也不少哩。

　　且说维贤一脚跨进卧房，只见明珍歪在沙发上吸烟卷，见了维贤进来，却是装作不理会，那意态显然是生了气。维贤连忙脱了大衣，坐到明珍的身旁，扳过她的肩头，笑盈盈地喊道：

　　"珍，我亲爱的珍，你怎么啦？不高兴了吗？"

　　"谁是你亲爱的，不要你来灌迷汤吧！早晨九点钟走出，直到晚上七点钟才回来，你叫我一个人干等着，你倒在外面寻快活吗？"

　　明珍见他来扳自己肩头，便恨恨地给他一个白眼，推开他身子，丢了烟尾，要站起身子来。维贤也自觉不应该，早晨出去，原说吃中饭时候回来的，不料给玉人一句话，竟不由自主地留下了，只得把明珍身子抱在怀里，不许她走开，在她粉颊上吻了一个香，亲热地连喊着妹妹赔不是。明珍恨恨打他一下，这才嫣然笑道：

　　"那么你这一整天，到底在外面哪儿玩呀？"

　　"我到朋友家里去贺年，原想立刻就走的，不料接着又来了两个朋友，主人说这就真巧，齐巧一桌，我们来上早场，我因情面难却，遂乒乒乓乓地打了十二圈麻雀。不料天已晚了，我想着了你一定等着要光火了，所以晚饭也不敢吃，立刻坐车赶了来，好在赢了二十多块钱，正够我俩今夜的花费，好妹妹，你一定也不曾吃过晚饭吧，快披上大衣，我们到楼上舞厅里去吃大餐、跳舞去吧。别生气了，跳好了舞，再向你总赔不是，那你总可以乐了。"

　　维贤这一套谎话，说得明珍当然很相信，但听到了后面一句时，那颊上不禁又红晕起来，恨恨地打他一下，啐了一口，笑骂道：

"烂你舌根的，油腔滑调的，谁和你涎脸？"

"又是我说错了，妹妹，该打虽是该打，但今年还只第一天哩，你总也要留些情分呢，怎的骂了还要打？回头可莫怪我无情，直捣黄龙，你也可不要叫饶。"

明珍见他兀是涎皮嬉脸地说着，可弄得没了法儿，遂奔到床上去躺着赌气了。维贤见了，遂也跟上去，和她并头躺下，捧了她粉颊儿，对准了她小嘴吮着，笑着央求道：

"我的心肝，我的宝贝，我再也不敢欺侮你了，你快别生气，气坏了你宝贵的玉体，我可担不了这个罪名呢！"

维贤一面说，一面抱起她身子，亲自给她披上大衣，明珍瞟他一眼，方才抿着小嘴儿咻咻地笑了。这天夜里，两人在楼上新都舞厅里直到一点多钟，方才回到房中，两人恩爱缠绵地又温存了一夜。

若华送玉人回家，吃了晚饭，八点敲过，也急急告别，前来赴志杰的约会。果然志杰依然候在惠宫舞厅，两人见面，十分喜悦，彼此情话喁喁，遂私下订了婚约，预备决定结了终身侣伴。

玉人自若华走后，便很早地就睡了。睡在床上，想着在舞池里和维贤跳舞的情景，心中不免又连带想起了朱先生，今天是废历元旦，朱先生在上海孤零零的一个人，一定是十分寂寞呢。但是玉人的猜想是错的，谁知秋枫在上海自己有素心人相伴呢！

第十回

一失足成千古恨
再回头已百年身

秋枫在儒明家里吃了年夜饭，便又急急地赶到行里，因为自己是代表着行长赵晓光，所有各科账目都要给自己一一看过。这夜由统计处把决算表划出，时已三点敲过，结算计盈余一百二十万五千四百十二元，各行员如释重负，都欢欢喜喜地到聚餐室里去吃夜点心了。

秋枫回到家里，差不多要敲四点，遂急急脱了衣服，倒头便睡。这一睡直到第二天十二时敲过，方才醒来。连忙披衣起床，只见室内已收拾得清清洁洁，而且桌上还装好一盒果盘，心中暗想：赵妈年纪虽然老了，做事倒实在仔细，昨天我买来的糖果，就在桌上那么一丢，不料她却会装得很好，这个仆妇总算我雇用得不错。秋枫想着，身子已到窗边，伸手轻轻把那绿绸帏幔拉开，那天空中就射进来一道温和的阳光。秋枫想道：倒是挺好的天气。回身过来，只见赵妈手捧一盆面水，含笑走了进来，轻轻地把面盆放在梳妆台上，叫道：

"少爷，起来了吗，怎的不再多睡会儿？昨夜真的是太晚睡了，在夏天里，四点钟恐怕是已天亮了呢。"

"可不是，吃人家的饭，哪有什么办法？"

秋枫把羊毛衫的袖子卷高一些，两手放入盆里去拧毛巾，却是笑着很随便地回答。赵妈听了，觉得像少爷这个职业，实在已可说是最舒服了，不料也有忙碌到全夜的一日，可见做事情终是辛苦的。一面想，一面便到外面一间，把在洋风炉上炖热的莲子汤倒了一碗，给秋枫先当点心吃，并又问道：

"时候是已十二点了，少爷可要吃饭？我便给你去热菜。"

"我吃了这碗莲子已很饱了，你可曾吃了饭？若还不曾，那你快去自管吃吧，我回头就要出去拜年哩。"

赵妈答应了一声，便自管退了出去。这里秋枫坐在桌旁，手里拿着银制的小羹匙，在莲子碗里掏起莲子，一颗一颗地向嘴里送，两眼望着桌子那架小台灯，却是默默地想了一会子心事。我寄去的衣料和袜子绢帕小飞艇等物件，想来玉人一定是已经接到了。不知道玉人接到这些物件，心里可喜欢吗？我想她见了这一架小飞艇，她一定会掀起了笑窝儿跳跃起来，因为她本是一个孩子气未脱的姑娘，小飞艇自然是她所心爱的了。秋枫想到这里，自己的脸颊上也不觉浮现了一丝笑容。

吃完了这碗莲子汤，赵妈又拧上手巾给他揩了嘴。秋枫脱去了睡衣，披上了西服外褂，在抽屉内取出那张统计决算书，自己又瞧了一遍，方才卷拢包好，又穿上大衣，吩咐了赵妈几句，坐车到赵公馆去了。

秋枫今天到赵公馆去，是因公带私，一带两便。因为昨天晓光在四点敲过，就有别的事情先走了，所以对于决算书根本没有瞧见过，秋枫今天拿了去，可说是因为公事。今天是年初一，中国人是无论如何免不掉旧礼节的，行员到行长家里去贺年，这是交际上必不可省的应酬，这个却是因为私事了。但私事之外，还有一个私事，就是顺便亦可以拜望拜望这位赵香君小姐了。

赵公馆离秋枫寓所虽然很近，但今天却还是第一次去。到了两扇大铁门口，只见那铁门是关得紧紧的，遂走上前去，在电铃上揿了一揿，就听有人在小方洞内探出半个头来，问瞧谁。秋枫知道门房有门房的贼脾气，遂大声道：

"瞧你们的老爷，我是你们老爷行中的秘书长。"

门房一听"秘书长"三字，慌忙含笑开了偏门，秋枫一脚踏进，只见里面是个院落，当中一条甬道，用司门汀造成，光滑滑的，在淡淡的阳光照映之下，更觉得一些儿没有些尘埃，显现微白的颜色。两旁植着高大的树木，因为是寒冬的天气，那叶子儿是显见得很疏散，因此在空隙中望进去，四围还有一个小花园模样，想不到里面地方的面积倒也不小。秋枫一面打量，一面和门房向大厅里走去。到了大厅的门口，只见石级上站着一个量儿，手捧一只花瓶，正在回眸四顾，门房这就叫道：

"赵四，老爷有起来了没有？说有行中秘书长来拜望了。"

门房说完了这两句话，仿佛已完了他的任务，遂自管走开了。赵四把花瓶放过一旁，含笑接入大厅，秋枫因为表示郑重起见，又拿出一张卡片，交给赵四。赵四接过一瞧，口称"朱先生请少待片刻"，便匆匆进里面去通报了。

"朱先生，恭喜，恭喜！"

不多一会儿，就见赵晓光笑呵呵地嚷出来，大概晓光对于秋枫表示特别的好感，所以并没有摆出一些儿行长的架子。秋枫这就慌忙站起来，虽然是穿着西服，但也不得不抱了两拳，深深作下揖去答礼。彼此一阵嬉笑，晓光遂请秋枫进内到会客室坐下。赵四把秋枫大衣拿去挂好，一面端上香茗，接着银耳茶、燕窝茶，秋枫见晓光今天穿蓝袍黑褂，显然是一副绅士的派头，嘴里叼着雪茄烟，好像是很得意的神气，遂在袋内摸出那决算书，亲自递到晓光手中，笑道：

"赵先生，这是昨天行中结算出的决算书，你请瞧一下。"

晓光接过，把它展开，瞧了一遍。秋枫在旁边见晓光嘴里兀是叼着雪茄，两眼只管注视在纸上，那脸颊上的笑容却是始终不曾平复过。大概是因为笑得太有劲一些儿，嘴儿忘其所以地一掀，那支雪茄就掉了下来，险些烧坏了决算书，连忙拍了拍灰，一面把决算

162

书放在桌上，一面拾起雪茄，望着秋枫，微笑道：

"昨夜你们很辛苦吧，到几点钟才回家的？"

"还不十分迟，三点左右就都舒齐了。"

晓光听他这样说，便又微微笑了。秋枫经他一笑，似乎理会自己说话，未免有些矛盾了，三点钟不算迟，难道六点钟天亮了算迟吗？这恐怕是要算早了，自己这话，当然是带着马屁的气味，这就两颊不由自主地红晕起来。秋枫生成是个高傲的人，虽然这话原也是应酬性质，不过他自己就去理会到这一层，可见秋枫是个不善拍马屁的人了。其实晓光是只晓得他倒肯刻苦耐劳，绝不会是说他拍马屁的，心里自然更加欢喜，喷着那吸进去的雪茄烟，笑问道：

"朱先生大概还不曾用过午饭吧？我也才起来，回头我们一块儿吃吧。"

秋枫本待还要说已经吃过了，后来听他也还没有吃过饭，那也就不用客气了，笑道：

"在家里我曾吃过一些点心，所以此刻也不十分饿。"

秋枫说着，和晓光又谈了一些行中的营业情形，赵四便来请老爷和朱先生用饭去，于是两人到了一间膳堂。一张长方的大餐台，上面铺着镂花的白纱台布，上面又压了一块厚玻璃，当中摆着一只胆瓶，里面插着一束鲜花。桌上已放着两副银匙银刀和银叉，秋枫暗想：想不到竟是吃大餐了。两人在桌旁坐下，一会儿，赵四就拿上两盆奶油吐司和两盆鸡茸鲍鱼汤，接着又来花旗冷盆，最后又来一只绝嫩的童子鸡。两人吃毕，赵四又拧上手巾。晓光向秋枫道：

"朱先生在我家想还是初次来吧，要不我伴你到里面去看看？"

秋枫听了，连说再好没有，于是两人一前一后地到每一间室中去了，每一间室中都有一个摆设，壁上都挂着名人山水字画，同时装着花式花样的电灯，一切都具着美术的风味。秋枫心中不免暗想：这好像是商店里陈设的一堂一堂家生，原本是供给人家参观的，因为像赵先生家里人数并不多，却有这许多的房间，恐怕有一间之中，在几个月里不进去的那也说不定的，那么一回想贫民窟中一幢房子中要住十多份人家的相较，实在使人有些感慨系之。

秋枫心里虽然这样想，但每到一个房中，口里却是啧啧称美，说这一间布置得最美观，又说这一间布置得最幽雅。秋枫为什么要这样说着，因为他晓得晓光所以要陪自己一间一间地看，无非要我说两句好，那么既置身于此环境中，何不投其所好地奉承两句呢？果然晓光心中很快乐，脸上笑容就没有平复过。经过了十五分钟的时候，参加了十多个房间，不知不觉地到了另一重院子，里面大概是内眷的卧室了，所以晓光就止步，正欲向走廊外兜出到外面去，忽听一阵清脆悦耳的歌声随风吹来，接着一阵皮鞋声，就见内室里面的走廊上转出一个少女，见了秋枫，便"咦"了一声，笑道：

"我道是哪个，原来是朱先生，多早晚来的？"

"来了好一会儿了，赵小姐倒不曾出去吗？"

原来这个少女正是香君，两人相见，自然十分欢喜，于是三人又到会客室里重新坐下。谈了一会儿，晓光因有事，便叫香君代为陪伴一会儿，就先走了。

"密司赵昨天几时走的？没有再出去游玩吗？"

晓光走了，室中是只剩了秋枫和香君，两人喝了一口茶，秋枫就这样搭讪着。香君随了他这个问话，身子就从对面沙发上走过来，到秋枫旁边的一只沙发上坐下。秋枫把身子略微转了一个侧，因此两人坐的地位，是成了一个距离很近的斜角形，香君绕过无限媚意的俏眼儿，向秋枫瞟了一眼，微笑道：

"你走了后，我坐了不多一会儿也回家了。你想淑芬是个有孕的人，我也不好意思叫她出去游玩的。"

秋枫听她说了两个"你"了，显然和我表示很亲热，心里不免荡漾了一下，遂也笑道：

"不错，密昔司孔的腹部已很高大，想不久一定要降临小天使了，这就真快，看他们结婚还好像在眼前哩。"

"可不是……"

香君听他这样说，情不自禁地说出了这三个字，但既说出了，心里倒又难为情起来，因此下面意思没有说，她却微红了脸儿，抿嘴先是哧哧地笑起来了。秋枫这就感到她的意态是很可爱，无形中在心坎里也印上了她一个影子，明眸脉脉地凝望着她的脸庞，含笑道：

"一个家庭里要有了一个孩子，那就会热闹得多。"

"这倒是真话，像我家里妈妈单养我一个人，没有弟弟和妹妹，就怪觉得冷清哩。"

秋枫见香君用纤手掠着头上拖下来很长的卷发，转着乌圆的眸珠，含笑频频地点了点头，显然她对于自己的话，是很表示同情，便忙又笑道：

"密司赵倒也很爱孩子吧？"

"聪明活泼的孩子我喜欢，木头木脑的孩子，那叫我瞧一瞧也不情愿哩。"

"爱美原是人的天性，我想密司赵将来的孩子就不弱……"

"啐，你这人……真不是个好东西……"

秋枫说到后面一句，竟是忘了情，冲口会说出这个话来，听进在香君的耳里，一阵羞涩渗入了她处女的心房，当然是感到了万分的难为情，秋波恨恨地白了他一眼，逗给了他一个妩媚的娇嗔。秋枫也自知失言，觉得人家还是一个待字闺中的姑娘呢，怎么倒和人说出这个话来，无怪人家要生气了，因此把脸儿涨得绯红。赔不是吧，又觉不对，说自己失言了吧，那也不对，这就弄得局促不安，真有些儿坐立不是了。香君见他这个神情，方知他是出于无心，所以有这一种窘态，心里倒反感他的老实可爱，眼儿向他瞟了一下，抿嘴笑了。秋枫见她并没真的动怒，这才放下了一块大石，两手搓了搓，低声儿说道：

"密司赵，恕我冒昧，请你别见气。"

"没关系，就算你有心取笑我，我也只觉得你这人顽皮罢了。"

香君这两句话，回答得很漂亮洒脱，同时她还咬定秋枫是有意有和自己开玩笑，不过一个女子，少不得要经过产孩子的途程，没关系的一句话就在此算了。秋枫想不到她会这样回答，自己就愈觉难为情，忍不住笑道：

"顽皮这句话，那你竟把我当作你的小弟弟了。"

香君听秋枫这样说，似乎感到十分有趣和高兴，这就弯了腰儿咴咴地笑了。

"密司赵下午预备出去玩玩吗?"

"你预备去哪儿去玩，我总奉陪你可好?"

香君听秋枫这样问她，方才抬起脸儿，笑盈盈地瞟了他一眼。秋枫想不到这两句话会出在香君的口里，一时心里惊喜欲狂，不禁眉飞色舞地笑道：

"你奉陪我，这我哪儿敢当? 你要什么地方去玩的话，我总可以陪伴你的。"

"密司脱朱这话有趣了，显然在你的脑中，对于男女还有些儿不平等。"

"这并不是不平等，是提高女权。"

"呸，你别说这些好听的话，其实你的意思，还是有些欺侮女性。"

"你这话不免太苛责一些，其实是彼此客气，你说我欺侮女性，这是太冤枉我了。"

香君听他这样说，抿着嘴儿忍不住又笑起来了。一会儿，两人便决定到舞厅里去坐一会儿，于是赵四拿上各人的大衣，叫阿三备车，两人出了大厅，见厅外停的是老爷阿二的车子。一问阿二，方知阿二因出去买物，老爷就坐阿三的车子去了，于是两人跳上车厢，便开到圣爱娜舞厅里去。

新年这四天假期，秋枫除了到朋友家里去应酬一回，其余时间差不多都伴着香君在舞厅戏院里玩，两人的感情自然也渐渐升到了沸点以上，彼此都有愿意结为终身伴侣的意思，秋枫对于香君小姐这样的钟情，当然也是一心地接受她一缕缕的爱丝。

四天的假期，在快乐、狂热爱情的空气中悄悄地溜走了，秋枫自然照常办公，在初七那天晚上回家，接到了月亭和玉人的回信。月亭的信件无非是说了些物件收到谢谢的话，瞧了玉人的信，这倒是出乎秋枫的意料之外的。拿了这三张信笺，不禁呆呆地怔住了，暗想：玉人接到小飞艇，我以为一定要喜欢得跳起来，谁知她却说不高兴，从这几句"我接到你的物件自然是喜欢，但你能给我几个字，我一定较之接到物件更喜欢"看来，玉人确实已由孩童时代而转入了少女时代了。她的信中每一句词句，没有不包含了爱素作用，可见我和她虽然隔别着，但她的一颗小小心灵里，却兀是不肯忘记我哩。唉，这也奇怪，我究竟给她回信好，还是不给她呢？秋枫想到这里，因为自己是太幸福了，反而暗叹了一口气。

这天夜里，秋枫睡在床上想了半夜，觉得准定还是和玉人疏远比较好，否则是难免要陷害玉人到悲哀的途径，况且若华给她介绍杨维贤，那么只要我冷淡了她，使她恨了我，绝了她爱我的心，到后来自然而然地和维贤表示好感了。秋枫既然决定了这个旨意，遂不作复，好像没有接到玉人的信件一样，每个月里只和月亭通一封信，后来因无事可谈，也就慢慢疏了下来。同时又因为在上海有着这位艳如桃李的赵香君小姐常常在一块儿做伴，更无暇想及北平的周玉人了。

玉人在北平自从寄出这封信后，早也等秋枫回信，晚也等秋枫回信，但是左等不来，右等不来，纵然是望穿了眼儿，也不见秋枫的信件投到玉人的怀抱。玉人自然很生气，而且也很苦闷。虽然秋枫也有给月亭的信，但里面竟把玉人两字也不提及了，玉人自然是更加怨恨了。在这怨恨的当儿，若华常常约玉人和维贤出去游玩，这给维贤当然是个绝好的用情机会，日子久了，玉人把想念秋枫的心，果然也渐渐移到维贤的身上去了。

流光如驶，寒冷的天气，在春之神的和风拂拂中悄悄地溜走了。草长莺飞，鸟语花香，桃枝在阳光下吐艳，柳絮在春风中飞舞，一片大好的春色，早已降临了整个的宇宙。

春色恼人，春的季节是最倦人精神的天气，这天黄昏的时候，玉人站在院子里，望着那株高大的银杏树，心里不免又想起去年那天八月中秋里的情形，朱先生是在我家吃饭的，饭后曾在这株银杏树下一同坐着赏月的……因此而又想起放学后先在校园中和朱先生的一番谈话，此刻细细思索，难道朱先生是早已存心不愿和我……唉，朱先生照他平日行为，确实是很爱我，但不知他因为什么原因，竟忍心和我断绝了。想到这里，不知怎的，只觉有股辛酸冲上鼻端，无论如何忍不住，那满眶子的眼泪滚滚地掉下来了。

玉人近来确实已懂得爱的意思了，她自己承认是真的爱秋枫，但为什么朱先生却不肯爱我呢？玉人似乎感到失恋的痛苦，回忆着以前和朱先生种种亲热的情景，使她明眸里的眼泪就会涌上来。

黄昏时候，四周是这样静悄，淡淡的春阳已向西边慢慢地沉沦下去，在空中已笼上了一层灰褐的暮色。春风虽然是很暖和地吹送着，但玉人却感到了有些儿凉意，拖着沉重的步伐，回到了自己的卧房。恼人的春色，撩起玉人心头无限的苦闷和哀怨，娇弱不胜的体质，终至于恹恹地病倒在床上了。

"好好儿的玉人怎么又会病了？玉人，你觉得什么地方不舒服啊？"

几天以后，若华在月亭那里得了消息，急急地在一个星期六的下午，来看望玉人来了。此刻若华坐在玉人的床沿边，抚着玉人白嫩的纤手，低声儿问着。玉人的云发是蓬松着，两道蛾眉蹙锁在一起，明眸凝望着若华的脸庞，轻轻地叹了一口气，说道：

"可不是？好好儿的竟又会病了，我也不知道究竟什么地方不舒服，心里总觉郁闷十分般的。"

若华听她这样说，暗想：孩子竟生起大人的病来了，可见女孩儿家大了，心里自然也有许多不如意处。便拍着她手心，笑道：

"你心里郁闷什么呢？既不愁吃，又不愁用，上面有妈妈在着，你一些儿不用操心，还郁闷什么？况且李先生又时常伴你一块儿玩，还有我表弟，他对我说，心里实在是很崇拜你，因为你的容貌、你的才学、你的性情，没有一样不好，所以他是敬爱得了不得。我说人家既然这样好，那你是否有资格配得上呢？表弟回答我说，自从和你认识以后，他是用功得很，就是要追随你左右的意思。玉人，你想我表弟这行为，倒也不失是个前进的青年，他既这样敬爱你，不知你的心中，对于他也有些好感吗？你心里郁闷，我和你聊天解闷，在李先生面前不用害羞，我和你像亲姐妹一样，对不对？"

玉人听她絮絮地说了这一大套的话，竟问自己这个意思，那叫自己羞人答答地如何回答呢？因此红晕了脸儿，别转头去不答什么。若华见她这样不胜娇羞的意态，显然一个女孩儿家是怕着难为情，所以又在后面补充了几句。玉人听李先生竟和自己比方亲姐妹，可见她竭力要我和她表弟结成一对，所以她和我先比方到平辈里去。维贤自从在废历元旦和我同在惠宫舞厅里游玩了后，不知怎的，我心中对于维贤也会感到了可爱，因此这三四个月来，我们的感情倒也增进了不少。他既然这样敬爱我，我自然也可以接受他的爱，因为朱先生对我如此无情，我心中实在很恨哩！

"玉人，你怎么啦？难道就不再见我了吗？快别转脸儿来呀，大好的天气，不到外面去游玩游玩，却喜欢躲在家里生病，这算什么意思呢？"

若华见她仍是别转了头，便伸手去捧她脸儿，在若华心中似乎晓得玉人这病是处女的苦闷，只要使她的心境快乐，病立刻就会消失。玉人听若华说她喜欢躲在家里生病，便回过脸儿来，哧的一声笑道：

"李先生，你这是什么话？生病也会欢喜的吗？那除非你喜欢哩。"

"不是这样说，我说你这病是自己喜欢生的，不信，明天是星期日，我约你去玩玩，你病就没有了。"

玉人白了她一眼，却是抿嘴嫣然笑了。果然玉人给若华这样一说，她病也没有了。第二天若华和维贤一同来约玉人出去游玩，玉人对待维贤的神情颇为亲热。若华瞧在眼里，觉得昨天玉人虽不曾向自己表示什么意思，今天这情景，显然玉人在回答自己了，因此抿了嘴儿，忍不住咪咪地笑。因为自己这一杯冬瓜汤也许有八成可以喝成功的了。

长夏带走了热情的春天，因为太热情的缘故，因此变成了有些淫威，使人们感到了有些讨厌。各学校是又要放暑假了，这学期维贤是高中毕业，在若华口里得到消息，月亭是很中意自己，就是玉人也有答应的意思。假使玉人说一个肯字，在维贤回南的前两天，便可以先订一个婚。照理维贤得知这消息，心里是可以感到多么欢喜，谁知维贤这几天的心里真比油煎还焦急难受哩！

原来维贤一面竭力追求玉人，一面和明珍却也恩爱得难解难分，这个恩爱的主题，并非是真正爱明珍的人，完全是色欲两字的魔力。可怜明珍哪里晓得维贤的不良，还以为维贤在是个多情可爱的夫婿。两人暗暗商量，自二月里，竟在外面借了小房子，实行同居。早晨各自上学校去，晚上回来一同睡觉，这样的下去，那明珍的腹中竟有了维贤的一块肉，直到现在已有四个月的身孕了。

明珍有三个月身孕的时候，大了肚子怎么可以到学校去，所以早已辍学不读书了。好在明珍家里是没有人去管她的，所以也任她在外面胡为。

明珍因肚子一天一天只是大起来，便催维贤快写信给父母去，就在北平先结一个婚。维贤嘴里一味地敷衍，心里自然很着急，爸妈对于自己婚姻问题倒不会专制的，但是我和明珍结了婚，在若华面前怎样交代？而且我在玉人那里下了这许多功夫，岂肯轻易地放松？玉人到底比明珍要美丽得多，况且明珍我也有些厌了，她也只不过这样的滋味，玉人这样娇小轻盈的体态，若能够和她真个销魂，这不是人生一件快事吗？维贤既然这样思忖，于是他便决心抛弃了明珍。

维贤他忘记了对明珍的设誓，同时又忘记了明珍处女贞操是给自己破坏的，他只当明珍是架泄欲的器具，玩过算了，根本谈不到其他一切的良心问题、道德问题……但是他对于玉人是否有真的爱心，在他"真个销魂"四个字的念头上猜度起来，可见维贤认错了爱的真意，他只晓得肉欲上的需要，便扩展他爱的力量，他的爱等于春天里的猫狗之类的爱，但是社会上对于这种的人却也不在少数。

这是维贤毕业后的第三天，若华匆匆到他寄宿舍里去找他，齐巧维贤在那里整理书籍。两人相见，握手问好，维贤倒了一杯茶给她，微笑道：

"表姐大热的天到我这里来，想来一定有什么事情吧？"

"还说哩，不是因为你的事情吗？我给你可跑断了两条腿呢！"

维贤见她满面春风，显然一定有什么好消息来了，心里一快乐，竟蹲下身子，两手握了拳儿，在若华的膝踝上轻轻地敲起来。若华见他涎皮嬉脸地竟淘得这个样儿，遂伸手在他头上敲了一下，笑嗔道：

"快起来吧，你别给我涎脸了。"

"咦，表姐因为我的事情，几乎跑断了腿，那我不是应该给姐姐捶一回吗？表姐，因为我的什么事情啦？我可还不知道哩。"

维贤这才立起身子，拿了一柄扇子，站在若华背后，一面挥，一面笑嘻嘻又问着。若华觉得维贤这孩子在女人家面前的功夫，也可算好到不能再好了，便瞟了他一眼，笑道：

"别假惺惺作态了吧，还有什么事情呢？你的幸福儿来了，玉人她已答应你了，她的妈已允许你在下星期一彼此订个婚，换个信物。你想，这不是你的艳福无穷吗？你自己说一声，该怎么谢谢我呢？"

"表姐，你这话可当真的吗？假使真的，那你要谢什么，我就谢你什么好了。"

　　若华这两句话听进在维贤的耳里，心里这一快乐，顿时把他的心花儿都乐得朵朵开了，骤然把身子转到若华的面前，握住了若华的手儿，紧紧摇撼了一阵。维贤这突然的举动，倒把若华吓了一跳，怔了一怔，忍不住笑道：

　　"我骗你干吗？当然是真的，现在你这可乐了，我也不想你什么谢，只要你争一口气，那也就是了。此刻我走了，我还有别的事情呢。"

　　"表姐，你别忙呀，下星期一是不是后天，那么我们究竟在什么地方订婚呢？"

　　维贤听若华这样匆促地要走了，心里一急，便抢步拦住了她的去路，很快地问。若华听了，方才理会，暗想我这人也糊涂了，忍不住笑道：

　　"后天你到玉人家里去是了，彼此先换个信物，正式订婚到了上海再说。对于信物就换过约指是了，你手中不是有只名字戒吗，玉人也有着呢。"

　　维贤听了，满心欢喜，连连点头答应，一直送若华到校门口，方才回进宿舍里来。维贤在宿舍里整理好了书籍，心中暗暗细想：我真太幸福了，玉人可以投入我的怀抱，这我是多么快乐呀！不过后天我和玉人订婚的时候，却不能够给明珍知道的，否则事情不是要弄糟了吗？幸亏并不举行什么，只换个约指，这样外界人一定亦很少晓得的。待订过了婚，我和明珍只说自己先回南去一趟，且向爸妈告诉了，然后再来相接的话哄哄她是了。待我到了上海，只要暗暗写封信给玉人，叫玉人母女俩动身来沪结婚，从此把明珍抛掉，那不是一件很干净的事情吗？维贤打定了这个主意，心里真喜欢得什么似的，趁着这两天里，还可以和明珍去厮混几天，也就乐得去找些儿温存了。

黄昏的时候，维贤匆匆到了租好的小房子里，只见明珍已兰汤浴罢，上身穿了一件妃色的紧身马夹，露着两段白胖的臂膀，下面穿了一条短裤，大腿是挺结实的，正在床上穿长筒丝袜。维贤只觉她的全身没有一部分不是显着肉的诱惑，这就走了上去，把她搂在怀里，在她唇上亲了一个吻。明珍见了维贤，便娇嗔道：

　　"人家还刚洗好浴哩，你这样油腻汗臭的脸儿就来贴人家颊儿来了，快走开，我先给你倒水洗个澡吧。"

　　维贤听她这样说，宛然似贤妻的口吻，心里似乎有些儿隐痛，只好放手站了起来，望着窗口出了一会子神。就在这时候，明珍给他已倒好了水，拉着他手儿，笑道：

　　"呆呆地想什么心事，我给你已倒好了水，你快脱衣服洗吧。"

　　维贤这才醒来似的，含笑脱衣，拧毛巾擦脸揩身。明珍站在旁边，笑道：

　　"我瞧你多吃力，背部我给你擦吧。"

　　明珍说着，拿过毛巾，就在他背部擦了个干净。接着维贤洗下身，明珍便煮粥烧菜了。待维贤洗好了浴，明珍亦把粥菜端出，于是两人便坐下晚餐。夜里，两人躺在床上，维贤见明珍胸部绷得紧紧的，又因为衣料单薄的缘故，最高处便显露一颗黑点，遂伸手过去，笑道：

　　"这好像沙利文面包，珍，你给我吃一口吧。"

　　"大热的天，别像孩子般地胡闹了，我问你正经的。你已毕了业，那么几时我们一同回南去结婚呀？"

　　明珍把他手儿轻轻地拿开，身子转了个侧，面对着维贤，秋波白了他一眼，逗给了他一个娇嗔。维贤一听她提起这个事，倒又勾起许多烦恼，呆了一会儿，说道：

　　"我想我先回南去，你且在这儿养下了孩子，我再来接你去结婚，否则大了肚子，不是被人家要笑话吗？"

　　明珍听他这样说，心中一算，一共还只有四个月的孕，待孩子

173

下地，还要六个月的时候哩，这样遥长的日子，叫我一个人住在北平，他在上海难免要变了心，所以这是断断不能答应的。便把身子偎在他的怀里，微昂了脸儿，"嗯"了一声，不依道：

"这个我可不答应的，要走大家一块儿走，你难道存心要抛掉了我吗？"

维贤听她说出这个话来，心中倒是一惊，脸上不免红了起来，这也许是贼胆心虚，良心受了道德的责备所致吧。低头见明珍含了哀怨的目光，似乎十分楚楚可怜的意态，一时十分不忍，把嘴儿凑过去，在她薄薄的樱唇吻着道：

"珍，你这是哪儿话，我怎么会抛掉你呢？我要是存了这个心，总没有好结果的，那你总可以相信的了。"

"你又说这个话了，只要你不存心抛弃我，那又何苦说没好结果？你没好结果，我将怎样呢？维，我倒想着一个办法了，你不是怕我大了肚子被人家笑话吗，我四个月的身孕也不大，何不把它打了呢？那么我不是可以跟你一块儿到上海去了吗？"

明珍听他又设誓，心里才放下了一块大石，柔情蜜意地尽让维贤搂抱和吮吻，一面又伸手轻轻打他一下，意思是怪他不该设誓。维贤见她如此多情温存，更加把她甜甜地吮着。一会儿，明珍推开了他，忽然想出打胎的办法来，笑盈盈地要征求维贤同意。维贤从这一点看来，也可想明珍是这份儿痴情，自己若抛掉她，良心上实在说不过去。但是我已答应了若华，而且玉人这样娇媚的人儿，我又如何忍心舍掉？维贤心中既这样交战着，自然是踌躇了一会儿。但他立刻又有一个巧妙的心思，暗想：她若把胎打掉，那就无凭无据，就是她要和我打官司，我亦不怕的了。遂假装十分同情地笑道：

"唔，这倒也是一个办法，孩子虽然可爱，但我们往后尽可以再制造，所以你肯打胎的话，我是很赞成的，这次回上海，你也可以一同去了。"

明珍听他这样说，红晕了脸儿，含羞嫣然笑了，便低声儿道：

"那么准定把它打去了，明天你给我去买打胎的药好了。"

　　维贤见她自愿打胎，心里喜欢万分，便连连点头，又瞧她这样不胜娇媚的神情，一时便涎皮嬉脸地伸手去拉她小裤。明珍不依，维贤却装出顽皮孩子般地缠绕着，明珍被他缠不过，可怜又给他暴风雨般地摧残了一夜。

　　明珍既失身在维贤手里，自然一心只想跟着维贤，所以情愿打胎，把自己生命也置之度外，为的是要跟维贤一块儿回到上海去。一个柔弱无能的痴心女子的可怜，于此也可见一斑了。在明珍心里，只道维贤是个真心的好人，所以柔情蜜意百依百顺地温存他，无非希望维贤能够终身地爱她。谁晓得明珍转的念头都是欲永久相合，而维贤转的念头，却是存心抛弃。他根本把明珍当作玩物，在存心抛弃之前，还要忍心把她任意地玩弄，维贤的良心、道德、人格真可谓是全无的了。这不是作者对于维贤有什么冤仇，要用这样笔墨去形容他，也无非把书中维贤来举一个例，剪裁社会上的一个典型于纸片之上罢了。

　　次日，维贤到外面去买了打胎的药，叫明珍服下，明珍因为有同到上海去的希望，自然很情愿而且喜欢地服下了。明珍根本只有一个十八岁的姑娘，只晓得打胎可以把小孩打去，却不晓得打胎有如何危险，并不是她脑中想象，以为吃了打胎药就可以不生孩子了那么简单。明珍既然不知道，维贤当然是更加地莫名其妙了。不料到了晚上，明珍便腹痛如割，且下身有血水流出，于是两人都害怕了，连忙把明珍送到医院里去。到了医院，明珍腹中的一块肉已经下来了，血肉模糊，似乎已有了一个人的体形，可是明珍已晕厥了过去。医者谓不能和产妇说话，只宜她静养。维贤因天色已夜，遂也匆匆回家，在归家的途上，脑海里也曾起了这样的一个念头：

　　"假使她死了，倒也干净……"

　　今天是维贤和玉人订婚的日子了。维贤起来，先在理发店里理了发，心中尚欲想去看明珍一次，但去了恐怕又走不开，于是硬了

175

心肠，喜喜欢欢地总是自己先去订婚要紧哩。

维贤到了玉人家里，若华早已先在，只见厅上点着大红花烛，显然仪式也是很隆重的。维贤向月亭鞠了躬，因为表示特别的亲热，连叫了两声妈，月亭当然眉开眼笑了。玉人害羞，却是躲在房里，不肯出来。若华在无意中说起明珍的表哥在路上今天曾碰着，他说他妈在医院里养病，是到妈那儿瞧病去的。维贤随便应了一声，这些无关紧要的事情，当然不作理会。这天在玉人家里，维贤的笑容是始终不曾平复过，但谁知明珍在医院里却是无限痛苦地做了永久含恨的人呢！

明珍的表哥心尘，自从被明珍抛弃了后，自然很感到失恋的痛苦，但美人的心是不能勉强的，心尘当然也只好自叹无缘罢了。从此便在姑爸家里绝了踪，所以对于明珍近来的事儿，自然一些儿也不晓得。

今天在路上无意遇了若华，听若华告诉，知道维贤和周玉人今天订婚，心里不免又暗暗奇怪，我一向以为表妹一定是给维贤夺去的，谁知却并不是，那我倒是冤枉维贤了。一路想，一路早到了医院。走到了头等房间第十一号的门口，只见有两个看护在说话。

"可怜很漂亮的一个姑娘，为什么要打胎呢？昨天送来的一个男子不知是什么人，假使是丈夫，何必打胎？想来总是不正当的吧。"

"可不是？意志薄弱的女子真可怜，一失足成千古恨，那真是不错了。这个少年怎么直到此刻还不来，那也太心狠的了，可怜她血若不停止，恐怕是无救的了。"

两个看护的谈话，惊动心尘的好奇，探头向十一号病房内一瞧，啊哟，这一瞧真是应着了不瞧犹可的一句话，立刻发狂似的奔进去。看护小姐要拦住，也是来不及的了。

"明珍，我的表妹，你……你……"

心尘伏在床沿边，发出了急促而又颤抖的声音。明珍深凹的眼儿微睁，骤然见了心尘，淡白的颊上显现了无限的痛苦，一颗芳心深感到了无限的惭愧，两片颤抖的嘴唇一掀，凄然地道：

"哟，表哥，你怎么知道的？我很惭愧见你……你……"

"表妹，你受了谁的欺骗？既然有了孕，又何必打胎，要知打胎是多么危险的一件事啊！"

明珍懊悔来不及了，她听了表哥的话，心里哀痛极了，她知道是上了维贤的当，他直到此刻还不来，假使他真心爱我，昨夜也不会回去了，难道他果然是存心不良吗？一阵悲酸冲上心头，让她满眶子里的眼泪就大颗儿地滚了下来。因又追问心尘如何知道，心尘遂告诉自己妈在这儿养病，经过妹妹房间，听了看护的谈话，方才探头瞧见是表妹。明珍听自己秘密，表哥已从看护口晓得了，一时羞惭满脸，淌泪不已，想起在新都舞厅初见维贤时，表哥就说这个人油腔滑调不是个好东西，不料当时自己心里还起了一阵反感，可是现在到底是上了他当哩！想到这里，不免哭出声来，说道：

"表哥，这是我荒唐的结果，唉，我想不到在临死之前，还能够和你见一面，这……总算是我们以前一番情意的缘分吧……唉，我总悔不该听从你的话了……所以才上了他的圈套……"

心尘听她这样说，骤然想起新都舞厅自己警告她一回事，不觉失惊道：

"表妹，什么？难道你果然是上了维贤这小子的当了吗？但维贤这狠心贼子已和玉人今天去订婚了呀！"

"表哥，你……你这话……可当真……"

"我骗你什么？这是你李若华先生在路上亲口告诉我的。"

明珍突然得知了这个消息，仿佛晴天中起了一个霹雳，又仿佛万把剪刀在剜心，猛可竟从床上坐起来，但一会儿又倒在床上了。心尘一面吓得什么似的，一面又急急地告诉所以知道的由来。明珍明白了，她晓得表哥不会骗自己的，若华也不会说谎的，于是她痛恨极了，她气愤极了，她咬紧了牙齿，恨恨地大叫道：

"维贤你这狠心狗肺的贼……你害得我好苦，我生不能啖汝肉，

177

死亦当夺汝魄……"

明珍骂到这里，已是上气不接下气，脸色一阵纸白，两眼一眨，竟是香消玉殒了。原来明珍一阵气急，全身的精力都向下注，竟是流出一堆狂血，不救而逝。心尘还以为她气得晕厥了，倒懊悔不该告诉她，连喊两声妹妹，却不听答应，伸手一摸，竟是冰阴了。心尘一阵痛伤，不禁也大哭起来。明珍死的时候，维贤在玉人家里却正和玉人交换约指哩！

夜色又带去了白昼，一天光阴又在宇宙间匆匆地走了。维贤在玉人家里欢欢喜喜地回家时，时已十点多了，想着了明珍，不妨今夜去望一次。谁知到了病房，已是人去室空，心中倒吃一惊，急问一个看护。那看护含了鄙视的目光，望了他一眼，冷冷说道：

"魏小姐已经死了，她的后事，一切都是她表哥料理舒齐的，你来迟了。"

维贤突然聆此消息，心中一惊，眼皮儿红了，人心到底是肉做的，想起以前种种的恩爱，那眼泪也掉下来了。正欲问她表哥如何晓得，那看护小姐已回身走了，似乎听她口中还在恨恨地骂道：

"社会上青年中的败类、寄生虫、浪荡子、不要脸的东西……还哭得出来哩！"

维贤觉得那看护小姐竟是知道我俩的秘密，惶恐极了，羞惭极了，一个翻身，急匆匆地奔出了医院，猛抬头见天空中一轮光圆的明月，他更难为情得掩了脸儿，不敢再向皎洁清白的月儿相对望了。

第十一回

游艇划水心心印
观剧赏音故故猜

凉风一阵一阵地吹送，湖水面皱起鱼鳞点点的波纹，沿湖那些绿绿长长的水草，弯了它柔软的细腰，仿佛乡村姑娘在湖里洗什么似的，微微地不停地摇摆着。太阳走尽了一日的行程，慢慢地向大地做最后的告别，它那剩下的余晖，从远处照临到那湖滨几株千丝万缕娇媚不胜情而又木然无知的杨柳姐姐的顶盖上，是更显出了亭亭玉立，无限娇弱而又无限柔媚的意态。

黄昏的时候，半淞园里的游客是更加拥挤，荡湖的荡湖，骑驴的骑驴，每个年轻的男女脸颊儿上，无不掀起了一丝喜悦的笑容。这时湖面上荡着一只小艇，艇里坐着一男一女，男的身衣白哔叽西服，纺绸的衬衫，金星花点的领带，一副白净的脸儿，是个挺俊美的少年。他手里拿了一根木桨，微微地向前荡了过去。女的身衣鹅黄乔其纱的旗袍，里衬白小纺的马夹，两袖短得在肩上，这就愈显着两条臂膀是白嫩得可爱。她穿了一双肉色的丝袜，配了一双银色的高跟皮鞋，那双脚儿是更显得婀娜俏丽。在她身旁还倚了一柄花绸的小伞，想是出来时候遮蔽太阳用的。面前的小圆桌上，放着一袋扦好的雪白荸荠和一只蓝白皮相镶的皮夹。那女郎因为微风一阵一阵地吹着她飘起的云发，所以她的纤手是不住地抬到额间去掠拂。彼此望着那微波动的湖水，却是默默地出了一会子神。

"君，这时候的天气可转凉得多了吧？"

"可不是，太阳一下山，空气中就有风流动了，刚才我额上还出着汗，此刻就觉凉爽得多了。"

这一对情侣就是秋枫和香君。香君听秋枫这样问，便在斜阳的光彩下，绕过无限媚意的俏眼儿，向他脉脉地瞟了一眼。谁知秋枫偏了脸儿，也在向香君凝望，两人这就忍不住都扑哧一声笑出来了。

光阴是过得那么快，一忽儿又是半年过去了，在这半年中，日历是一页一页地撕了去，秋枫和香君的感情也一天一天浓厚起来。彼此的热恋，正是象征着盛夏的季节，只要听秋枫已喊香君名字了，显然友谊是密切地增进了一层。

"枫，你一个人荡着吃力吗？我和你合作努力前进，那就快哩，你且先吃颗荸荠。"

香君一面在桌上取起两颗荸荠，一颗放在自己嘴里，一颗却亲自递到秋枫的口边去，一面把左手也去摇那搁在艇旁的木桨。秋枫见她秋波眨了两眨，显出天真的样子，这样亲热的举动，在一个年轻貌美的女朋友对待自己，这究竟是一件难能可贵的事情。秋枫心里不免荡漾了一下，慌忙伸手来接，谁知香君却很快地缩回了手，这倒使秋枫不禁为之愕然。香君见他这样怔呆的神气，知道他一定误会自己和他开玩笑了，便把左手来按住他来接的手，又把右手中的荸荠拿到他的口边去。秋枫这才恍然大悟，顿时眉儿飞扬，就凑过嘴来，在她手中把荸荠吃了去，向她频频点了点头，笑道：

"多谢多谢。唔，这只荸荠的味儿可实在不错，不但是甜到心脾，而且还是香留舌本哩！"

"你别胡说瞎道吧，荸荠甜的还可以说，怎的会香吗？"

香君听他这样说，便把秋水盈盈的眼儿瞅了他一眼，显然这意态是有些儿微嗔，但是美人的娇嗔，并不厌其可憎，却反而令人更感到她的妩媚和可爱。所以秋枫凝望着她脸儿，只管憨憨地笑。香君见他这个神情，微红了脸儿，露着雪白的牙齿，又笑嗔道：

"枫，你叫枫不要真个疯了吧？老望着我笑干吗？难道荸荠是真香的不成？"

"我吃的那颗荸荠是真香的，香得非常芬芳，你不信倒嗅一嗅我的嘴儿，连我嘴儿都还留着香哩，可见香君的手儿真个是香的了……"

香君见他笑嘻嘻地说到这里，方才知道他所以说荸荠香，是完全和我在取笑，因不待他说完，早已啐了他一口，但抿着嘴儿却又忍不住哧哧地笑起来了。秋枫见她笑得这一份儿有劲，心里自然很得意，手儿握着那根木桨，一前一后地更荡得轻松而起劲。

"枫，我一向当你老实人，谁知你也不是个好东西哩！"

一会儿，香君停止了笑，纤手在他的膝踝上轻轻地打了一下，无限轻巧有趣地逗给了他一个媚眼。秋枫笑道：

"香君你这话有趣了，半年多来的时间，难道你今天才瞧出我竟是一个东西吗？那么照你看来，究竟可算是个什么东西呢？"

"究竟算不是个好东西呀……"

香君听秋枫今天特别会讲笑话，仿佛心里十分高兴似的，便眸珠一转，说出了这一句话，她竟把颊儿靠在秋枫的肩上，也哧哧地笑个不停。秋枫对于香君这一个举动，可说直到今天还只有破题儿第一遭，显然香君对于自己爱的程度，是一度一度地增高。那么这一位娇憨可爱的姑娘，也就是自己未来的夫人。想到了夫人两字，那心里就不停地荡漾，同时两颊也会不自主地红起来，偏着脸儿，向她望了一眼。不料就在这时，那鼻管里闻到一阵如兰如麝的幽香，从香君的脖子里发散出来似的，一时情不自禁地把手抬到她的肩上，轻轻地抚摸着，说道：

"香君，你说我不是个好东西，但是你的爸爸却说我是个好东西呢！"

"真的，我爸爸什么事情都信任你，恐怕他老人家是要看中你哩……"

香君听秋枫这样说，便抬起头来，扬着眉儿，乌圆眸珠一转，笑盈盈地说出了这几句话儿，也许是得意忘情了吧，但既说出了口，倒又害起难为情来了，两颊一阵热燥，顿时泛起了两朵红云，眼儿瞟了他一瞟，不禁低头抿嘴笑了。秋枫听了这话，同时瞧到她这样娇媚不胜情的意态，心中真把她爱到了骨髓，却故作呆子道：

"你爸看中我什么？哦，哦，对了，我晓得了，一定看中我……"

秋枫说到这里，却不再说下去，竟是哈哈大笑起来了。香君本来已经是非常不好意思，经秋枫这样一来，显然秋枫已理会自己的意思，那就更加感到难为情了，愈是难为情，也就愈加抬不起头来。但是瞧在秋枫的眼里，也就愈加笑得有劲。香君心中暗想：我的个性平日是非常豪爽，想不到在一个情人的面前，竟就柔弱得这一份儿样子，那未免是失了一个姑娘的身份。便立刻又摆出洒脱的态度，抬起又喜又羞的粉颊儿，秋波如嗔非嗔地白了他一眼，笑道：

"你别这样大笑，当心笑脱了牙齿，我爸看中了你什么？你倒说出来给我听听。"

"你爸不是单养你一个人吗？我想你爸见我的人儿还算好，也许要看中我做一个干儿子，不知你的心里可喜欢有我这样一个干哥哥吗？"

香君听他这样说，便把纤指在自己颊上划了划羞他，噘了嘴儿，笑道：

"我爸何曾说你人儿好？你自己赞自己，不怕难为情吗？再说我也没有这样好福气，有你这么一个好哥哥呢！"

"你这话显然是不愿意有我这样一个干哥哥，那么你说你爸看中我，到底看中我做什么呢？要不我派几个给你听听？做干儿子不要，那做侄子；假使做侄子不要，就做门生；门生再不要，那除非是做……"

香君听到这里，再也忍不住伸出纤手，很快的向他嘴儿扪了扪，笑嗔道：

"好了好了，我不要你再派下去了，谁要听你胡说瞎道地乱讲。"

秋枫见她手儿来扪自己的嘴，只觉细香扑鼻，不禁望着她笑了。香君觉得今天自己未免有些兴奋过了度，所以说话就忘其所以地显出了特别的亲热，这就无怪秋枫要喜欢得忘了形呢，因此垂下脸儿，便又嫣然笑了。

小艇的身子是不停地前进，穿过了一座桥洞，又穿过了一座桥洞，慢慢地荡到了一条曲折的湖面，两旁是高堆着土山，上面植着一株一株倒垂下来的柳絮，在水面轻轻地掠拂，激动起微微的波纹，散出一阵洒洒细碎的响声。这声音在寂静的空气中流动，是更觉得令人悠然动听。

船身前进的方向，是正朝着西面，一个挺大血红的落日就显在秋枫和香君的面前，仿佛那个落日已堵住了湖的尽头，反映过来无限美好的光彩，那微微波动的湖水，就盖上了一层金黄的颜色，好像顽皮的孩童在不停地跳跃。两旁桃树叶里衬夹的几株灿烂的榴花，经过了那片落日余晖的渲染，更显出了娇艳动人的姿态，这仿佛是此刻香君的脸颊，白里透红，容光焕发，愈显出娇柔妩媚的神情。秋枫回眸望了她一眼，只见她的明眸是只管凝望着湖水出神，纤手掠着沿湖垂下来的柳絮，让她在手里一丝一丝地过去。

"君，你爸爸下星期日不是五十大寿吗，我们行里同人都在发起庆祝呢，预备庆贺三天，生日的前一天和生日那两天，便在大东酒楼设宴，三楼搭台，票友和名伶合演名剧，想那天的盛况，一定是热闹极了。第三天预备在你们公馆里再欢娱一天，不知这些你可都有晓得吗？"

在静悄悄的当儿，秋枫便对香君笑嘻嘻地问。香君听了，频频点了点头，回眸过来瞟了他一眼，微笑道：

"我知道的，爸爸说你发起得最起劲，想来这三天里你也最忙的了。"

"这是件难得的事情，大家当然应该很快乐地庆祝几天，谁知他们竟公推我为总务，那真叫我力不胜任了。"

香君听他这样说，撇了撇殷红的嘴唇，睃了他一眼，笑道：

"这里没有人和你客气着，你不用谦虚的，知道以你的大才，做个总务的责任，是足够有余的了。"

"承蒙你这样过奖，实增我汗颜之至！"

香君见他听了自己的话，便略欠了身子，一面孔正经地说着，这态度显然是十分滑稽。香君忍不住微咬了嘴唇，恨恨地打他一下，味味地笑了。

"咦，香君，你这算什么意思呀？"

"我叫你不要客气，你为什么还要假痴假呆地咬文嚼字死客气呀？"

"因为你也和我客气，那么我当然不得不客气了。"

"我和你客气什么，你说他们公推你做总务，你有些儿力不胜任，既然是够不到力量，你又何必答应下来？所以我从你能够允许担任的一方面猜想，显然以你的大才，是足够有余。这些我都是实话，并没有和你客气，谁知你倒又说出实增我汗颜之至的一句话，那不是叫人听了生气吗？"

"生气你不要生气，因为这些儿小事生气，也太不值得，而且气出什么病痛来，又叫我如何舍得哩？"

香君听他这样说，一颗芳心真是又喜又羞，甜蜜无比，但到底不好意思过分喜形于色，便绷住了粉颊儿，故作娇嗔，啐了他一口，鼓着小腮子道：

"你的良心倒好，咒念我生病吗？我生病了，对于你究竟也没有什么好处呀！"

"打嘴，打嘴，你别说这样不吉利的话嘛，我只希望你快快乐乐活活泼泼地活到一百岁呢！"

秋枫听她说出这个话来，便伸手过去真的要打她的小嘴。香君把脸儿一偏，伏在秋枫的肩胛儿上，早又味味地笑了。

血红的落日，已整个地掉落到西山脚下去了。暮色披着灰褐的衣衫，凄凉得好像是个失意的人儿，渐渐地降临了宇宙，使大地上的一切万物也盖上了一层暗淡的色彩。

"君，天色不早，我们荡回原处上岸去吧。"

秋枫抚着香君的肩儿，只觉她的臂膀是软绵绵的，柔若无骨，细腻得可爱，遂未免偎得紧一些儿。香君也就趁势把她的娇躯慢慢地倒入秋枫的怀里，微昂起了粉颊儿，秋波盈盈地瞟着秋枫，只是掀起了小嘴儿憨憨地笑。秋枫瞧了她这样可人的意态，心里是不住地荡漾，而且又忐忑地跳跃得快速，几次要想低下头去，在她鲜红的嘴唇上甜甜蜜蜜地吻一下，但是却始终没有这个勇气。虽然在香君的芳心里，也未始不希望秋枫有这一种举动，来灌溉两性间爱的萌芽，不过秋枫有优美的道德，觉得在男女两个纯洁友爱之间，对于这个举动，到底是冒昧不应该的，因此他也只有凝望着香君的娇靥，默默地微笑。两人经过良久的凝望，秋枫瞧着微褐色的天空里，拥现出一钩弯弯的新月，于是他扶起香君的身子，柔声地向她说着。香君没有回答什么，只频频点了点头，仿佛她已被爱火在内心里燃烧得软化了，情不自禁地把脸儿直偎到秋枫的颊上去。秋枫觉得在这静悄悄的大自然的怀抱里，有着这样一位娇媚的姑娘向自己这样热情地热爱着，这是人生生命中最难得享受的事情。内心的情感胜过了理智，他已忘记了冒昧两个字，把嘴儿略微一偏，和她的樱唇成了一个直角度，两手抱着她的肩头，轻轻地吻住了。香君似乎正需要着这些，她那一条粉嫩的玉臂环抱着秋枫的脖子，也是相当牢紧，在这一霎那间，两人已忘记了世界上其他的一切，只晓得两人的身子是已沉醉在爱河之中了。良久，良久，香君推开秋枫的身子，逗给了他一个白眼，大概就是娇嗔吧，不胜娇媚地别转头去。秋枫瞧她脸部的表情，不单是含着羞涩，在羞涩的成分中是还含有了三分的喜悦，在一个处女的脸上，掺和了这两种成分，自然是分外好看了。

"君，你干吗不说话？可不是心里恨着我吗?"

秋枫见她只管低下了头，便笑嘻嘻地故意引逗她开口。香君听了，果然微抬粉颊儿，瞟他一眼，露齿嫣然笑道：

"我恨你做什么呀？"

"你不恨我，那么就是爱我了，对不对？我太幸福，天上的安琪儿，竟投入了我的怀抱哩！"

香君说到这里，停了一停，心里又难为情得了不得，谁知秋枫赤裸裸地却说出这个话来，香君这就索性真的把身子又投到秋枫的怀抱里去了。两人默默温存了一会儿，真是说不尽的郎情若水、妾意如绵哩！

夜风凉爽地吹拂着大地，人们在极度炎热之下，方才深深地透了一口气。天空由灰蓝而变成紫蓝，在半淞园的大门口，携手走出一男一女，在人行道旁停着的那辆汽车上跳进去，只听那呼呼一声，不到一分钟后，街上是恢复了原有的沉寂和冷清。

汽车由冷僻的区域驶入了热闹的都市，在一家金城酒家的门前跳下，两人携手进内吃了晚餐，因为香君还不曾沐过浴，所以秋枫便送她先回家去了。

这晚秋枫睡在床上，心里因为是太兴奋的缘故，所以一时反而睡不着。在秋枫的眼前，一幕一幕地只管搬移着半淞园里香君对待自己的热情，脸颊儿上不自然地浮现了一丝笑意。

光阴随着日子过去，不知不觉早已到了赵晓光诞辰的前一日。大东酒楼在三日前已布置得焕然一新，大门口张灯结彩，因为是日贺客都是社会闻人、商界巨头、学界领袖，所以进进出出全是自备汽车。晓光为避免发生意外起见，特在捕房临时雇用中西探捕两日，分站门口，气象巍峨。南京路上车水马龙，陆续不绝，诚空前未有之盛况。

大东二楼的大厅，挂满各方的联幛，全厅开满红黄蓝绿五色的小灯泡，红光相映，金碧辉煌。正中悬大红绣花的帐幔，左右分开，其下陈列长桌一张，壁上装有一个挺大的霓虹灯寿字，桌上摆玉如意一座，两旁摆翡翠万年青和珊瑚吉祥草各一盆。又有寿烛二十四对，中间且放着寿桃一盘，光怪陆离，目眩神迷，令人闪耀夺目。厅的两旁长桌上，又铺着鲜红的桌布，上面陈列各种银鼎、银瓶、银杯、银盾，大小不下数百件，最精致细巧的是双银制的帆船，是实业界巨子杨惠祖送的，贺客都无不细细赏玩。正中桌的两旁，又环放着四五十只花篮，陈列成一个花圈模样，甚为美观。

堂会设在三楼，戏台对面，亦设一厅，正中及四围都挂满现代主席委员长等要人的轴联，真是富丽堂皇，美不胜收。这时招待组、饮食组、交通组最为忙碌，总务朱秋枫也是奔来奔去地调遣着，一手拿了帕儿，还不停拭着额上的汗点。看看时已正午，饮食组早已摆好席面，共计一百桌，那时贺客如云，陆续不绝，招待组已分左右两席，左席男宾，右席女宾，人数虽然拥挤，幸预先分派得好，尚不至于秩序紊乱，众来宾均为满意。这时剧务组李超生已把戏单拿来，交给秋枫看。李超生是个大胖子，原是贸业银行里汇划科主任，他对于平剧素有研究，且亦有几出拿手好戏，嗓子颇为嘹亮，令人听了够味，所以担任剧务主任。秋枫见他穿了一套派力司西服，那件纺绸衬衫好像已掉落在水里一样，湿得一片，头上的汗点犹像珍珠一般，一手不住地揩汗，一手还拿了一叠戏单挥着当扇子用，口里说着道：

"密司脱朱，这印刷所里真浑蛋，前天送去的戏单，讲好昨天要拿，不料直到今天这时还不送来，我急得像热锅上蚂蚁一样，只好亲自坐了汽车去催。短命印刷店里还说下午四时来拿，我一听，真光起火来伸手就是一巴掌，三时要开锣的，怎的四时交给我？我把他们柜台也要敲翻了，总算老板出来说了许多好话，立刻赶印起来，方才把我一口气平下了。老朱，你瞧瞧，这戏单排得怎么样？"

秋枫见他滔滔不绝地说了这么一大套，他说话的神情令人感到了些滑稽而且有趣，便一面接过，一面连连笑道：

"这倒是的确浑蛋，叫李老坐了自备汽车去拿戏单，总算也是一

187

件难得的事了。辛苦辛苦，快坐会儿喝瓶汽水吧。"

秋枫连连笑着说，遂把戏单展开，只见印好的是：

今日赵府堂会剧目

班串《天官赐福》《富贵长春》

逍遥居士（姜太公）汪生君（周文王）《八百八年》

陈培鑫君（薛仁贵）黄雅平女士（柳迎春）

张欣若君（薛丁山）储玲凤女士（薛莲金）《汾河湾》

石士杰君（马超）李白水君（张飞）《夜战马超》

郝寿臣君（鲁智深）《醉打山门》

王玉容女士（凤姐）高天德君（正德）《游龙戏凤》

毛剑秋女士（穆桂英）齐宝荣君（宋仁宗）

张少泉女士（佘太君）姜子清君（杨藩）《长寿星》

李万春君（林冲）《林冲夜奔》

叶盛兰君（周瑜）麒麟童君（鲁肃）

马连良君（孔明）马富禄君（蒋干）《草船借箭》

秋枫瞧完了今日堂会的剧目，觉得排得很好，文戏武戏都有，遂又瞧明日的堂会剧目，只见排的是：

班串《加官进爵》《财神进宝》

新艳秋女士（孟月华）王又荃君（柳春生）《御碑亭》

贯元君（王有道）小如意女士（王淑英）

章遏云女士（狄云鸾）《得意缘》

雪艳琴女士（虞姬）金少山君（霸王）《霸王别姬》

金元霖君（黄天霸）《落马湖》

谭富英君（祢衡）《打鼓骂曹》

姜妙香君（王金龙）张春彦君（刘秉义）

荀慧生君（玉堂春）叶贯盛君（周良杰）《三堂会审》

筱翠花君（孙玉姣）李多奎君（太后）

林黛玉女士（刘媒婆）叶盛兰君（傅朋）

裘桂仙君（刘瑾）马连良君（赵廉）

梅兰芳君（宋巧姣）马富禄君（刘公道）《全本法门寺》

秋枫觉得明日的堂会剧目要好得多，真所谓是人才济济，都是一等角色。这种千载一时之机会，实在难得，便和超生紧紧握了一阵手，连声说道：

"全仗李老的大力，可以排得这样的阵容，实在是再好没有了。那么你和梅、马、谭、荀等一班名伶都接头好的吗？大概准时可以到的吗？"

"这个当然，梅兰芳他虽在北平，来电谓明日乘飞机定可赶到的。"

秋枫听了，又连说了两声劳驾，不料这时会计组孔儒明匆匆走来，向秋枫衣袖一拉，只好又急急跟他走了。秋枫走了不到一刻，文书组又来喊秋枫的人，可见秋枫真也忙透了。这时候饮食组要算最辛苦了，到底有一百席的酒，厨房里出菜无论怎样快，究竟有些忙不过来。天气又热，虽然装有冷气风扇，但因为人数多的缘故，大家的汗点还是不停地掉下来。所以此刻最好销路要算啤酒和汽水，足足要开了一百多箱，二楼酒还不曾吃好，三楼忽然一阵锣鼓喧天的声音响下来，显然上面是已经开锣了。因此几个酷嗜皮黄的朋友，吃酒也没有心思，大家把嘴儿一抹，匆匆到三楼占座位去了。

二楼一百桌酒吃毕，时已四点多钟，秋枫等几个办事人员方才坐了数桌，因为大家已经忙饱，吃不了多少，便再也吃不下了。因为天热，大家还是喝冰啤酒，喝下去的时候，果然凉快，但过了一会，那额上脖子上的汗就更淌得厉害。秋枫足足喝了半打啤酒，脸儿是红红的，见饮食组在摆晚上的酒了，遂抽空亦到三楼去瞧瞧，只见台上正在做《夜战马超》，锣鼓声音震耳欲聋，真是一出热闹的武戏。回眸见厅上一桌，上首坐一个蓝袍黑褂的老者，戴着金丝边眼镜，下面飘着三络银髯，颇为庄严。下首陪着四个人，也是都衣蓝袍黑褂，其中一个，便是赵晓光自己。他把桌上放着一盆白沙枇杷亲自剥了好多只，送到那老者面前，意态甚为恭敬。秋枫猜度过去，那老者想是谁的代表了，遂慢步踱到戏台边去，自管看戏。待《夜战马超》成了尾声，忽然背后有人一拍，慌忙回身过去一瞧，谁知竟是香君，后面还有徐淑芬抱着才到人间的小弟弟，以及好多个不相识的少女，都是粉白黛绿，钗光鬓影，不是公馆少奶，就是闺阁小姐，便忙问什么事。香君笑道：

"总务先生今天累忙了，辛苦辛苦，请你在台前最好给我弄几个座位，把这几位密昔司和密司都安插安插可好？"

秋枫听说是因为这个事，当然连说可以，便在人缝中挤了进去。在离台第五排的座位上瞧去，只见行中出纳科的两个行员，抬着头儿，正在听那郝寿臣起的那鲁智深唱的大段昆曲，便走近过去，向他们肩上一拍。两个行员经此一拍，便回过头来，秋枫这就见两人衣襟上还别着招待的飘带，便笑着道：

"好，好，你们招待竟招待自己到这儿来听戏了，这未免太舒服了呀！"

"总务先生，你别拉我们的脚筋了，我们忙得要死，偷空来听一会儿过过瘾的，你也够辛苦了，大家来坐一会儿吧。"

行员徐志芳笑嘻嘻地拉了秋枫的手，倒要秋枫一同来偷懒了。秋枫笑道：

"这个昆腔戏没有什么好听，否则我是不会来管你们的，因为有几个女客，要我找位置，所以那是不得不叫你们让一让了。我知道两位好兄弟是个酷嗜皮黄的，改天黄金大戏院我请你们是了。"

几个行员听秋枫这样说，还以为是骗他们，问女客是谁，秋枫向香君一招手，香君遂推淑芬和两个女客过来了。行员中也有认识淑芬是孔儒明的夫人，于是大家只好站起来，含笑各自走散了，秋枫又连说两声对不起。

秋枫给她人安插定了，便含笑退了出来。香君因为不爱听戏，又因为坐着太挤太热，便也跟着出来，拉着秋枫的衣袖，向他悄悄地告诉道：

"枫，你瞧厅上这个老者，晓得是谁的代表？"

"想来总是他的代表了，对不对？"

秋枫凑过嘴去，在她耳旁悄悄说了一声。香君想不到秋枫一猜便着，便频频点了点头，又含笑轻声儿说道：

"当他们的兵队到上海，我爸的军饷接济不少，所以彼此是很有些交情的。枫，你喝了多少酒？怎么的脸庞红得这一份儿呀？"

香君说到这里，便眼波瞟了他一眼，忽见秋枫的两颊这样绯红，忍不住转了话锋，又急急地问。秋枫微微一笑，把大拇指和小指儿翘起，说道：

"我喝了六瓶，你可相信吗？"

"啊哟，你这人真糊涂了，我看你要胀死哩，怎么有六瓶好吃吗？晚上千万不许吃了，我看你吃出病来可怎么好？"

秋枫听她说"不许"两字，又见她噘着嘴儿，秋波白了自己一眼，显然这意态是多么关心自己和疼爱自己，心里不免荡漾了一下，憨憨笑道：

"你不许我再喝，那我自然不敢再喝了，你放心吧。"

香君听他说"你放心吧"，心里这一喜欢，真乐得眉儿飞扬，眸珠一转，掀着小嘴儿，那笑容就没有平复过。觉得在这四个字里，是包含了无限的温文多情，显然他是很听从我的话，便拉了他手儿，轻轻打了一下，抿嘴嫣然笑了。秋枫知道她这举动就是亲热的表示，心里当然万分快乐，望着她脸儿打量一会儿。只见香君的容貌今天

191

是特别艳丽，服装是特别华贵，那件金丝纱的旗袍，在电灯光下相映，是更觉闪烁夺目。那双银色高跟，配着妃色的丝袜，愈觉亭亭玉立，好像仙子凌波一样……

"哈啰，密司脱朱，好久不见了，想不到这儿和你碰见了呢！哦，原来你还是个总务，今天你可辛苦了呀！"

秋枫望着香君正在呆呆地出神，忽见迎面走来一个身穿白哔叽西服的少年，向秋枫笑嘻嘻地招呼。秋枫连忙定睛仔细瞧去，觉得这人好生面善，满腹寻思，猛可理会了，遂忙伸手，和他紧紧握了一阵，笑道：

"我道是哪个？原来是密司脱杨，你何日来申的呀？"

"我才昨天到上海的，事情很凑巧，不料竟给我赶着这个盛会了。密司脱朱听说是在赵行长那儿做秘书长是不是？"

原来这个少年就是杨维贤，他自和玉人订了婚后，便到医院去瞧明珍，谁知明珍已死，尸体亦已由心尘料理过了，维贤一时良心发现，忍不住也落了几点眼泪，但仔细一想，倒是放了一头心事，所以心里倒反而又快乐起来。从此以后，便把明珍的事情在心坎里灭迹了，自管和玉人去亲热。玉人这个姑娘也有些怪脾气，虽然自己是已经做了维贤的未婚妻，但对于维贤要求接吻搂抱以及偷偷摸摸的事情，总给予拒绝。维贤在明珍身上是玩弄惯的，今见玉人这样冷如冰霜，虽然玉人是这样娇艳，而自己总感觉不十分满意，所以预备早日回南，禀明了父母，接玉人母女俩人到上海来结婚。结婚那夜，看玉人还有什么方法拒绝我吗？维贤既这样想着，便别了月亭、玉人、若华等，回到上海来了。

维贤到了上海，见过爸妈，因为是刚刚初到，当然不好意思把自己在北平已和人家姑娘订了婚的话告诉，彼此只谈了些别后情形。他妈并问若华表姐可好，维贤亦就胡扯地回答了一番。这时惠祖又告诉维贤，说你来得正巧，明天后天两日，我朋友赵晓光五秩大庆，在大东酒楼办酒做戏，非常热闹，你倒不妨可以去走走，大后天还有在他公馆里宴会，你也可以去见识一下。维贤听了，点头答应，谁知天下事有凑巧，竟在三楼和秋枫遇见了。当时秋枫听他这样问，遂点了点头，说道：

"不错，我自离平来沪，我在贸业银行里办事，密司脱杨和赵先生是什么交谊？"

"哦，我爸爸和赵晓光先生是要好朋友……"

"尊大人的大名可不是叫杨惠祖吗？"

秋枫不待他说完，便又抢着问他。维贤点头连说正是，他的眼儿却向香君的脸上瞟来了。秋枫便把手儿一摆，向两人介绍了一下。维贤听香君就是晓光的女儿，似乎这是出乎意料之外的，遂忙抢步上前，伸手和香君握住，摇撼了一阵，笑道：

"哦，原来就是寿翁的令爱小姐，久仰久仰，今日相逢，真可谓有幸极了。"

"密司脱杨，别客气，尊大人我倒是见过好多次人了，听说你一向在北平求学呢。"

香君是个善于交际的人，今见他伸过手来，遂也和他握了一阵。因为惠祖送的是只银制的帆船，与别人有些不同，所以杨惠祖三字在心中有了一个印象，同时刚才由爸爸曾经介绍过，所以香君也笑盈盈地回答。

"密司脱杨，李若华先生好吗？还有周玉人，你可常有见面吗？"

秋枫见彼此经过一番客气后，又呆呆地站着，遂想着了玉人，又这样地问他。维贤听他问起玉人，心中暗想：她已是我未婚妻哩，你做先生的，难道还存着野心吗？意欲直接告诉，但碍着香君，又觉不便，遂含糊答道：

"我表姐的身子倒很好，周玉人母女也很好，但却并不常常瞧见的。"

秋枫听他说并不常常瞧见的，心里倒是一怔，因为若华曾对我说，把维贤介绍给玉人，希望两人能够成功一对，现在他怎么又这样说呢？莫非玉人的脾气不好，所以和维贤闹了意见了吗？秋枫这一阵子呆想，维贤倒又误会了，以为自己和香君握了一阵手，所以引起了他的不快，便和两人一点头，便自管走开了。

"枫，李若华和周玉人到底是你的什么人呀？"

香君见秋枫出神的样子，又见维贤匆匆走开了，一颗芳心不免也引起了许多疑窦。李若华难道是维贤的表姐吗？那么周玉人又是谁呢？这两个都是女子，秋枫为什么要问她们？显然秋枫是很关心她们，既然很关心，当然是有密切关系的了。大凡一个女子的妒忌心和猜疑心是很厉害的，不过只要合乎正当的，倒的确是女子的美德。所以香君的猜疑，倒不能说她量窄，实在因为她是怕秋枫又去爱上了别人，所以她不管一切地忍不住向秋枫直爽地开口问了。秋枫听了，自然也晓得她的意思，便正色道：

"李若华是维贤的表姐，今年有二十九岁了，因为在黄江女中我和她曾做过两个多月的同事，所以认识的。周玉人是黄江女中的学生，她根本还是一个小孩子哩。"

秋枫所以说出若华的年龄，和玉人还是一个小孩子的话，他的意思就是向香君解释，两人和自己根本没有什么关系的。谁知秋枫愈一本正经地撇清着，而香君的一颗芳心也就愈加引起了层层疑云。秋枫见她脸上似乎显出很不乐意的神情，方欲再向她解释几句，不料庶务组的陆尤林又匆匆地来喊秋枫到楼下去了。

第十二回

微闻灵台多变幻
骤惊故国起烽烟

　　大东酒楼里的两天光阴，在锣鼓喧天、笙歌并作，十分热闹而又十分嘈杂的空气中，终至于悄悄地溜走了。灯炮酒阑，只见那一辆一辆的汽车接连不断地都在大东的门口消逝了，剩下的那一阵阵的夜风，推动着空气，发出了微微的响声，平坦的马路黑漆漆的，依然恢复了原有的沉寂。

　　"赵先生赵太太回去了吗，时候已三点多了，两位也够辛苦了，我叫阿三备车去。"

　　秋枫见客人都走完了，赵晓光夫妇俩和香君都也预备回公馆去，遂迎了上来，口里虽然对晓光说着，他那眼睛却是脉脉含情地向香君凝望。晓光忙道：

　　"朱先生这两天最辛苦了，全亏了他的调度，方才事情弄得很舒齐，我也不说客气的话，总总谢你便了。"

　　"给赵先生老人家帮些儿忙，原是分内的事，敢望什么谢的吗，那你说得太客气了。"

　　香君听秋枫这样说，便瞟了他一眼，抿嘴笑了。晓光和他夫人也呵呵地笑起来，这时已到电梯门口。到了楼下，秋枫走快一步，找到阿三的汽车，阿三早已开了过来，秋枫回头，见香君亭亭先到，便握了她柔软的手儿，微笑道：

　　"你有倦吗？早些儿回家去休息吧，明天在你公馆里还有一整天哩。”

"在一点左右的时候，我真的想睡，但一听了梅兰芳的嗓子，我的睡魔就逃跑了，此刻大概精神提起着，所以倒反而不觉得倦了。"

香君笑盈盈地回答，却是伸手在嘴上按着，打了一个呵欠。就在这时候，晓光夫妇亦已走上来，赵太太向秋枫笑道：

"朱先生今夜就睡到我们家里去吧。"

"楼上他们还在结账，所以我还得迟一步走，赵太太，今夜就别客气了。"

秋枫一面说着话，一面拉开车门，等待他们跳上去。香君是最后一个，当她伸手来拦车门时，秋枫和她又握了握，说声明天见。香君频频地点了点头，却是微微地报之以一个娇媚的浅笑。

当夜会计组孔儒明把账目交给秋枫。秋枫接过一看，见两日酒筵共计四百席，二十元计算，共计洋八千元；啤酒汽水以及烟类等洋四千元；京剧费用洋一万三千元；杂费、开销车马、外赏等费用洋一万六千元；办事员酬劳费八千元；共计洋四万九千元。秋枫瞧过了后，对儒明说道：

"大概不会错吧，不要漏付了，那你们是要吃赔账的呢。"

"我们已复核过了好多次，不会错的，办事人岂肯捞腰包吗？"

"这话倒也是，那么你们是都辛苦了，赵先生叫我代请各位一声，明天大家在公馆里早些儿到，你们可以痛痛快快吃一餐了。"

秋枫说着，大家含笑点头，方才各自坐车回家。秋枫到了家里，东方已经发了鱼肚白的颜色，赵妈已经起身，见少爷还只有此刻回家，忙来倒茶拧毛巾，秋枫脱了衣服，拖了睡鞋，先喝了一口茶，方才回床去睡，赵妈遂悄悄退了出去。这时秋枫一时反而睡不着了，心里不免又想起昨日维贤对待香君的举动，似乎十二分献殷勤的神气，虽然香君原也不曾专属于自己的，不过我和香君的交谊已超过了友爱之上，瞧了维贤这一种带有诱惑的态度，总使自己有些儿难受的。想到这里，又觉得奇怪，若华把玉人介绍给维贤，想来两人感情是不会坏的，因为玉人虽然很爱我，但是我已和她完全冷淡了，而且最近我和玉人也根本疏远了，连月亭的信也有两个多月不曾通了，那么玉人自然也把我忘记了。维贤的环境比我好，维贤的容貌也不见得较我差，虽然学问方面，我可以自夸他是差得远，不过这是藏在肚里的东西，根本瞧不出，那么照理玉人也不见得不会爱维贤的。假使两人果然相爱的话，维贤就不应该再和香君来亲热，他的亲热，倘若有什么作用的话，从这一点看来，维贤实在是个爱不专一的人，简直是见一个爱一个。他要如真的爱上了香君，显然我俩已站在情敌的地位，我和他角逐情场，究竟鹿死谁手，自然是无从知道。不过我猜想起来，香君虽然是个交际名花，但对于我似乎有特别的好感，她到底是个贵族千金，能够倒在我的怀抱让我拥抱吮吻，这究竟不是一件容易的事情，也许她是不会转移爱的方针。不过所怕的，是维贤的爸和香君的爸都是老朋友，也许有钱的人还存在门当户对的一句话，同时又怕维贤用卑鄙的手段破坏我，若果这样，那我恐怕是要失败的了。

秋枫想到这里，全身顿时觉得怪热燥起来，心里一阵烦恼，这就愈加不能熟睡了。直到太阳的光已从窗外慢慢地照射进到室中，秋枫这才有些睁眼不开，翻了一个身子，沉沉地睡去了。

秋枫这一睡直到午后一点钟才起身，匆匆地洗了一个脸，换了一身派力司的西服，稍许吃了一些西点，嘱咐了赵妈几句，遂又急急地赶到了赵公馆。只见大厅前搭了一个戏台，上面已贴着一张堂会节目，晓光对秋枫说道：

"朱先生，今天这班堂会是申曲、苏滩、滑稽等一般文戏，原是给她们一班太太们看看的。对于年轻的男女来宾，我在花园西首的一个小船厅里，已布置好了一个舞池，并在音乐研究会里请了一班乐队，他们喜欢跳舞的，不是都可以到那边去吗？"

"哈哈，赵先生的设想真可谓周到极了。这样极好，彼此分开来，既省却许多麻烦，又可以迎合来宾的心意，好极好极！"

"什么东西好极啦，竟有这样的好法吗？"

秋枫听了晓光的话，正在连连赞好，忽见香君今天又换了一件银丝纱绯色的旗袍，亭亭玉立，好像仙子凌波似的笑盈盈出来，似乎她只听到秋枫连说了两声好极，便很喜悦似的问着。秋枫笑道：

"你爸告诉我花园西首小船厅里已布置了一个舞池，说是给年轻男女的来宾欢舞的，我想私人花园里开个跳舞大会，那是一件难得的事，所以连说好极了。这个主意，我猜一定是你出的吧？"

香君听秋枫这样说，秋波向他瞟了一眼，露齿嫣然笑道：

"你这人说话有趣，怎么知道是我出的主意呢？我爸难道不会想的吗？"

"朱先生晓得我没有这个新脑筋，所以他要猜是你想的主意了。可不是朱先生猜得不错，我哪里能想得到这许多呢。"

晓光听秋枫和香君的话，便喷去了吸进的一口雪茄烟，插嘴笑呵呵地说。秋枫望了香君一眼，在他意思中是包含了"可不是"这三个字，所以香君便弯了腰儿咪咪地笑起来。

"我真糊涂了，来了这许多时候，却不把账单拿出来给你瞧呢？"

过了一会，秋枫忽然想起了这件事，就在袋内摸出账单和剩下的款子来，交给晓光。晓光也不及瞧细账，就把总数一看，见收六万元，付四万九千元，尚余一万一千元，便连说很好，孔儒明这人很精细，所以开销都很省的。说着，回头叫公馆里账房余则民过来，把账单和款子拿去入册，不多一会儿，则民过来说道：

"照账目余一万一千元，但款子不知怎么竟多出五百元来了。"

晓光听了，便忙问秋枫，秋枫微笑了一笑，低声儿说道：

"这是办事员酬劳内多出来的。不瞒赵先生说，我只不过尽些儿义务，这个实在不敢领受，若赵先生一定要谢我，倒反显生疏了。"

晓光这才明白那笔款子是秋枫的酬劳费，他不要谢。听他口吻和意态是非常诚恳，心里很欢喜，暗想我提拔他的地方可多着，因此也就不和他客气了。香君见秋枫这样子，显然他是和爸表示特别的熟悉，和爸表示熟悉，也就是和我表示亲热，那么他也许和李若华周玉人是没有什么关系的吧，自己倒不要多疑心他了。香君这样想着，便含笑向秋枫招了招手，笑说道：

"你来，我伴你到小船厅里去瞧瞧，那边布置得真像一只舞池呢。"

秋枫听了，遂向晓光一点头，自和香君一同移步向花园里走去了。两人并着肩儿，一步一步地走着，各人低了头儿望着自己的脚尖，却是呆呆地出神。

"昨天你后来什么时候回家的？"

"五点快到了，在回家的时候，天色也已发鱼肚白了呢。"

静悄悄的当儿，香君在猛烈的太阳光下，绕过无限媚意的俏眼儿，向秋枫凝望了一眼，终于是她先开口了。秋枫听她这样说，便也回眸去望着她，含笑轻轻地回答。香君显出天真的神情，把舌儿一伸，说道：

"那你真是辛苦了，今天几点钟起来的呀？"

"今天直睡到下午一点钟才起身，计算起来，也睡七个钟点，所以精神倒仍旧很不错。"

香君听他这样说，抿嘴扑地一笑，却又低下了头。两人穿过了那架葡萄棚，沿了那迤逦过去的假山，从那边圆圆的一个池塘转了弯，方才到了这个小船厅。只见厅门口早有十二个仆役站着，一色都穿白色制服，见了两人，便鞠了躬，口喊小姐。香君并不理会，自管和秋枫步入厅里，只见厅正中已设一平台，想是给乐队坐的。厅的四围都排着沙发，前面都有一张小方桌，铺着天蓝的桌布，上面放着自来火烟缸、玻璃杯、辣酱油瓶、番茄瓶、胡椒瓶等物件，玻璃杯中又插着一方白布。秋枫起初倒不明白了，后来见每个桌子上都有的，一时猛可理会了，觉得这个办法好极了，既省却许多麻烦，又增加来宾的兴趣，回眸向香君望着笑道：

"这儿来宾都吃西餐，而且吃的地方就在这儿，这办法简而美，好极好极，香君，你的思想可说是新颖极了。"

香君听他这样赞美，不禁眉儿一扬，乌圆眸珠在长睫毛里一转，掀起满脸的笑容。很得意而又很娇媚地笑道：

"这个计划，我也想了半天呢。我想来宾会跳舞的，当然都愿意到这儿来玩，若一到晚餐时候，再到外面入席去，这是多么麻烦。所以到晚餐时候，凭每张桌子上几杯茶，就开几客大餐，来宾有兴趣，可以边吃边舞，那么每个来宾心中，一定是十分满意的呢，你想可对吗？"

秋枫听了，又连说了两声"对极"，抬头见天花板上已布满了雪球似的花纸，同时四围又装满五色的小灯泡，宛然是个舞厅的模样，心里很喜欢，点头笑道：

"布置得挺好，那么外面是吃中餐的了？"

香君含笑点头。这时乐队已到，大约有八个人，一个是爱别生领导者，大家挟了乐器，由仆役领进来。秋枫用英语和他们交谈几句，彼此便在平台上坐下，开始先奏了一支。正在这个当儿，忽见小丫鬟又来找香君道：

"香小姐，董家的三小姐、陆家的四少奶、王家的二小姐……统统都来了，老太太喊我来请你快去做陪客吧。"

香君听了，便答应一声，自管匆匆走了。秋枫一瞧手表，时已两点半钟，暗想：已这个时候了，怪不得客人都要到了呢。遂慢步地又踱出厅去，只见花园里的树荫下三三两两的来宾都已经在散步了。秋枫有认得的，有不认得的，大家都握手应酬了几句。秋枫到了大厅，见那戏台上滑稽已在开始，台前排满了椅子，一律用白色座套，齐齐整整，前面四五排都已坐满了孩子和老太太，大家都听得嘻嘻哈哈地笑作一堆。此刻阳光虽然很猛烈，但帐篷搭得很高，且上面装有临时电风扇，孩子们手中又拿了汽水、冰淇淋、冰棒等冷饮，所以倒也不感到怎样炎热了。

"朱先生，你快来，给我做个陪客。"

秋枫正在呆望着台上出神，忽见晓光拍了拍秋枫的肩膀，拉了他手儿就走。两人到了偏厢房里，只见桌旁坐着两个大腹便便的胖子，晓光忙着介绍道：

"这位是海上实业家杨惠祖先生，这位是金融界领袖陶子平先生，这位朱秋枫先生乃是本行的秘书长，年少多才，确是后起之秀。"

经过了这一番介绍，大家连忙寒暄了一套，各自坐下，晓光另有别的事，便又匆匆走开。秋枫见那个戴茶晶眼镜的胖子就是杨惠祖，遂在桌上果盒盘上拿了一把好油花生糖，放到两人面前，一面又向惠祖搭讪道：

"杨先生的少君我倒很熟悉，在北平的时候，也曾碰见过好多次，不知今天可来吗？"

"原来如此，朱先生和小犬在北平怎样认识的？"

"我自清华出来，曾在黄江女中给朋友代庖两个月，和密司李若华是同事，由密司李介绍，知道少君和密司李还是表姐弟哩。"

惠祖听了，连说了两声不错。经此一谈，彼此就熟悉了许多。秋枫又是一个健谈者，一面又问子平的营业如何，触景生情地把那国际局势、时事新闻，瞎七搭八地谈了一会儿，显然座上是并不寂寞。这时晓光自己也来了，秋枫见壁上时已三点三刻，心里记挂小船厅里，坐在这里觉得兴趣全无，遂悄悄离座，溜了出来。到了大厅，只见座位上都已坐满了来宾，果然都是些老太太少奶奶和小孩子，听着戏台上唱的申曲，都是津津有味。仆役们有的拧手巾，有的拿汽水冰淇淋，忙碌不停。秋枫站了一会儿，擦了一把脸孔，方才也踱步到小船厅里来。一脚跨进里面，只见四围黑绸的窗帘已放下了。厅上已开满了红绿的小灯泡，上面的电风扇是开得十足，座位上亦已坐满了男女青年来宾，此刻平台上正奏着华尔兹的音乐，舞池里也有数十对舞伴在婆娑地起舞。秋枫正在瞧望，忽然电风吹过，闻到一阵香水的幽香，抬头一瞧，原来天气热，场上人多，怕有浊气，所以仆役们拿了橡皮头，正在向厅里空气中洒香水。秋枫觉得富家的宴会，真可说是奢华极了。

秋枫在四围座位上走了一圈，却不见有香君的人，心里很奇怪，莫非在舞池里吗？定睛望去，只见其中一对青年男女，女的正是香君，男的却是维贤，两人舞的姿势颇为亲热，似乎絮絮地还在含笑说话。这情景瞧在秋枫的眼里，顿时有股酸溜溜的气味冲上鼻端，暗想：维贤这小子倒可恶，难道他真的存心要和我夺爱吗？

"密司脱朱，怎么不找个座位，站在这儿瞧什么人？"

秋枫心里正难受，忽听有个女子的声音招呼他，便忙回过头去一见，原来那边沙发上坐着的却是孔儒明夫人徐淑芬，遂走了近去，同在沙发上坐下，微笑道：

"密昔司孔多早晚来的？密司脱孔呢，还有小弟弟呢？"

"儒明有些儿事，要五点后才能到，小弟弟吵闹，奶妈抱出去玩去了。你在找香君吗？她和一个姓杨的少年在跳舞呢，真有趣极了，刚才我把他竟当作了你，因为姓杨的和你实在很相像的。"

秋枫听她这样说，便含笑点了点头，两眼望着那对对舞伴，却是出了一会子神。当秋枫在出神的当儿，维贤却正在向香君大献殷勤呢。

"密司赵的舞步可谓纯熟极了，我真觉得是甘拜下风。"

维贤搂着香君的细腰，仰开了脸儿，明眸脉脉地凝望着香君的娇靥，笑嘻嘻地说着。香君秋波瞟了他一眼，嫣然笑道：

"不见得吧？你别褒奖我，我是不好意思接受的。"

"密司赵，你和密司脱朱的友谊已有好多日子了吧？"

维贤听她鼓着小腮，白了自己一眼，这意态和玉人比较，自然另有一种妩媚的风韵和可爱，便也不禁微微笑了。一会儿，维贤又想测量香君和秋枫的交情，遂笑嘻嘻地又这样问。香君听了，点头笑道：

"结识的日子倒并不多，一年还不到，只不过彼此的感情还不错。密司脱杨和密司脱朱是多年好朋友吧？"

"也并不十分知交，我是由我表姐介绍，方才认识他的。密司脱朱这人缘很好，差不多每个年轻的姑娘都和他很要好的。"

维贤的存心不良，趁此机会便这样说着。香君听了这话，一颗芳心又勾引起了她的疑窦，于是便欲向维贤探听探听，眸珠一转，微笑道：

"密司脱朱在北平的时候，他的女朋友很多吧？李若华和周玉人到底是他什么人，你可知道吗？"

维贤听香君这样问，那是给自己一个进攻的绝好的机会，便微笑了一笑，故意迟疑了一会儿，方才低声儿正色道：

"密司赵，我是实心眼儿人，肚里藏不牢话的，不过我告诉了你，你千万不要以为我有什么作用。其实我见密司赵很热情，所以我不得不告诉你的……"

"你只管说，那有什么关系，我和密司脱朱根本也是一个极普通的朋友呢。"

香君听维贤这样说，显然秋枫一定有什么卑鄙的事情做过，所以立刻绷住了粉颊，表示自己和他原是极普通的朋友，叫他只管告诉好了的意思。维贤见了，暗暗欢喜，便轻声儿说道：

"在背后宣布朋友的罪恶，原是不应该的，不过既承密司赵下问，我就只好告诉了。他在北平黄江女中执教时，一班女学生差不多个个都和他很要好，他因此也自命风流，索性百般地引诱她们。几个女学生意志薄弱的，就个个和他发生了关系，其中最要好的就是周玉人，后来他因为事情弄僵了，所以只好离开北平到上海来了……"

"哦，哦，原来他是这样一个人，那么你如何晓得的？"

"这都是李若华表姐告诉我的，因为表姐和他是同事，其中我表姐也险些儿上了他的当哩。"

维贤说得这样活灵活现，谁也不能不相信，香君把维贤和秋枫的话一兜头，觉得都不曾说谎，不过维贤说玉人和他亦发生过关系，这秋枫当然不会告诉我，现在只要考虑维贤的话是否事实，假使真的话，那秋枫真正不是人了。照秋枫平日的行为看来，似乎并不会干这一种卑鄙的事，不过那天他一见维贤，就问玉人近来可好，从他这样关心一点瞧来，觉得维贤的话也未始不是一些儿没有意思的。从此在秋枫和香君两人的爱情中，便开始有了一条裂痕。

维贤既抛弃了明珍，不管死活地赞同她打胎，因此陷明珍一个可怜的弱女子到幻灭的道路，在临死之前，方才晓得上了维贤的当，可是已经来不及了。维贤千方百计地追求玉人，现在玉人既追求到手中，应该如何爱护玉人，那才是正理，不料维贤所抱的主义完全是肉欲之爱，他见玉人不肯和他随便接吻拥抱，心里就大不高兴，当时便欲回南后，急速把她接来结婚。谁知到了上海，还未把这事禀告爸妈，就结识了这个赵香君小姐，觉得香君的容貌美丽实可以胜过玉人，态度的大方也可以胜过玉人，同时家里的有钱和自己可以并驾齐驱，觉得香君和自己，才可以算为一对美满的姻缘。因此他心中又想抛弃玉人，暗想：玉人和我的订婚，幸亏没有什么婚约，只不过换了一个约指，那是口说无凭，毫无关系，要打官司，也无从打起呢。维贤既这样想定主意，便决定把玉人抛置脑后，一心一意地来追求香君。不过想着香君和秋枫的举动上似乎很亲热，那么俩人的交谊自然也不浅，现在第一步办法，就是先破坏两人的爱情基础，使他们各人心中都有了芥蒂，那么我才可以开始进行我的胜利工作。维贤的计划，秋枫事前是早已防到一层的，可是防不胜防，在今天跳舞的宴会里，维贤先达到了第一步的计划。

一节音乐完了，秋枫眼瞧着维贤携着香君的手儿归座，心里实在是气闷得了不得，在他心中意思，最好把维贤敲几拳，那方才可以出了自己的胸中的一口气。这是一件神秘不可思议的事情，秋枫平日的性情最和平，对于无论哪个朋友最亲爱，就是心中痛恨的朋友，他也不会引起心中的怒火。可是今天他的性情变了，他觉得维

204

贤简直是在挖自己的心，使自己的胸口有些儿疼痛，因此他对于维贤，完全当他是个仇敌那般地痛恨，可见爱情这样东西魔力的伟大，实在可以超过世界上一切的一切了。

"密司脱朱，你干吗？好像有什么事情不高兴似的？"

"没有，没有，我哪里会不高兴呢？密昔司孔对于跳舞，大概也很感到兴趣吧？"

秋枫出神的意态引起了淑芬的猜疑，便把秋波向他瞟了一眼，抿了嘴儿咻咻地笑。在她这笑的意思中，似乎含有些神秘的态度。秋枫这才理会自己脸部的表情未免有些儿怒形于色，于是立刻满堆下笑容，向淑芬这样地搭讪。

"对于跳舞一道，我却并不十分会的，不过我爱听音乐，觉得坐在外面听小曲，不及这儿听音乐切合我的脾胃多了。"

秋枫听她这样说，当然不好意思向她求舞了，遂坐着聊天一会儿。回头又暗暗注意香君和维贤的举动，只见香君好像有什么不乐意似的，维贤却是满面春风，看他神气，竟是奉承得了不得。一时愈看愈气，愈气愈恨，遂站起身来，和淑芬一点头，便移步到香君的座上去了。

"咦，密司脱朱，你在哪儿，快请坐，快请坐。"

维贤先发觉秋枫走过来了，心里似乎还有些顾忌香君是秋枫的朋友，所以立刻含笑站起来招呼。秋枫把手一摆，含笑点头，便在香君的右边坐下来。维贤早已递过一支烟卷，秋枫接过，道了一声谢，便划了火点着，吸了一口，两眼凝望着嘴里奔出来的烟圈，默默地出了一会子神。

香君见秋枫并不和自己说话，而且脸部表情也很难看，显然他是有些生气我和维贤坐在一块儿跳舞，但你自己这样没人格的人，能有资格来管束我的自由吗？我既不曾和你订个婚，就是订个婚，你又有什么权力来管束我的交际呢？我一向只当你是有作为的少年，不料竟有如此腐败呢！香君愈想愈气，却站起身子，和维贤一点头，

205

意思是要他到舞池去。香君这一下举动，维贤不免是受宠若惊，顿时眉飞色舞，笑嘻嘻地站起身子，回头向秋枫说声少陪，便挽着香君的玉臂到舞池里去了。

秋枫眼瞧着两人挽手同去，并且维贤扬眉得意的神气，心中这一气愤，那额上的汗点顿时像雨点一般地落下来，不禁恨恨地把拳头在桌上一击。但一会儿，却又叹了一口气，暗自说道：这是他们的自由，我又有什么权力去干涉他们呢？自语了这一句后，又一层一层地细想：这真奇怪，刚才香君还和我好好儿的，十分亲热，怎么一会儿，此刻忽然又故意使我这样难堪呢？哦，果然不出我的所料，想来一定是维贤这小子在她面前说我的坏话了，香君原是个性子骄刁的姑娘，她听了维贤的话，竟当作我是一个不诚实的人了。秋枫想到这里，把维贤这个人真恨入了骨髓，对于香君却是加以原谅，同时而且还赞成她的脾气。不过她未免太量窄一些儿，凡事应该要知道详细些，假使我果然似维贤所说的那么坏，再和我绝交，那我也就无话可说的了。现在她不问青红皂白地就使我这样难堪，这简直叫我下不了面子。秋枫想到此，脸儿一阵通红，冷笑了一声，一个青年人，心中总有一股自尊心的勇气，他觉得香君这是有些儿侮辱自己，所以不禁也恨起来，暗想：天下的女子多得很，你不要以为有了钱，就摆你贵族小姐的架子，谁稀罕你？你不理我，我就和你疏远也不要紧的。秋枫愈想愈气，便身不由主地站了起来，预备愤愤地出了小船厅。但仔细一想，香君所以这样气我，其实还是因为爱我，我到底不能和她一样见识，假使我此刻走了，在她心中一定要更恨我的不情，所以我还是待她舞罢回来，好好儿和她说一声，再走是了。能够解释她的误会，这固然好；即使她不理我了，那么也客客气气地认识，客客气气地走散，何必面红赤筋地喝这一罐子的醋呢！况且人生的聚散，原像萍水一样，一会儿相聚，一会儿分散，那是不足为奇的，何况我和香君仅仅只不过是一些情人的阶段，人家结褵十载廿载的夫妻，一旦意见不合，突然闹离婚的也很多很多呢。秋枫这样一想，也就心平气和，把那一肚皮的怨气也就慢慢地消了。

"探戈的步子跳得好，是非常好看的，密司脱杨跳得不错，和香君可说是将遇良材呢。"

音乐停止，秋枫见两人携手归座，便装作毫不介意的神气，笑嘻嘻地向维贤搭讪着。秋枫会有这一副神情，那不但使维贤惊奇，连香君也不禁为之愕然，想不到秋枫竟是没气的死人，他这一个肚量真也可谓是大的了。因了秋枫是毫不介意的样子，这倒反使香君的心里感到了万分不安，觉得自己刚才那举动，实在是太使秋枫难堪了，谁知秋枫竟有这样好的耐心，一些儿不生怪，可见秋枫的确是个温文多情的少年，我到底不能听了一面之词，而肯定秋枫是个没有人格的人。想到这里，心中又深深懊悔，意欲再和他表示亲热一些儿，但因为刚才这种意态显然是和他生气，此刻倒又十分难为情了，因此垂了粉颊儿，连望秋枫一眼都有些不敢了。

"探戈的步子我是好久不跳了，密司脱朱这样嘉奖，那可叫我有些儿不好意思了。"

维贤听秋枫这样说，虽然是非常惊奇，但到底是十分得意，所以扬着眉儿，笑嘻嘻地回答。秋枫见他喜形于色的神情，实在很恼怒，所以他的回答，听也不曾听见，自管注意香君的脸色。见她低了头儿，并不说话，一时倒又误会她是在憎厌自己了，遂站起身子，向两人点了点头，说道：

"香君和密司脱杨多舞会儿玩玩，我去找儒明有些儿事，回头见吧。"

香君听秋枫站起走了，一时急得连忙抬起头来，意欲喊住他，不料秋枫的身子早已走出小船厅去了。虽然不晓得秋枫是否真的有事去找儒明，不过他的意态显然也有些生了气。他的所以生气，实在是怪不了他，因为我到底是使他太难堪了。维贤见香君两眼望着小船厅的门口，脸部表情好像失去了一件什么似的样子，可见香君

207

的心中一定是又在懊悔了，遂假装毫不介意的神气，向香君微笑道：

"其实那跳舞是四步的勃罗司最正派大方，密司赵，我们去舞一支可好？"

维贤说着话，身子已站了起来，香君因为颇觉闷烦，遂也欣然答应，含笑起来，和维贤又一同去欢舞了。

秋枫急匆匆地奔出了小船厅，这才深深地透了一口气，暗想：昨天前天两日辛苦了两整日，满想今天快快乐乐地玩一天，谁料竟发生了这样不如意的事情，那真使我懊悔极了。秋枫想到这里，叹息不止，抬头见蔚蓝的天空中浮现了五彩的云霞，斜阳已挂在树枝的梢头，暮色已笼罩了大地，三五成群的归鸟掠空而过，噪吱不息。秋枫垂头丧气地移着他沉重的步子，一步挨一步地向大厅里走，只见戏台上已亮了通明的灯光，上面正在演那改良苏滩，非常起劲。秋枫因为是感到十分无聊，所以就倚在厅前的一根石柱上，明眸呆呆地望着那打扮一个摇船姑娘的少女，只管出了一会子神。

"咦，秋枫，你怎么倚在这儿干什么？不到小船厅里跳舞去玩玩吗？"

秋枫忽然听到了这个话声，慌忙回眸望去，原来是孔儒明，他今天穿了一件派力司的长衫，手里拿了一段雪茄烟，笑嘻嘻地走过来说。秋枫忙和他握了阵手，笑道：

"里面太闷气，我也去玩了好一会儿了，你的夫人也在，我问你可曾来，她说有些儿事，五点以后才可以到，想来你还只有刚才到吧？你小船厅里去过没有？"

"我真是才到一会儿，小船厅里有跳舞会，还是赵行长自己告诉我的呢。我想你是一个喜欢跳舞的人，怎么倒倚在这儿看起苏滩来了呢？"

秋枫听儒明这样说，觉得儒明真可谓是我的知己，但哪里晓得我心中是感到这一份儿的失意呢？遂竭力镇静了态度，微微地笑了笑，说道：

"每一种戏有它幽雅的地方，苏滩有苏滩的好处，所以细聆之下，亦觉得有艺术的风味，你怎么晓得我不爱听苏滩呢？"

儒明想不到秋枫今天有这样论调，忍不住笑了笑，便也自管走开了。秋枫说也好笑，在石柱旁竟整整站了两个钟点，直到厅上摆了席，看戏的来宾都散开纷纷入席，秋枫也方才懒懒地在中菜席上坐下了。

"朱先生，你反正坐在这儿吃中菜，那么就坐到里面给我去陪客吧。"

秋枫的人儿又被晓光发觉了，立刻走过来把他拖着走。秋枫心里虽然有些不快乐，但也不得不跟他走到一席上，杨惠祖也在座，见了秋枫，便招手连喊请坐请坐。秋枫见了惠祖，在这时的心理，实在是非常可憎，但人家既然这样和自己客气，自然不得不应酬了几句。

酒过三巡，热菜已不断地上来，秋枫今天酒喝得很多，两颊是通红的，他那醉眼模糊地忽然发觉大厅上站着一个少女，似乎在探首四望找什么人般的，定睛一瞧，不料却是香君。香君的秋波似乎也已瞧见了秋枫，便很快地走进厢房来，对大家笑盈盈地说道：

"各位请多用一杯，招待不周，请各位原谅。"

香君口里是这样说着，但她的俏眼儿却是向秋枫脉脉含情地睃了两眼，好像是叫秋枫不要多喝酒的意思。秋枫也就不得不向香君笑道：

"别客气，你在哪儿入席？"

香君听了，向外面一指，便笑盈盈地又走出去了。待香君走后，席上便有人问这女郎是谁，惠祖笑着说道：

"是寿翁的令爱小姐，性情温柔，聪明活泼，确实是一朵娇艳的交际名花哩！"

"哦，原来如此，杨老，你既然这样赞美，那为什么不给你文郎维贤联了这头姻事呢？若我们喝这一回喜酒的时候，恐怕是愈加要热闹了。"

这是一个钱庄的经理，手儿摸着他下颚飘飘的长髯，笑着满头皱纹的脸额，向惠祖这样地凑趣着。惠祖笑道：

"黄老，你是一个十八世纪的人物，只晓得儿女婚姻是由父母之命、媒妁之言，就可以成功的。现在时代不同，儿女的婚姻，先要双方赞同，做父母的原不过是个名义顾问罢了。"

"对了，想不到杨老的思想，倒是很合乎潮流的呢！"

于是满座的来宾都忍不住哈哈地笑起来了。秋枫始终是沉默着，他暗暗地思忖：人心的眼光，都是有钱的人和有钱的人方可以配亲结眷，那么我和香君的阶段根本差得很远，当然在我俩间虽是非常知己，也绝不会被外界的人是认为一对美满姻缘的。想到这里，觉得眼前的人都是些迂腐私利的人物，让自己置身在这一伙没有知识的人们之中，空气实在是太闷浊了。他拿起杯来，又连喝了三杯，方才悄悄地溜出了他们这一片热闹的嬉笑声中。

前面是一个池塘，池面上浮着一瓣瓣很大的荷叶，荷叶的下面，又钻出一朵朵粉红的荷花和那一颗颗青色的莲蓬，温和的夜风微微地吹动着花朵，送来了一阵芬芳的清香。秋枫站在池塘的面前，觉得胸襟是舒畅了许多，眼前的境界是清静幽雅而脱俗。抬头望着天空来去无定的浮云，觉得人生的聚散，就和那浮云一样渺茫。和玉人的认识是偶然的，但偶然之中，几乎要成了固然。因为外界的人言可畏，不得不忍痛和她生疏了。到了上海，无意中又结识了香君，香君和我似乎有些缘分，所以和我是非常亲热，在我心中以为我俩的爱情已有了相当的基础，终不至于有所动摇吧，但现在忽然来了这个维贤，我的理想恐怕要成了泡影。这没有什么稀奇，因为人生原和天空的浮云一样，刻刻儿在变换不停哩。唉，想到这里，不由自主地叹了一声，因为是静寂的缘故，那叹声是显得这样清晰。

"枫，你怎么一个人站在这儿做什么呀？"

忽然静悄的空气中流动了女子清脆的声音，接着秋枫觉得肩上

210

有个女子的手儿按上来，慌忙回转身子，想不到又是香君，微笑了一笑，说道："因为酒喝得太多了，心里闷烦得很，所以溜到花园来散一会儿步。"

香君道："我前天叫你不要多喝酒，你不是答应了我吗？为什么今天又这样大喝呢？"

秋枫笑道："咦，你不是刚才叫我们多喝几杯吗？"

香君道："我因为见你脸儿已是通红了，所以进来这样说一声，原是向你说反话……不料你……唉……"

香君凝望着秋枫，轻轻地说到这里，忽然又叹了一声，仿佛很感到失望的样子。秋枫想不到她是含有这一层意思，虽然奇怪香君的态度是未免含有些神秘，不过从她到大厅来找我，以及此刻她也会到花园里来看起来，可知她的一颗芳心中，也未始不是在懊悔她刚才难堪我，一时情不自禁地握着她手儿，低声说道："我就不再喝是了。香君，你瞧那青青的莲蓬是非常可爱的，但到底不晓得里面是生了几颗莲子，总要把它剥出来才知道，所以对于日久见人心的一句话，那是很不错的。"

"秋枫，我们别说这些话了吧。一个年轻的人，都有一种性子，我知道自己的性子是并不好，但是你难道却不肯原谅我吗？"

香君这话完全是在向秋枫赔罪，这似乎出乎秋枫的意外，心里自然非常地快乐和感激，紧握了她的纤手儿，却半晌说不出话来。

"你还恨我吗？假使不恨我，那你就跟我一块儿跳舞去……"

香君见他这情景，心里似乎也有些理会他的意思，娇媚地偎过身子，显出顽皮的口气，向秋枫瞅了一眼。秋枫那还有什么话说，满脸得意，携着她手儿，一同走进小船厅里去。

秋枫和香君经过了这一次谅解以后，彼此总算仍旧和好如初，而且这天晚上，香君还留秋枫宿在东书房间里。离开赵晓光的诞辰大约有了十天光景，忽然报纸上登着北平狮子胡同发生土匪枪劫的消息，竟敢和当地警察局做激烈的冲突，致民间房屋被火焚烧很多。

秋枫因为近来没有得到月亭的来信，对于玉人母女的安全与否，自然是十分焦急和记挂。

维贤瞧到了这个消息之后，他的心里却和秋枫绝对相反，不但不替玉人母女着急，而且是一件令人感到痛快的事情。

天气是已到夏的季节了，寒暑表的热度是一天一天地升高起来，人们在太阳光笼罩之下，挥着那流不完的汗点，似乎在竭力地挣扎着，单等黄昏的到来。

这天傍晚，秋枫从贸业银行里走出来，手里拿了一卷报纸，脸儿是笼罩了无限的忧愁，垂下头儿，暗暗地想：我写信去问月亭母女俩的安好，怎么直到现在半个多月，还不见她们的回信到来？究竟生死如何，怎不令人担忧呢？想到这里，自不免暗暗地叹了一口气。

"哟，密司脱朱，巧极，我们竟在这儿遇见了。"

忽然一阵忽促的呼声惊醒了秋枫从沉思中的感觉，立刻抬起头来，这不免使他感到惊喜交集，抢上一步，把她的手儿紧紧地握了一阵，叫道：

"密司李，你……你……什么时候到上海的？那边究竟闹得如何了呢？"

"我才昨天到上海的，这次大火烧得真厉害，把那些房屋差不多都烧毁了。我现在住在表弟维贤家里，你住在渔光村是不是？我正想去拜望你。"

"那么周玉人的母女呢？她们是不是和你一同逃出来的呀？"

"周玉人吗……唉，逃是一同逃的，但……不幸得很，她们竟在半路中流弹……死了。"

"啊哟，玉人母女都死了吗？"

秋枫听了这个仿佛晴天起了霹雳似的消息，不禁大惊失色，"啊"了一声，只觉有股子辛酸冲鼻，几乎要淌下泪水来。若华的眼皮儿有些润湿，她不住地叹息着，连说自己真是死里逃生的，因为她还有别的事情，所以说改天再来拜望，她便匆匆地自管告别走了。秋枫待若华的后影在暮色苍茫中消逝了后，再也忍不住把他满眶子的眼泪，让它痛痛快快地淌下来了。

"玉人死了，玉人死了，玉人想不到她真会死了……"

玉人娇小的身子，清秀的脸庞，活活的秋波，倾人的笑窝，在秋枫的脑海里有了一个深刻的印象，这印象是永远不可磨灭的。他突然知道了玉人已不在人世间的消息，他茫然了，拖着沉重的步子，望着灰褐色的天际，口里喃喃地自语，一步一步地踏在归家的途上。

诸位，你们以为玉人到底是死去了没有？我想你们都会说，那当然是没有死去，假使死去的话，这部书也不必名为"玉人来"了。不错，玉人当然没有死，但李若华为什么要说她死呢？这其中当然有个原因，诸君且不要性急，待在下慢慢道来便了。

周玉人自从和李维贤订婚以后，月亭把维贤就完全当作儿子那样地爱护，因为是在暑假期中，所以叫维贤就住到她的家里。这是给维贤和玉人一个绝好亲热的机会，维贤的心中当然是十二分的快乐。

有一天晚上，月亭走出去了，单留玉人和维贤两人在家里。维贤见玉人兰汤浴罢后的脸蛋儿，白里透红，容光焕发，犹若出水芙蓉，一时想着了和明珍恩爱缠绵的情景，心里一阵荡漾，不免动了春情，遂悄悄地走到玉人的身旁坐下，拉了她的纤手，亲亲热热地叫了一声妹妹，凑过嘴儿去便要吻玉人的樱唇。玉人害羞，轻轻地把他身子推开了，秋波逗给他一个娇嗔，说道：

"大热的天气，你别缠人胡闹了，回头给妈瞧见了，那算什么意思？"

"妹妹，我们是已经成功一对夫婚夫妻了，那有什么要紧呢？就是妈妈瞧见了，她也不会骂我们不安分的，早晚我们总有这么的一天，大家何不趁早乐一会子？"

"你说的是什么话？我可有些儿听不懂。"

玉人见他涎皮嬉脸的神气，不免微蹙了眉尖，圆睁了杏眼，向他鼓着小嘴儿凝望着，显然这意态玉人是动了怒。维贤这就吃了一惊，慌忙转变了话锋，连声地赔不是道：

"好妹妹，大热的天气，你又何苦生气呢？我原和你说着开玩笑的，哪里真的肯做这样下流的事情吗？"

"唪，你这人就不是个好东西。"

玉人听他这样说，便把小嘴儿一噘，纤指恨恨地在他额间戳了一下。但不知有了一个什么感觉，她红晕了娇容，抿着红润润的嘴唇，却忍不住又嫣然地笑了。维贤瞧了她这副可人的意态，心里虽然是爱入骨髓，但不免也有些儿恨到心头。

当夜维贤睡在床上，心中暗暗地沉思着，玉人这妮子倒刁得可恶，已经是我的未婚妻了，谁知她还要显出凛然不可侵犯的神气，将来结了婚后，她难道也好拒绝我做人上人吗？像今天晚上，月亭出去了，实在是个很好的机会，假使她刚才能够答应我的话，那么我俩就在沙发上真个地销魂起来，岂不是我可以尝到别有风味的甜蜜了吗？不料这妮子偏会假作正经，这是多么地叫我可恨呀！

维贤住在玉人的家里，既然得不着玉人的好处，于是他便想早日回南，告诉了爸妈，把玉人母女接到上海，可以早些结婚，享受她温柔的滋味。不料维贤到了上海，次日就遇到了香君，觉得香君较之玉人，更要风流动人，因此不管自己已和玉人是订了婚，他却一心地又去追求香君，破坏秋枫的人格，同时把玉人的影儿也早已抛置到东海大洋去了。

玉人自从维贤到上海后，时常和若华伴在一块儿，因为学校里住着不舒服，所以玉人叫若华也住到她的家里来。若华那时和志杰也订了婚，两人当然是非常地热恋，若华赴志杰约会去的时候，总把玉人带着一块儿去，所以玉人倒也颇不寂寞。

这天夜里，月亭、玉人、若华三人晚饭后，大家在院子里乘凉。玉人见若华抬了头儿，明眸凝望着天空中闪烁的小星，似乎在想什么心事般的，遂说道：

"李先生，你又在想董先生了吧？真是很奇怪，他好好儿的怎么会调到汉口去了呢？"

"你这小妮子怎么也向我取笑起来了……表弟去了差不多也半个月了，为什么却不曾来一封信呢？"

若华听玉人这样说，因为自己坐在月亭的旁边，所以也感到有些儿不好意思，回眸瞅了她一眼，但她立刻又转了话锋，说到玉人的头上来。玉人听她提起了维贤，心头不免也有些儿羞涩，于是她昂了粉脸儿，望着天空的银河，却故作没有听见般的，不给她回答。

"也许他亲自来陪伴我们也说不定，总在这两天里，不是人来，就是信来了。"

月亭挥着手中的绢扇，因为玉人不回答，她便向若华低低地说道。

玉人耳中虽然听着，嘴里当然不好意思加入说话，只管凝望那棵高大的银杏树，默默地出神。夜是静悄悄的，微风吹动着浓厚的树叶儿，互相的摩擦发出了瑟瑟的声音。听了这声音，使玉人的心头不免又想起了去年中秋夜的一幕。朱先生的脸蛋儿仿佛就显在玉人的眼前，去年现在的时候，朱先生和我是多么亲热，差不多黄江女中的校园里，每日的黄昏总有我俩的足迹。谁知仅仅隔别了一年，我和他竟疏远到这个地步，那不是叫我心头感到难受吗？一时又想起了校园里最后的一次谈话，仿佛尚在耳旁隐隐地流动。

"朱先生，别人家都说我是你的小恋人，你说到底是不是呀？小恋人三字又怎样地解释，为什么她们又向我很神秘地笑，那不是奇怪吗？朱先生你就告诉我知道好吗？"

"唔，小恋人就是小朋友的意思……"

玉人想到这里，芳心真有说不出的奇怪，朱先生为什么要这样地骗我，可惜当时我却信以为真了。后来又听他这样地说道：

"你现在和我这样好，将来长大出了嫁，便要不认识我了。"

“我有朱先生那么一个大恋人，我情愿一辈子也不出嫁……”

现在我和维贤果然要结婚了，假使朱先生得知了这个消息，他也回想起我们这一番的谈话，他的心中真不知要作何感想呢？玉人独个儿想到这里，心中有了无限的感触。当夜风吹在身上的时候，虽然在热情的仲夏之夜，但也感到有些儿凄凉。

时候已经深夜了，大家回到了房中，若华和玉人依然同睡一室，她携了玉人的手儿，同坐在床沿的旁边，微微笑道：

“玉人，维贤假使来伴你们，我也和你们到上海去玩一次，假使来信叫你们自己去，我就陪你们到上海去。这一杯喜酒，我是总要喝的了。”

玉人听了这话，并不回答，红晕了粉脸儿，望着她唏唏地一笑，便先跳上床里去躺下了。若华见她这样不胜娇羞的意态，暗自叫了一声这孩子有趣，遂熄灭了灯火，也自脱衣就寝了。

“玉人，李先生，你们都睡着了吗？可曾听见了没有？”

黑漆漆的房里，四周是静悄悄的，玉人和若华正在朦胧之中，忽然听得有人走进房来低低问着。两人从睡梦中惊醒，慌忙翻身坐起，扭亮了电灯，只见月亭脸色很惊慌地已站在房中了。玉人一骨碌跳下床来，纤手揉擦了一下眼皮，拉着月亭的衣角，急急地问道：

“妈，你听到了什么啦？你怎么竟吓得这个样儿呀？”

月亭这突然失常似的神情，瞧在玉人的眼里，倒误会妈有些神经病，一颗小心灵儿顿时感到了无限的惊异。月亭口吃着道：

“你们不听见噼啪的声音吗？好像是放枪的声响，我是听了好一会儿了。”

若华、玉人听月亭这样说，便都走到窗口去，推开窗户，只见碧天如洗，万籁俱寂，只因为是静悄悄一些儿声音都没有的缘故，所以从夜风中送过来的噼啪之声是分外清晰。若华、玉人面面相觑，又仔细听察了一会儿，那噼啪的声音愈响愈密，而且更有哗啦啦的屋倒之声掺和其间，三人纷纷议论了一会儿，却不晓得到底是怎一回事。忽然玉人吃惊地喊起来道：

"火！火！火！妈，李先生，你们快瞧呀，原来是大火烧呢！"

玉人伏在窗口，忽然瞥见左近的房屋浓烟密布，火光烛天，所以回过身子，就这么地大喊着。月亭、若华探首一见，果然火势甚猛，已蔓延到自己屋子里来，这就急道：

"李先生，你有什么东西，我想快些理一理，大家还是向外面逃吧，要不然火烧到脚后跟，逃还来得及了吗？"

"我也没有什么东西，况且逃出去也不好多拿笨重的东西。周先生，最要紧的是现钞票，你快快藏在身旁，我们大家好赶路哩。"

月亭听若华这样说，觉得很是不错，现在逃性命的当儿，连性命到底是不是自己的都还是一个问题哩，更管得了什么别的东西吗？于是点了点头，便和玉人匆匆地回到自己卧室，在梳妆台抽屉里取出那只八宝箱，开了钥匙，把三百元现钞交给玉人，喊她藏在长筒丝袜里，又把一只金钏儿也叫玉人戴上。就在这个当儿，若华和王妈儿脸儿失色地奔进来，急急地说道：

"院子里的矮墙已经坍了，我们快走吧！"

月亭和玉人一听这个消息，全身瑟瑟地发抖，一时也管不了许多，四个人匆匆夺门而走，只见门外街道旁的房屋，没有一处不已是火烧了。月亭道：

"我想城里总是很危险的，还是逃出城外去避一避，李先生，你瞧怎么样？"

"我也是这样想，假使火车通的话，还是到上海去了是正经。"

若华点了点头，于是四个人你拉我、我拉你地大家都向城门口走，只见一路上挤肩擦背、扶老携幼的人们满街道都是。待将到城门口的时候，人儿更加地拥挤，王妈年老，怎禁得住大家的挤轧，因此把拉着月亭的衣袖早已放下了。月亭待要回头去找，她的身子早已不由自主地被众人拥了出去。好容易三个人出了城门，但这时流弹很多，因为时在黑夜，防也防不来，所以大家也只好听天由命。

217

不料正在这时，月亭叫声"啊哟"，接着就倒了下来，同时玉人的身子也伏了下去，口中还竭声地叫喊，若华知月亭、玉人一定中了流弹，急欲回过来看视，但后面的人儿仿佛潮涌，竟将若华的身子毫无自主地向前推进。若华心中又急又恨，意欲拼命再挤回来，但有人就向她说道：

"你这女人到底向哪里逃啊？你再向城里走做什么？难道你要被火烧死吗？快向前快向前……"

那人说着，同时把若华身子向前乱推，若华这就没了法儿，只得管不了月亭和玉人，跟着大家一块儿走。将近车站的时候，人儿方才渐渐地散去，若华就急急购了车票，连夜动身到上海去了。

长蛇似的火车在青青的草原上轧轧地前进了，若华坐在车厢里，想着四个一同逃出，结果却剩了我一个人，王妈的生死还不晓得，月亭、玉人是我亲眼瞧见的，竟死于非命了。想起月亭的慈祥可亲、玉人的娇艳可爱，万料不到有这样悲惨的结局，这就把她满眶子辛酸的热泪扑簌簌地滚湿了衣襟。

若华到了上海，先到维贤的家里，见过姑爸姑妈，维贤却没有在家，惠祖向她说道：

"我和你姑妈天天念着你，总算谢天谢地，你已到上海了。从此你就在这儿安静地住下了，反正在上海找些儿事情干，也是一样的。"

若华听了，自然十分感激，遂点头答应，一面问姑妈近来身子可好，一面又问表弟到什么地方去了。杨老太笑道：

"你表弟到上海后，自见了赵小姐，心里就爱得了不得，所以天天在追求哩。"

若华听了这话，心中倒是一怔，暗想：这是打哪儿说起的？怪不得表弟到上海这许多日子，竟没有一封信回给玉人，显然他对于玉人的订婚是并没有和姑爸姑妈说起，想不到表弟竟是个见花折花的人呢。玉人现在是死了，假使和我一块儿来上海的话，这事情不是还要打官司散场吗？若华这样地想着，心里对于维贤的行为当然大为不满，但表面上兀是含了笑容，绝对不再提起玉人的事情。单只问赵小姐叫什么名儿，今年几岁了，是谁家的闺秀，杨太太一一地告诉了一遍。这样闲谈了一会儿，时已晚餐，若华略为用过，回房安睡。就在这时，忽见维贤笑嘻嘻地进来，说道：

"表姐，你今天才到上海吗？妈告诉了我，我就急急地来瞧你了，你怎么睡得这样早哟？"

维贤见若华身子已钻进在被窝里，遂在她床边坐下了。若华见他并没有问起玉人的话，心中愈加不悦，暗想：你这没有心肝的人儿，果然把玉人忘记了。遂冷冷地说道：

"我在途中乏了力，所以早些儿休息了，表弟，玉人母女两人都已死了，这事情想起来，我现在还伤心呢……"

"表姐，你这消息可是真确的吗？"

若华再也想不到维贤会堆出满脸笑容来，一时气得全身几乎发抖，她代为玉人可怜。若华到底是个富于情感的人，她的眼泪竟夺眶而出，叹道：

"玉人真死得可怜，真死得冤枉，假使她魂而有知的话，恐怕还要愤怒十分哩！"

"我倒正预备动身来接她们，以便早日结婚，现在人儿既死了，那也没有挽救的办法，总是她的命薄，所以才没有福气做少奶奶呢。"

维贤见若华淌泪，一时也只好收起了笑容，搓了搓两手，表示很扼腕的神气。若华听他还说出这样现成的话来，不禁柳眉微蹙，冷笑了一声，笑道：

"真的，像表弟这样有财有貌的少年，找个漂亮的夫人，自然也不困难，只是可怜了玉人，却空挂了一个名义。表弟，时已不早，明天再谈吧。"

若华说完了这两句话，竟把身子已躺下来，脸儿朝着床里去了。

维贤见表姐竟下逐客令了，显然她这话中是含有些嘲笑的成分，一时也有些不高兴，遂默默地退出房外去了。

玉人死了，这消息由若华口中传到维贤的耳里，但维贤却是非常地喜悦。过了几天，又传到秋枫的耳中，秋枫和维贤是绝对相反，他当然是十分伤心，因此抑郁不欢者凡数日，总是不能去怀。

大家都道玉人死了，但玉人却没有死。她见母亲中弹跌倒，所以也急急地伏了下去，在她的意思，当然是想把母亲抱起来，不料瞧在若华的眼里，因为是黑夜的缘故，所以便发生了玉人也死去的误会。

事情是非常凑巧，玉人抱了母亲的身子，芳心又痛又急，正在无可奈何的时候，却见一个西服少年，手提一只挈匣，向玉人急急的招呼道：

"咦，咦，你不是密司周吗？这位太太可是你的谁呀？"

"密司脱宋，这是我的妈妈呀，可怜她已中了弹哩……"

玉人抬头一见，认得他是魏明珍的表哥宋心尘，自己和他是曾经见过几次面的，虽然是并不十分知己，可是在这当儿，就像见了亲人一样淌泪满颊地很快地告诉着。

"什么，是你的母亲吗？那你预备怎样办呢？"

"我也没有主意呀，唉，妈，妈，你到怎么了呢？"

玉人听心尘这样问，一时急得双泪直流，抱着月亭身子，竟是呜呜咽咽地哭起来。宋心尘见后面逃出来的人还像潮水一般，若不把月亭抱走，而且还有被踏死的可能，今被玉人这样一哭，心头愈加不忍，这就不管一切地抛了手中的挈匣，将月亭身子抱起，一面向玉人说道：

"密司周，你且别哭了，快拉了我的身子吧，大家且找个地方给你妈妈躺一躺再作道理。"

玉人听了，只好收束泪痕，拉了他的身子，和他急急地赶了一阵子路，方才找到一个村落，在一户乡人家里借了坐处。谁知宋心尘把月亭放在板床上的时候，她老人家已是气绝的了。玉人心中这一惨痛，不禁伏尸大哭，跌倒在地上，昏厥了过去。这一来又急煞了心尘，因此把她抱起，含泪喊了一会儿，玉人方才哇的一声哭出声音来。

村庄上的农民都是非常热心，所以大家帮着料理月亭的后事。不到几天，花了一百三十元钱，总算给月亭草草地下葬了。玉人在离开这个乡人家里的时候，又谢了他们三十元的酬劳费。那乡人十分忠厚慷慨，坚决不收，玉人没有办法，也只得罢了。

"密司脱宋，因为我的事情，累你也搁下了多天，而且又损失了一只挈匣，这在我的心中真有说不出的感激和抱歉。现在我这里尚有一百七十元钱，并且还有一副金钏儿，你放心，我们总可以到上海的……"

玉人和心尘两人一路上车站走，玉人用着恳切的目光向心尘脉脉地凝望，表示她内心是这份儿的感激。心尘点了点头，微笑着道：

"我们是朋友，患难的时候，理应互相帮助，好在挈匣内除了一百元钞票外，其余都是些衣服，也值不了多少。我身边尚有五十元钱，想乘四等贫民车也可以了。"

玉人听他这样说，心里愈加感激，几乎要淌下泪来。

两个人好容易到了上海，玉人因为还只有初次到来，路径不熟，便向心尘说道：

"密司脱宋可曾到过上海，不知有没有亲戚的？"

"上海来过几次，但亲戚却是没有，只有几个朋友，我想托他们代为找些儿事情做做了。"

"我也没有什么亲戚，那么此刻只好暂时住个旅馆安安身子了。"

心尘听她这样说，一时也觉得只有这样办法，于是两人坐车到大美饭店住下。因为时在仲夏，天气炎热十分，两人在路上久未洗澡，所以各人洗了一个身，心尘先在石路衣庄店里买了两身男女的衣服。经过了这一路上的相伴，彼此自然熟悉了许多。心尘见玉人这一副美人的胎子，心里虽然未免有情，但自从表妹明珍变心以后，自己在恋爱过程中受到了一重打击，心中便万念俱灰，况且玉人态度大方，神情真挚，一时也不敢起这个妄想。但自己身边的钱是没有了，现在全靠玉人，而玉人金钱也是有限的，所以实在非迫切地找个事才好，所以他对玉人说道：

"我此刻出去找一个朋友，你一个人坐一会儿吧。"

"我也想去瞧一个朋友，那么我们就一块儿走好了。"

玉人不好意思说瞧未婚夫去，所以也只说去找一个朋友，于是两人出了旅馆，方才各自坐车匆匆分别。

玉人到了杨公馆，付去了车费，只见两扇黑漆的大铁门关闭得紧紧的，气象十分巍峨，抬头向上望，尚瞧得见里面矗立在空中的高大的洋房。玉人心中又悲又喜，假使母亲不中流弹而死的话，那是一件多么快乐的事情。现在母亲死了，我又这样儿狼狈地到上海，回头维贤瞧见了我，不知他心中也要代我如何地伤心呢。玉人想到这里，眼皮儿先红了起来，但竭力又忍熬住悲哀的思绪，伸手在电铃上按了一下，就见门役在铁门上开了一个小洞，探出半个脸儿问找谁，玉人道：

"找你们少爷杨维贤先生，说北平的周玉人来望他了。"

门役听了，向玉人连连望了两眼，只见她身穿一件士林布的单旗袍，那只黑漆的半高跟皮鞋已是丢在垃圾桶中的货色了，心里暗想：我家少爷哪有这一种女朋友？遂叫她等一等，自己急急地奔进里面，把维贤悄悄地喊到大厅外面来，暗暗地告诉道：

"少爷，外面有个衣衫褴褛的少女，名叫周玉人的，她要来找少爷呢！"

"什么？周玉人？你别给我在见鬼吧！"

维贤因为若华告诉他玉人已经死了，今听门役这样说，他心中倒是吃了一惊，遂瞪了他一眼，向他大声地喝着。门役吓得倒退了两步，说道：

"短命这女人不知是哪个，我原想回绝她的。"

门役说着话，身子已向外面跑，好像要把自己所受的委屈发泄到玉人身上去似的。维贤见门役走了，这才意识到玉人也许是没有死，莫非果然被她逃到上海来了吗？但这样狼狈地到来，又叫我如何能收她？再说我也不爱她了。香君这两天对我不是很有情吗，她是多么风流可爱呢！不过我若不向玉人清清楚楚地脱离，将来她在地方法院里告了我一个遗弃的罪名，那倒不是玩的。虽然这次的订婚，原不过掉换了一个约指，虽然没有什么证据，但事情一闹开来，对于我的名誉至少要受些影响的。维贤既然这样一想，他便急急地抢步追上门役，说给我出去瞧瞧。维贤到了门口，果然见玉人等在那儿发呆，此刻瞧了玉人，心中不但没有一些儿爱怜的意思，而且还有些可憎，免不得意思，拉了玉人的手，叫她跟自己向马路上跑。玉人以为彼此相见，一定是非常亲热，请自己进内，万不料他却拉了自己向马路上走，对于他这一个举动，先不禁为之愕然，一时怔怔地竟说不出一句话儿来。跟他不由自主地走了一阵路，在一根电线杆子旁站住，维贤放下了她的手，却立刻拿出一方手帕来，在自己手上擦了一擦，仿佛嫌着玉人手儿脏的意思，然后向玉人开口说道：

"密司周，这次的事情，实在很对不起。我到上海以后，本来早预备想接你们来，谁知爸妈不答应，并且向我大骂，说胆敢自作主意，在外订婚，同时又给我在上海也定了亲，大约下个月就要结婚了。这事情我真弄得左右为难，现在唯一的办法，我就给你三百元钱，把我们订的婚约作罢。假使你有好的夫婿，也只管去嫁，我绝不来干涉你的自由。密司周，你瞧这样子好不好？"

玉人做梦也想不到维贤会说出这种话来，一时气得目瞪口呆，脸儿由红变青，由青变白。大约是愈气愈愤怒的缘故，所以玉人倒也并不怎样伤心，反而增加了内心一重勇气，不禁倒竖了柳眉，圆睁了杏眼，娇声叱道：

"你这是什么话？哈哈，我明白了，你见我家破人亡，狼狈而来，你就想不承认这个婚约了吗？哈哈……不承认就不承认，谁稀罕你这狼心狗肺的王八吗？你多了几个臭铜钿，你敢侮辱我们女界的同胞吗？你这无耻的禽兽，不是人类中的一分子！三百元钱压倒我了吗？三万、三十万、三百万都不放在我玉人的眼里！真笑话极了，哈哈，你快拿我玉人的约指来，今日才算认识了你这狗奴才……"

玉人愤怒极了，同时也伤心极了，但伤心究竟抵不住她胸中满腔的愤怒，她只会发狂似的大笑。她自落娘胎以来，从不曾受到这样的侮辱，她恨不得咬牙切齿，伸手接过维贤脱下来自己的约指，把自己手中维贤的约指在地上恨恨地一掷，便头也不回地向前直奔了。

维贤被她骂得哑口无言，满脸羞惭，眼瞧着玉人的身影在马路转角里消逝了后，方才拾起地上那只自己的名字约指，很喜欢又很怨恨地踱回到自己的家里去了。

玉人回到旅馆，推进房门，伏在床上，把刚才在维贤面前那一股子勇气，不知逃到什么地方去了。想起了妈妈，想起了往后的身世，她忍不住呜呜咽咽地痛哭起来了。

"咦，咦，密司周，你怎么啦，你……怎么好好儿的哭起来了？"

玉人哭了良久，忽然心尘推门进来，一见玉人这样情景，倒是吃了一惊，走进床边，急急地问她。玉人见心尘也回来了，当然不好意思再哭，遂在床上坐起，揉擦了一下眼皮，却并不作答。

"密司周，你又在想着你的妈妈了吧？但人死不能复生，哭也无益，你总要自己保重才好。"

"我想不到世界上竟有这样没良心的人，真所谓知人知面不知心的了。"

玉人听他误会自己又在哭妈妈了，遂情不自禁地自语了这两句话。但心尘听了，当然是弄得莫名其妙，眼睛眨了两眨，搓着手儿，自管退到桌旁去，向玉人低声地又问道：

"密司周，你这是什么话，你在说哪一个呀？"

玉人听他这样问，生恐他又引起了误会，遂只好厚了脸皮，把维贤遗弃的事，向他轻轻地告诉了一遍。心尘听了玉人的告诉，他便咬牙切齿地把拳头在桌上猛可地一击，大声地骂道：

"这小子可杀，可杀！杀不可赦，杀而又杀！"

玉人见他怒目切齿，咯咯作响，竟痛恨到这个地步，一时倒反而不禁为之愕然，明眸呆呆地望着心尘怒不可遏的脸儿，竟是怔住了。心尘见她不解的神气，方才向她说道：

"密司周，他肯和你解除婚约，实在还是你的大幸。假使你嫁了这样畜类都不如的杂种，岂不是误了你的终身吗？密司周，我告诉你，魏明珍就是死在他的手里的"

"什么，明珍死在他手里的？这是怎么一回事呀？"

玉人听了这消息，芳心当然是不胜骇异，遂立刻跳下床来，走到他的面前，向他急急地追问。心尘于是把维贤如何引诱明珍，如何奸污明珍，又如何叫明珍打胎，以致陷害明珍到死亡的道路，从头至尾告诉了一遍。说到后来，忽然以手拍额，"哦"了一声，若有所悟地又道：

"对了，对了，我这人好糊涂，那天我记得在路上碰见李若华先生，她曾经告诉我说维贤和密司周订婚了，可怜明珍在医院里就是那一天死的。你想，维贤这小子还是人养的吗？"

玉人听了，方才恍然大悟。想起那天夜里维贤无耻的举动，幸亏自己意志坚强，不曾上他的当，一时也痛恨得骂不绝口，但总觉自己是太受一些儿委屈了，想起了母亲，她的眼泪又像断线珍珠一般地滚下来了。

"密司周，你别伤心，你别哭，哭是弱者的表示。维贤这小子这样惨无人道地玩弄女性，事实上是绝不能饶过他的。你瞧着吧，总有那么一天，让我替表妹来一个报复，并且给密司周吐一口怨气。"

心尘见玉人淌泪，便挺起了胸部，伸出挺结实的臂膀，向上一扬，似乎是恨入骨髓，下了一个决心似的。玉人听他这样说，方才收束泪痕，又向他问可曾找到了朋友没有，心尘道：

"朋友是找到的，事情很巧，他们店里齐巧要用个店员，月薪二十元。我想只要有个寄身的地方，就是全义务也好，所以便答应了。不过我虽然是有安身之所了，密司周怎么办呢？我想你且先租一间房子住下，我这二十元的月薪补助给了你，且待你将来也找着了事干，那不是很好吗？"

玉人想不到心尘有这样好的存心、仗义的心肠，一时直把她感到心头，秋波脉脉含情地凝望着他的脸儿，忍不住又淌下泪水来。心尘知道她是感动得太厉害的缘故，遂又诚恳地道：

"密司周，你不要伤心，你也不要担忧，人类原有互助的义务，何况我们也可说是患难之交。地球上既生长着我们人类，绝不是单让有钱人横行一世的，我们有的两只手，我相信天无绝人之路，世界上除了懒惰的人，是绝没有饿死的人。"

心尘越说越起劲，越说越有精神，举起了拳头，向空中乱扬，表示他是具有百折不挠的精神和决心。玉人瞧此情景，也不禁为之破涕微笑了。

过了几天，玉人已租了一间亭子间住下，把那只金钏儿兑了，当作了生活费用。心尘也自进那家店里，做小职员去了。

这天下午，玉人坐在室内，想着今后的身世，自不免暗暗地伤心了一会儿，忽然她想着了朱先生，他不是住在渔光村十一号吗，玉人想到这里，又暗说自己糊涂，怎么把一个自己最亲爱的朱先生都忘记了呢？于是她便立刻倒了面水，梳洗了一回，坐车到渔光村瞧秋枫去了。

玉人到了渔光村十一号，只见室内先有一个二十左右的姑娘在着，穿着乔琪纱的旗袍，天青色的高跟皮鞋，十分摩登。两人彼此见了面，都是一怔，原来这姑娘就是赵香君，她因为和秋枫有许多日子没有见面了，所以趁着今天星期六下午，到他家里来望望。不料秋枫的仆妇赵妈回答她，说少爷出外买东西去了，大概就回来的，请赵小姐坐一会儿好了。说着，便给她斟了一杯茶，她便买点心去了。

谁知赵妈走后不到五分钟，玉人就匆匆地来了。香君见她年纪不过十六七岁，身穿士林布旗袍，平底的皮鞋，虽然乱头粗服，但却生得艳丽无比，一时心中好生猜疑，遂微蹙了柳眉，向她低声儿问道：

"你是找哪一家的呀？"

"请问这儿不是住着一位朱秋枫先生吗？"

香君一听果然是找秋枫来的，一时芳心中便觉酸溜溜地十分难受，暗自想道：怪不得秋枫有这许多日子不来看望我，原来他又爱上了别人哩。瞧那姑娘的容貌，虽然十分美丽，但到底是个小家碧玉的身份，可见秋枫这人瞎七搭八，专门在女人家面前用功夫。维贤说他在北平时候曾破了一个女学生的贞操，起初我还不相信，现在是很可以证实的了。我得快快地省悟，早些和他绝交为妙，不然岂非也要上了他的当了吗？因为心中有了气，所以故意给那姑娘上了一个当，便含笑摇头说道：

"朱秋枫先生从前确实是住在这儿，可是最近却搬走了。"

"哦，搬走了吗？不知搬到什么地方去，你小姐可知道吗？"

"这个我倒不知道……"

香君见她听了自己的话，粉脸上立刻收起了笑容，仿佛感到十分失望，颦蹙了翠眉，雪白的牙齿微咬着殷红的嘴唇，迟疑了一会儿，似乎还有些恋恋不舍就走的神气。最后方才和香君含笑一点头，便回转身子，匆匆地走出去了。

香君在她那临去的一笑中，还发觉她玫瑰花朵般的颊儿上，有个深深的笑窝，真个是我见犹怜，一时心中倒又不忍起来，暗自想道：我虽然和秋枫生气，但和那姑娘到底并没有什么仇恨，何苦我要欺骗她？欺骗了她，还不是欺骗我的良心吗？想到这里，十分懊悔，遂匆匆追出去，意欲把她喊回来，可是玉人已经走得无影无踪了。香君既瞧不见了那姑娘的身子，也就不再上楼，自管跳上汽车，闷闷不乐地回去了。

玉人知道秋枫搬了家，心时自然感到十分失望和伤心，觉得失意的人儿总是逢着失意的事，因此一路回家，那眼泪就一路地没有干过。

香君走后不到五分钟，秋枫比赵妈还要先回来。他见赵妈不在室中，遂自管坐到写字台旁去作那悼亡玉人的诗句。原来秋枫在若华口中知道玉人死的消息，他便如醉如痴，回首前尘，更加地难受，所以空闲下来，便给玉人题了几首诗，表示做个纪念的意思。

"少爷，你回来了吗？咦，赵小姐呢，她走了吗？"

忽然赵妈买了点心回来了，她见室中坐着少爷，却又不见了香君，所以她向秋枫急急地问着。秋枫听了，自然十分奇怪，遂也忙问她说道：

"你在什么地方？赵小姐并没有来过呀！"

"少爷没有回来之前，她来的，我叫她坐一会儿，便去买点心，不料我点心买来，少爷倒回来了，赵小姐却又不见了。想来她等不耐烦，所以走了。现在这烧肉包，就请少爷吃了吧。"

秋枫听了，这才明白，一面吃着包子，一面心中暗想：因为玉人的死，我忧郁了几天，因此不免冷淡了香君，她既然来望过我，我明天快些去向她赔过失迎的罪才好呢。

到了第二天，秋枫便坐车到赵公馆里去。在走到大厅石级的时候，就听得有阵男女的嬉笑声从里面播送出来。秋枫定睛一瞧，却是香君和维贤，于是忙上前招呼道：

"香君，你昨天到我家里来过了吗？真对不起得很，我因为在外面买了一些儿东西，倒累你白跑了一趟了。"

"没有关系，我原是顺便路过来望望的，密司脱朱近来朋友可不

228

少，怪不得是忙得一些儿工夫也没有了。现在身价也不同了，像我们这样的人，也许已够不到资格和你交朋友了吧！"

香君说到这里，秋波盈盈地逗给了他一个白眼，同时又冷笑了一声，挽着维贤的手臂，头也不回地向大门口走去了。维贤还回过头来，很得意地向秋枫招了招手。

香君会说出这一套的话来，这在秋枫是做梦也想不到的，一时弄得丈二和尚摸不着头脑，倒不禁为之愕然。一个年轻的人，到底总有一股子气的，秋枫呆呆地直瞧不见了两人的影子，那脸儿已是由红转青，气得全身未免有些儿发抖。

"咦，奇怪，奇怪，这是打哪儿说起的呀？"

秋枫呆了一会儿，不觉自言自语地说出了这两句话，心中不免又暗暗细想：昨天她还好好儿地来望我，怎么今天就会说出这个话来？难道昨天因我不在家里，就使她生气到这个模样儿吗？这当然没有这样古怪脾气的人，听她话中的意思，明明是疑心我在外面有许多的女朋友，所以使她起了妒忌之心。其实你也不想想自己，不是也有许多的男朋友吗？像维贤就是其中的一个。即使我真的有许多女朋友，那你也不应该这样地对待我，何况我是并无其事，你只不过听信了维贤的谗言，所以便起了猜疑罢了。假使你真心地爱我，那你又何必这样地难堪我，不是可以当面问我，那么自然也有谅解的日子。现在你屡次这样地气我，明明是使着你的性子，任意地来侮辱我，那你也不过是多了几个钱的小姐罢了。我既没有侍候你的本领，又何苦常看你的冷面孔呢？想到这里，甚为心灰，不觉长叹了一声，真有无限的感慨。一面细细回味香君这几句话，她改呼我为密司脱朱，显然她和我是生疏得多了。感情这样东西，在一个朋友之间，是只有增加，那朋友才会亲热要好，现在我和香君的感情逐步地淡薄，日后当然难有圆满的结局。其实香君不是疑心我有女朋友，简直她是个得新忘旧的浪漫女子。唉，女子变心，真也太快速了。秋枫长叹一声，只觉万念俱灰，他也不再走到屋子里去，就急急地又回到家中去了。

玉人自从找不到秋枫的住所，心里十分悲伤，回到斗形的亭子间里，坐在桌旁，忍不住独个儿又哭起来。谁知就在这时候，宋心尘却又推门走进来了。玉人突然见他此刻会来，因为他已在店中做事了，所以芳心中颇觉惊奇，连忙收束了泪眼，含笑站起，低低地问道：

"咦，密司脱宋，你怎么又会来了？"

"我是向你来告诉一声，因为在这一星期后，我也许和你要永远地长别了。"

玉人听他这样说，粉脸儿更显出惊慌的神色，情不自禁猛可地走上来，拉住了心尘的手，急急地问道：

"密司脱宋，你不是好好儿在办事情了吗？怎么又要到什么地方去了呢？"

宋心尘对于玉人这样亲热的举动，一时倒愕住了一会子，遂只得圆一个谎道：

"因为汉口有个朋友写信给我，叫我到那边办事情去了。"

"那么你怎的说是长别了呢？"

玉人含了无限哀怨的目光，向他脉脉地逗了一瞥，她的眼皮儿忍不住又微微地红润起来了。心尘见她这个神情，当然也是十分感动，遂把她的纤手轻轻地摇撼了一阵，勉强笑道：

"因为隔别得远一些，所以要较长时间地分别了。我们年纪正轻，将来少不得还有见面的机会。密司周，刚才你独个儿坐在房中又为什么伤悲呢？请你告诉我，假使我有能力可以帮助你的话，那么在我未离开上海之前，我总竭力给你办好的。"

玉人听他又问到这个话头上来，觉得心尘实在是个热心多情的少年，遂只得从实告诉他。

"我刚才到渔光村去找一个朱秋枫，在北平的时候，他原是我校中的先生，不料已经搬场了，假使能找到朱先生的话，那么我就有

230

办法了。"

心尘听他这样说，觉得这件事就有些儿不容易办，因为偌大的一个上海，又到哪儿去找秋枫好呢？因此不免愕住了一会子，但他忽然有了一个主意，便忙问道：

"密司周，朱先生在哪儿办事的，你这个可知道吗？"

"对了，对了，他在贸业银行任秘书长的职位呀。密司脱宋，我一个女孩儿家不好意思去找他，这件事情就拜托你了。你见了他，说周玉人三个字，他立刻就会来瞧我的。"

心尘一句就提醒了玉人，暗想：我这人也糊涂得可怜。于是跳了跳脚，很喜欢地向他急急地告诉着。心尘点了点头，望着她掀起的笑窝儿，也微笑道：

"这样就很便当了，我只要到办事处去找他好了，不过他对于你的日后生活，是否有帮助你的可能呢？"

"也许是可能的，因为他从前很爱护我，而且和我母亲也是个很要好的朋友。"

"那是再好也没有的了，在我的心里，也就放下一头心事了。"

玉人见他脸上浮现了一丝微笑，仿佛很欣慰的神气，一时想到他这样地关心自己，真有说不出的感激，所以在她一颗小小的心灵中，对于心尘也未免起了爱怜之心。她把心尘的手儿是握得紧紧的，秋波脉脉含情地逗给他一瞥真挚的目光，说道：

"密司脱宋，假使能够可以找到朱先生的话，我瞧你汉口还是别去了，因为朱先生朋友多、交际广，请他介绍一个好些职业，那么你在上海不是一样的有事情干吗？何苦独个儿跑到老远的地方去，使大家心中都感到难受……"

玉人这几句甜心着意的话儿，听到心尘的耳中，也是有无上的安慰。玉人所以肯这样真挚的情意关心我，当然也是因为我对待的诚恳，这完全是感情作用。虽然我并不希望和玉人有结合的存心，但能够听到玉人这几句话儿，实在已心满意足的了。遂望着她白里

231

透红的粉颊儿，很得意地笑道：

"多谢你这样的关心我，我是一万分地感激，不过事情还没有决定，到了那时候再说吧。"

玉人听他这样说，不知怎的，一颗芳心觉得心尘这个少年实在很令人感到可亲。这大概就是彼此真性情相待，所以自然而然地生出情爱来了。但心尘的胸中是别有怀抱，当然他是摒弃了一切，非达到他的目的不可了。这天心尘是在玉人那里吃了晚饭才走的，临别，两人显然都感到有些儿别离的悲哀。

匆匆地过去了三天，这是一个黄昏的时候，玉人正预备着烧饭煮菜，忽见心尘脸色很慌张地走来，玉人连忙迎着问道：

"密司脱宋，你和朱先生可曾碰见过面吗？"

"密司周，我已完成了使命，朱秋枫先生仍在上海贸业银行办事，而且晓得他的家仍是住在渔光村十一号里……"

"什么？他的家没有搬过吗？你怎么知道的呀？"

玉人骤然得知了这个消息，一时心里惊奇得跳了起来，扬着眉儿，转着乌圆的眸珠，急急地追问。心尘听她这样说，倒是一呆，反问她说道：

"你这是什么话？你前次一定是找错了人家。我是打电话到贸业银行，叫朱秋枫先生听电话，不料朱先生齐巧没有在行中，是一个姓孔的代听的，他告诉我，说朱先生仍旧住在渔光村呀！"

"奇怪，奇怪，我明明是找到十一号的，一个女子回绝我，说朱先生已经迁居了，这不知到底是怎样的一回事呢？"

"那么也许是误会了，你不妨今夜再到他家里去一次，准可以给你会面的了。"

"多谢密司脱宋给我探听着一个确实的消息，那么你和我就一块儿同去好吗？朱先生是个很热心的人，他见了你，一定是很欢迎你的。"

"不，不，我是特地来告诉你一声，我立刻就要走的，我立刻就要离开这个都市。"

"咦，你这样局促干什么？此刻难道就落船上汉口去了吗？哟，你这衣服上的血渍是打哪儿来的哟？"

玉人见他说完了这两句话，竟是翻身立刻就走了，一时心中便觉得不舍，她抢上一步，立刻把他的衣袖拉住了。不料就在这个当儿，却发觉心尘的衣襟上染有几点血渍，这就忍不住又"哟"了一声，急急地追问。心尘听了玉人的话，脸儿不免转变了颜色，支吾着说道：

"这……这是红墨水渍，并不是血渍，你别瞧错了。密司周，我们自北平到上海，两个月的相聚，友谊上的感情总算不错，我想，我们只要存心儿好，将来总有好日子过的。我此刻就得离开上海假使有机会的话，我们当然还有见面的日子，密司周，再见再见！"

心尘说话是那样急促，一面握着玉人的手摇撼着，一面身子已是跨出了房门。玉人对于血渍和红墨水渍的问题倒并不十分注意，只是心尘立刻要离开上海，心里却起了依依惜别之情，拉着他的手儿只是不放，一直跟到大门口，还是没有放松。她望着心尘的脸儿，用了凄凉的口吻，向他哀求似的说道：

"密司……心尘！"

她把脱字还没说出，忽然坚决地又喊了一声心尘，接着又道：

"你能否不到汉口去呢？难道你一定抛了我走了吗？"

心尘对于玉人这两句话，似乎感到了意外的惊喜，忙回头向她望了一眼，谁知玉人的眼皮儿竟红起来，同时她的粉脸上已沾满了晶莹莹的泪水，一时也不免英雄气短、儿女情长，大概是被情感冲动得太浓厚了的缘故，使心尘的眼帘也有些润湿了。望着玉人海棠着雨般的娇容，他想爱上了玉人，不再出走了，然而自己已闯下了大祸，我不能因此连累了一个可爱的姑娘，于是他毅然说道：

"玉人，别伤心，只要你心中有着我这样的一个人也就是了，我们再见吧。天下无不散之筵席，置身在都市，也无非多受一重刺激罢了，玉人，我们再见，再见……"

心尘说到这里，把心肠硬了一硬，就挣脱了玉人的手，他连喊了三声玉人，表示他向玉人做最后的一些亲热，就头也不回地急急奔出弄口去了。玉人的眼泪是不住地向颊上淌下来，她自己也不知道为什么要这样伤心，只觉得喉间是哽咽着，几乎说不出声音来，泪眼模糊地直瞧着心尘的身影，将出弄口的时候，方才挣出一句话来，喊道：

"心尘，心尘，我祝你平安，我祝你健康！"

心尘似乎也听到她最后的喊声，回转头来，又向玉人招了一下手，但不到一分钟之间，那心尘魁梧的身影就在玉人的眼帘下消逝了。

玉人待心尘走后，她觉得自己孤零零的一个可怜女子，最亲爱的只有朱先生了。于是她把门儿带上，又坐车急急地到渔光村去。到了渔光村十一号，走上楼梯，还没跨进房门，就听得有个人在自言自语地说道：

"玉人，玉人，唉，想不到你真的会死了，从此在这茫茫的人海中，就永远没有你这个可爱的姑娘了………"

玉人骤然听到了这段话，一颗芳心真惊奇得了不得，急急地三脚两步跨进室内，只见电灯光下的写字台旁坐着一个少年，正是自己最心爱的朱先生。心中这一快乐，不禁连奔带跳地跑了上去，口中高声地喊道：

"朱先生，朱先生，玉人来了！"

秋枫坐在写字台旁，瞧着自己纪念玉人作的诗词，正在暗暗地独个儿叹息着，谁知冷不防之间，突然瞥见玉人笑盈盈地从室外奔进来。这一吃惊，顿时毛发悚然，立刻站起，把身子直退到窗口的壁旁，指着玉人，目瞪口呆地口吃着问道：

"你……你……莫非是玉人的灵魂出现了吗……"

"哟，朱先生，你怎么把我当作已经死了呀？我是活着的玉人呀，不是灵魂，我实在没有死去，你不相信，那么你就来和我握手吧。"

玉人见秋枫吓得这个模样儿，知道他不知听了谁的告诉，一定以为我是已经死了，所以竟把我的人儿当作鬼出现了，一时忍不住好笑，停住了步，转着乌圆的眸珠，雪白的牙齿微咬着鲜红的嘴唇，憨憨地笑，并且还向秋枫伸过一只纤纤的小手儿来。

秋枫听了玉人的话，同时又瞧着玉人这一副妩媚的意态，宛然和活的一样，一时竭力镇静了态度，定了一定神，仔细向玉人又细细地凝望了一会儿，方才满脸堆笑地奔上去。他也并不和玉人握手，竟是伸张了双臂，把玉人的娇躯猛可地搂在怀里，哈哈地狂笑道：

"玉人，玉人，你果然是真的玉人吗？玉人回来了，玉人来了，玉人没有死呀！啊，这我难道是在做梦吗？"

"不是，不是，真的，真的，朱先生，我是真的玉人呀！"

秋枫这发狂似的神情，真把玉人的一颗小心灵里感到了又喜又羞的成分，红晕了双颊，直接拉开了小嘴儿，玫瑰花样的颊上，那个笑窝儿这就始终没有平复的了。

"玉人，你几时到上海的？若华告诉我，怎么说你母女俩都已中流弹死了呀？唉，我得知了这个消息，真不知因为你淌了多少的眼泪呢！"

经过了这一阵子狂喜的举动以后，秋枫这才拉了玉人的手儿，坐到沙发上，很亲热地问她。玉人听了这话，眼皮儿又红起来，无限的哀怨，激动了她内心无限地悲哀，叹了一声，说道：

"朱先生，这话说来很长，我就把自你到上海后的情形，细细地告诉你知道吧。"

玉人说着，遂把过去一切的事情，统统向秋枫诉说一遍，又淌泪叹道：

"现在妈妈是死了，可怜只剩下我孤零零的一个人了。"

秋枫听完了玉人的告诉，想不到我离平后，玉人已经过了这样波折的事情了。那么若华怎的并不曾向我告诉这一回事呢？想来若华一定悔介绍之不当，自然也不高兴再谈起了。于是他又痛恨维贤这个畜生，真不是人种养的，已经和玉人订了婚，还要夺我的香君，实在是可杀极了。一会儿，他又想着明珍的可怜，意志薄弱，究竟死在浪子的手中了。倒是这位宋心尘，热心好义，真可敬佩，这样的少年确实不可多得。想着，遂拿帕儿给玉人拭泪，一面又柔声儿的说道：

"玉人，你不要伤心，妈妈死了，那是没有挽救的事情，也只好归之于命了。至于你一个孤零零的，以后生活，那你放心，我总不会来讨厌你的。你说那天曾经来过一次的，有一个女子回绝你说我搬了场，其实我根本没有迁居过，那个女子究竟是谁呢？……哦，哦，莫非就是她了？"

秋枫说到这里，凝眸深思，猛可地理会了。想这女子一定是香君无疑，大概就是因为见了玉人来找我，所以香君便引起了妒忌，要和我绝交了。这是一件莫名其妙的事情，直到今天我才算明白哩。秋枫只管暗自地想着，玉人却并不注意末了他这一句话，一颗芳心也自管回味秋枫上面这两句安慰的话，朱先生总不会讨厌我的，那么反过来说，当然是很爱我的了，而且他听了我死的消息，又时常念念不忘地记挂着，可见朱先生和我的感情实在很好。不过这里有些奇怪，他在从前为什么又要和我冷淡呢？这就攀着秋枫的肩胛，秋波脉脉含情地凝望着他俊美的脸儿，憨憨地笑问道：

"朱先生，一年前我们本来很要好的，但你为什么忽然要和我不好了呢？假使你不和我生疏的话，我也不会听从李先生的话，和维贤这小鬼订婚，恐怕事情要省却许多哩。唉，我在北平的时候，天天望你信到，但是总不见你有一个字寄给我，我心里直恨着你。不过我知道自己也许有了什么错处，所以朱先生才会和我冷淡呢。"

秋枫想不到玉人还会说出这些话来，一时心中也非常地感触，望着玉人无限哀怨的粉脸，叹了一声，低低地说道：

"这是环境如此，并非出于我的本心。要知道我冷淡你，我心中也是很痛苦的。"

玉人听秋枫这样说，两颊慢慢地红晕起来，秋波脉脉地含了无限的柔情蜜意，向秋枫瞟了一眼，哧地笑道：

"我倒知道朱先生所以要冷淡我的原因，可不是因为怕我要爱你吗？"

秋枫听玉人这样问，想不到她还是一味的孩气未脱，天真无知，一时也不禁为之哑然失笑，抚着她白嫩的手儿，含笑问道：

"这是谁告诉你的，我猜也许是李先生和你说的吧？"

"是的……我倒没问你一声，李先生现在哪儿，你可知道的吗？"

玉人见秋枫一猜便着，遂频频地点了点头，忽然想着了若华，又悄声儿地问他。秋枫听了，"哦"了一声，说道：

"李先生那天我在路上碰见她，她就是住在维贤小子的家里。"

秋枫正说到这里，忽然见赵妈拿了一张晚报进来，交给秋枫手里，遂翻开一瞧，突然瞥见一则新闻，上面有很大的标题，写着的是：

吕班路血案

青年男女，一死一伤，传系桃色纠纷。

秋枫叹了一声，顿足说道："该死，现在是什么年头，还要发生这一种事情呢！"玉人凑过头来，于是两人一同瞧其内容道：

今日下午三时三十五分，吕班路法国公园附近发生血案，有青年男女两人，装束摩登，惨卧人行道上。经路人觉察，鸣捕到来，凶犯已逃逸无踪，仅留勃朗林一支，并字条一张，内云："浪子毫无心肝，蹂躏女界同胞，视作玩物，人人得而诛之。除害者启。"当经车送医院救治，少年已是气绝身死。少女伤及腿部，幸非要害，并无生命之虞。查核这对青年男女，乃系海上实业界巨子杨惠祖少君杨维贤及金融界领袖赵晓光之令爱赵香君。凶手之暗杀原因，显然是涉于桃色纠纷云。

　　秋枫和玉人瞧完了这则新闻，不禁都"啊哟"了一声叫起来。玉人又连喊"该死，死得痛快"。但秋枫却很奇怪地道：

　　"咦，这暗杀他的到底是谁呢？"

　　"哦哦哦，莫非就是宋心尘干的吗？对了，对了，今天刚才他来告诉你地址的时候，我见他神色是非常慌张，而且衣襟上还染有血渍，当时虽经我觉察，他却支支吾吾地辩说是红墨水渍。啊，我想不到心尘竟真有这样的决心和勇敢，我敬佩极了！怪不得他见了我，就说他已完成使命了。在我还以为他是替我找到了你的地址，谁料到他其中还有这一层意思呢？心尘真可谓是说得出做得到的，他曾经向我愤激地说，世界上我是决不让有钱的人横行一世的，总有那么的一天，能够给我表妹来一个痛快的报复，同时给密司周出一口怨气！……哈哈，我真的出一口怨气了，痛快，痛快！在这里我唯有遥祝他，但愿他此次到汉口去，一路平安，前途光明。"

　　秋枫听玉人絮絮地说到这里，掀起了笑窝儿，似乎真有说不出得意的神气，心中也恍然大悟了，他不禁脱口叫道：

　　"干得好，干得痛快！"

　　不料秋枫话还未完，就见若华匆匆进来。她一见玉人和秋枫坐在一起，这就惊奇得"哟"的一声叫起来了。玉人早已含笑上前，拉住了若华的手，亲热地喊李先生，若华把玉人拥在怀中，急问她的经过。玉人于是又告诉了一遍，若华这才明白，心中又喜又悲，遂说道：

　　"玉人，你的委屈，自有人会给你出气的，维贤被人暗杀了，你

238

们可知道？"

"我们也才知道，晚报上登出着呢。李先生，你此刻怎么会过来呀？"

秋枫听她这样说，点了点头，一面说着，一面又向她含笑地问。若华道：

"我是来向你辞行的，因为我明天就得动身到汉口去了。"

"是不是董先生写信来叫你结婚去的？"

玉人微昂了头儿，望着若华憨憨地笑。

"你这妮子又胡说了，可怜我为你真伤心了好多日子，现在我真高兴，因为你还在世界上呢！"

若华想不到被玉人竟说到心眼儿里去，一时也不免微红了脸儿笑着说，同时把俏眼儿还向秋枫瞟了一下，似乎有些羞涩之意。

"董先生是谁，我却不认识呢！"

秋枫瞧若华娇羞不胜的意态，知道玉人的猜想是对的，遂也望着若华微微地笑。若华当然不好意思告诉，玉人这就向秋枫代为诉说了一遍。秋枫听了，十分喜欢，遂笑道："李先生，那么我今晚就给你饯行，大家一块去喝一个痛快吧。"

玉人听了，拍手赞成，连说好的好的，若华也含笑不答。秋枫知道她是默许的表示，于是向赵妈吩咐了几句，他们三个人便一块儿到酒馆子里去了。

这一餐饭，三个人是吃得非常快乐。若华望着玉人四月里蔷薇那么可爱的脸儿，俏眼又向秋枫瞟了一下，微笑道："朱先生，玉人今后的人，还希望你多多地疼爱吧。"

秋枫听她这句话中至少是含有些儿神秘的意思，两颊也不禁飞上了一阵红，望了玉人一眼，却是含笑不答。玉人一手握了一个鸡头向嘴里送，一面顽皮地笑道：

"去年我和朱先生在校园里谈话，朱先生说他要嫁给我，李先生，你瞧好不好？"

李若华听她这样说，知道这孩子一定有些醉了，抿了嘴儿，扑哧的一声，和秋枫早已笑起来了。在酒馆子的门口，秋枫、玉人和李若华珍重地道别。回家的途上，是只剩了秋枫和玉人两个人，秋枫见她两颊仿佛玫瑰，眼儿犹若秋波，拉了自己，走路一跳一跳的姿势十足还显出孩子的成分，这就想起刚才在馆子里的一句话，便向她低声儿含笑问道：

"玉人，到底是你嫁给我，还是我嫁给你呢?"

"当然是你嫁给我啰!"

玉人被他这样一问，一颗处女的芳心愈加跳跃得厉害起来，秋波斜乜了他一眼，却逗给他一个倾人的甜笑。

"也好，那么我就一辈子嫁给你。玉人，你瞧这天空中那轮光圆的明月吧，这仿佛是象征着你我未来的生命呢!"

秋枫见她那副可人的意态，一时也乐而忘形了，情不自禁地向她说出了这几句话。玉人并不回答什么，望着他只是憨然地娇笑。

夜是静悄悄的，温情中带有了美丽的风韵，玉洁清辉的明月吐着它纯洁的光芒，照着那一对年轻的人儿，踏上了辽阔的大道、幸福的乐园!

附　　录

从鸳鸯蝴蝶派谈到冯玉奇小说

裴效维

《民国通俗小说典藏文库·冯玉奇卷》将收录冯玉奇的百余种小说作品，此举极其不易。现在，我愿以这篇文章给出版者呐喊助威。尽管我人微言轻，但我毕竟是一个中国文学的研究者，为鸳鸯蝴蝶派说些公道话是我的责任。

冯玉奇是一位鸳鸯蝴蝶派作家，因此我们要想了解冯玉奇，必须首先厘清有关鸳鸯蝴蝶派的一些问题。

一、何谓鸳鸯蝴蝶派

鸳鸯蝴蝶派作家平襟亚在《关于鸳鸯蝴蝶派》（署名宁远）一文中对鸳鸯蝴蝶派的来历说得很清楚：

> 鸳鸯蝴蝶派的名称是由群众起出来的，因为那些作品中常写爱情故事，离不开"卅六鸳鸯同命鸟，一双蝴蝶可怜虫"的范围，因而公赠了这个佳名。

> ——载香港《大公报》1960 年 7 月 20 日

可见鸳鸯蝴蝶派并不是一个有组织有宗旨的小说流派，而是因为当时流行的言情小说多写一对对恋人或夫妻如同鸳鸯蝴蝶般相亲

243

相爱，形影不离，因而民间用鸳鸯蝴蝶小说来比喻这种言情小说，那么这种言情小说的作家群当然也就是鸳鸯蝴蝶派了。这种说法应该是可信的，因为民间常用鸳鸯和蝴蝶来比喻恋人或夫妻，很多民间文学作品中不乏其例。这一比喻非常形象生动，但并无褒贬之意，因此不胫而走。

传到新文学家那里，便加以利用，并赋予贬义，作为贬低对手的武器。但新文学家对鸳鸯蝴蝶派的界定并不一致，大致有两种看法。

一种看法认同民间的比喻说法，即将鸳鸯蝴蝶派小说局限为通俗小说中的言情小说，将鸳鸯蝴蝶派局限为言情小说作家群。鲁迅是这种看法的代表，他在1922年所写的《所谓"国学"》一文中说："洋场上的文豪又作了几篇鸳鸯蝴蝶派体小说出版"，其内容无非是"'卿卿我我''蝴蝶鸳鸯'"（载《晨报副刊》1922年10月4日）。又于1931年8月12日在社会科学研究会做了《上海文艺之一瞥》的长篇演讲，其中对鸳鸯蝴蝶派小说更做了形象而精辟的概括：

> 这时新的才子＋佳人小说便又流行起来，但佳人已是良家女子了，和才子相悦相恋，分拆不开，柳阴花下，像一对蝴蝶、一双鸳鸯一样。

> ——连载于《文艺新闻》第20、21期

此外，周作人、钱玄同也持这种看法。周作人于1918年4月19日在北京大学文科研究所小说研究会做《日本近三十年小说之发达》的演讲中，就说现代中国小说"还有《玉梨魂》派的鸳鸯蝴蝶体"（载《新青年》第5卷第1号）。次年2月，周作人又发表《中国小说里的男女问题》（署名仲密）一文，认为"近时流行的《玉梨魂》，虽文章很是肉麻，（却）为鸳鸯蝴蝶派小说的鼻祖"（载《每

周评论》第 5 卷第 7 号）。与周作人差不多同时，钱玄同在 1919 年 1 月 9 日所写的《"黑幕"书》一文中也说："人人皆知'黑幕'书为一种不正当之书籍，其实与'黑幕'同类之书籍正复不少，如《艳情尺牍》《香闺韵语》及'鸳鸯蝴蝶派小说'等等皆是。"（载《新青年》第 6 卷第 1 号）这种看法后来被人称之为"狭义的鸳鸯蝴蝶派"看法。

另一种看法却将鸳鸯蝴蝶派无限扩大，认为民国年间新文学派之外的所有通俗小说作家都是鸳鸯蝴蝶派，他们的所有通俗小说都是鸳鸯蝴蝶派小说。这种看法的代表人物是瞿秋白和茅盾。瞿秋白从小说的内容方面来扩大鸳鸯蝴蝶派小说的范围，他在《财神还是反财神》一文中说，"什么武侠，什么神怪，什么侦探，什么言情，什么历史，什么家庭"小说，都是鸳鸯蝴蝶派小说（见人民文学出版社 1953 年 10 月版《瞿秋白文集》）。茅盾则从小说的形式方面来扩大鸳鸯蝴蝶派小说的范围，他在《自然主义与中国现代小说》一文中认定鸳鸯蝴蝶派小说包括"旧式章回体的长篇小说""不分章回的旧式小说""中西合璧的旧式小说""文言白话都有"的短篇小说（载 1922 年 7 月《小说月报》第 13 卷第 7 号）。这种看法后来被人称之为"广义的鸳鸯蝴蝶派"看法，而且逐渐成为主流看法，以致后来的文学研究者都接受了这种看法。

新文学家不仅在鸳鸯蝴蝶派的界定问题上分成了两派，而且在鸳鸯蝴蝶派的名称上也花样百出。如罗家伦因为徐枕亚等人好用四六句的文言写小说，便称其为"滥调四六派"（见署名志希的《今日中国之小说界》，载 1919 年《新潮》第 1 卷第 1 号），但无人响应。郑振铎因为《礼拜六》杂志为鸳鸯蝴蝶派的主要刊物之一，便称其为"礼拜六派"（见署名西谛的《新文学观的建设》一文，载 1922 年 5 月 21 日《文学旬刊》第 38 号）。这一说法得到了周作人、茅盾、瞿秋白、朱自清、阿英、冯至、楼适夷等人的响应，纷纷采用，以致使用频率越来越高，知名度越来越大，终于成为鸳鸯蝴蝶派的别称了。于是"鸳鸯蝴蝶派"和"礼拜六派"两个名称便被新文学家所滥用。如郑振铎在《新文学观的建设》一文中称"礼拜六派",而在《〈文学论争集〉导言》一文中却称"鸳鸯蝴蝶派"(见上海良友图书公司1935年10月出版的《新文学大系·文学论争集》卷首)。还有人在同一篇文章里既称鸳鸯蝴蝶派,又称礼拜六派。如阿英在1932年所写的《上海事变与鸳鸯蝴蝶派文艺》一文中说:张恨水的所谓"国难小说",与"礼拜六派的作品一样,是鸳鸯蝴蝶派的一体","充分地说明了鸳鸯蝴蝶派的作家的本色而已"(见上海合众书店1933年6月出版的《现代中国文学论》)。

茅盾在20世纪70年代觉得统称鸳鸯蝴蝶派或礼拜六派都不合适,于是提出了一个折中的看法,他在《紧张而复杂的生活、学习与斗争(上)——回忆录(四)》中说:

> 我以为在"五四"以前,"鸳鸯蝴蝶派"这名称对这一派人是适用的。……但在"五四"以后,这一派中有不少人也来"赶潮流"了,他们不再老是某生某女,而居然写家庭冲突,甚至写劳动人民的悲惨生活了,因此,如果用他们那一派最老的刊物《礼拜六》来称呼他们,较为合式。

——载1979年8月《新文学史料》第4辑

事实是该派在"五四"前后没有根本变化,都是既写言情小说,又写其他小说,将其人为地腰斩为两段,既显得武断,又无法掩盖当时的混乱看法。

这些混乱的看法导致后来的文学研究者无所适从:或沿用"鸳鸯蝴蝶派"的说法(如北大本《中国文学史》和《中国小说史稿》、复旦本《中国文学史》和《中国近代文学史稿》等);或沿用"礼拜六派"的说法（如山东师院本《中国现代文学史》等）；或干脆别出心裁地称之为"鸳鸯蝴蝶—礼拜六派"（见汤哲声《鸳鸯蝴蝶—礼拜六小说观念的价值取向及其评价》，载《苏州大学学报》1992年第2期）。这可真算是中国小说史上的一出有趣的滑稽戏了。

二、如何评价鸳鸯蝴蝶派

鸳鸯蝴蝶派的开山作品是1900年陈蝶仙的言情小说《泪珠缘》，因此鸳鸯蝴蝶派应该是指言情小说派，这也就是后来的所谓"狭义的鸳鸯蝴蝶派"，但被新文学家扩大为"广义的鸳鸯蝴蝶派"，实际上也就是民国通俗小说派。

鸳鸯蝴蝶派与同时期的"南社"不同，既没有组织，也没有纲领，而是一个在思想倾向和艺术风格上大体相同或相近的小说流派，连"鸳鸯蝴蝶派"这一招牌也是别人强加给它的。然而客观地说，鸳鸯蝴蝶派确实是一个产生过巨大影响的小说流派。在"五四"以前的近二十年间，它几乎独占了中国文坛；在"五四"以后的三十年间，虽然产生了新文学，但新文学只是表面上风光，而鸳鸯蝴蝶派却一派兴旺发达景象。我对"广义的鸳鸯蝴蝶派"做过不完全的统计：该派作家达数百人，较著名者有一百余人，所办刊物、小报和大报副刊仅在上海就有三百四十种，所著中长篇小说两千多种，至于短篇小说、笔记等更难以计数。在此前的中国文学史上，还没有哪个文学流派有过如此宏大的规模，产生过如此巨大的影响。

鸳鸯蝴蝶派由于规模宏大，又处在历史的一个巨变时期，其成员的确鱼龙混杂，其作品也良莠不齐，但总体来说，它形象地记录了中国二十世纪前五十年的历史，为中国读者提供了丰富的精神食粮，对中国小说的传承起过积极作用，因此应该给予充分的肯定。

鸳鸯蝴蝶派小说已经不是中国传统通俗小说的复制，而是一种改良的通俗小说。在形式方面，它既采用章回体，也采用非章回体，甚至采用了西洋小说的日记体、书信体等，至于侦探小说则更是完全模仿自西洋小说。在艺术手法方面，受西洋小说的影响非常明显，如增加了人物形象和景物描写，结构与叙事方式也趋于多样化，单线和复线结构并用，第三人称和第一人称叙述法兼施，还采用了倒叙法和补叙法。在内容方面，鸳鸯蝴蝶派小说已经扩大了描写范围，反映了当时社会生活的各个方面，甚至已经紧跟时事，及时反映当前的社会现实，被称为"时事小说"。如李涵秋的《广陵潮》描写辛亥革命，而他的《战地莺花录》则描写五四运动，这种及时反映当时发生的重大政治事件的小说，与多写历史故事的古代小说完全不同，显然是一大进步。鸳鸯蝴蝶派的言情小说，也不同于古代的才子佳人小说，而是一种新才子佳人小说。古代的才子佳人小说因面对森严的封建礼教，只能写才子与佳人偶尔一见钟情，以眉目传情或诗书传情的方式进行交流，最后皆是有情人终成眷属的大团圆结局。而这种大团圆结局完全是人为的：或出于巧合，或由于才子金榜题名，皇帝御赐完婚，这就完全回避了封建包办婚姻的问题。而民国年间的封建礼教已经在一定程度上松绑，尤其像上海、北京等大城市得风气之先，恋爱自由和婚姻自主思想已经渐入人心。因此有些鸳鸯蝴蝶派的言情小说也突破了古代才子佳人小说的窠臼，才子佳人已经敢于"相悦相恋，分拆不开，柳阴花下，像一对蝴蝶、一双鸳鸯一样"。其结局也不再全是有情人终成眷属的大团圆，而是"有时因为严亲，或者因为薄命，也竟至于偶见悲剧的结局……这实在不能不说是一个大进步"（鲁迅《上海文艺之一瞥》，连载于1931年7月27日、8月3日《文艺新闻》第20、21期）。言情小说由大团圆结局到悲剧结局的确是一个大进步，因为前者是回避封建包办婚姻礼制，而后者是控诉封建包办婚姻礼制。而这一进步的开创者是曹雪芹和高鹗，他们在《红楼梦》里所写的婚姻差不多都是悲剧。因此胡适称赞《红楼梦》不仅把一个个人物"都写作悲剧的下场"，而且最后"作一个大悲剧的结束，打破了中国小说的团圆迷信"

（《〈红楼梦〉考证》，见1923年亚东图书馆版《胡适文存》）。可见鸳鸯蝴蝶派的言情小说在一定程度上继承了《红楼梦》开创的爱情婚姻悲剧模式，因而具有相当的反封建意义。我们可以徐枕亚的《玉梨魂》为例加以说明，因为该小说被新文学家指为鸳鸯蝴蝶派的代表性作品。

《玉梨魂》的故事很简单——清末宣统年间，小学教员何梦霞与年轻寡妇白梨影相爱，但两人均认为他们的这种行为是不道德的。为了得到感情的解脱，白梨影想出个"移花接木"的办法，即撮合何梦霞与自己的小姑崔筠倩订了婚。然而何梦霞既不能移情于崔筠倩，白梨影也无法忘情于何梦霞，结果造成了一连串的悲剧——白梨影在爱情与道德的激烈冲突下郁郁而死；崔筠倩因得不到何梦霞之爱而离开了人世；白梨影的公公因感伤女儿、儿媳之死而一病身亡；白梨影的十岁儿子鹏郎成了孤儿。何梦霞为排遣苦闷，先赴日本留学，继又回国参加了辛亥武昌起义（即辛亥革命），壮烈牺牲。

《玉梨魂》不仅描写了一个爱情婚姻悲剧，而且不同于一般的爱情婚姻悲剧。一般的爱情婚姻悲剧都是由封建势力造成的，即由包办婚姻造成的；而《玉梨魂》所写的爱情婚姻悲剧，其原因却是何梦霞和白梨影自身的封建道德。他们既渴望获得恋爱自由和婚姻自主的权利，又不能摆脱封建道德和封建礼教的束缚，两者激烈冲突，造成三死一孤的惨剧。从而揭露了封建道德和封建礼教的影响力是多么巨大，它已深入人们的骨髓，使其不能自拔。因此，它的反封建意义比一般的爱情婚姻悲剧更为深刻。

其实，新文学阵营也不是铁板一块，虽然大多数新文学家对鸳鸯蝴蝶派全盘否定，但也有少数新文学家态度比较客观，他们对鸳鸯蝴蝶派也给予一定的肯定。鲁迅是其中最突出的一位，他不仅认为某些鸳鸯蝴蝶派的悲剧言情小说是"一大进步"，而且不同意某些新文学家对鸳鸯蝴蝶派消极影响的夸大其词。他说：

至于说他流毒中国的青年，那似乎是过虑。倘有人能为这类小说所害，则即使没有这类东西也还是废物，无从挽救的。与社会，尤其不相干，气类相同的鼓词和唱本，国内非常多，品格也相像，所以这些作品也再不能"火上添油"，使中国人堕落得更厉害了。

——《关于〈小说世界〉》，载《晨报副刊》
1923 年 1 月 15 日

这种客观的观点与前述周作人无限夸大鸳鸯蝴蝶派作品能使国民生活陷入"完全动物的状态"乃至"非动物的状态"的观点形成了鲜明对比。当抗日战争爆发后，鲁迅更提倡文学界的抗日统一战线，主张团结鸳鸯蝴蝶派一起抗日。他说：

我以为文艺家在抗日问题上的联合是无条件的，只要他不是汉奸，愿意或赞成抗日，则不论叫哥哥妹妹，之乎者也，或鸳鸯蝴蝶都无妨。但在文学问题上我们仍可以互相批判。

——《答徐懋庸并关于抗日统一战线问题》，
载《作家》月刊第 1 卷第 5 期

鲁迅不仅提倡团结鸳鸯蝴蝶派一起抗日，而且主张新文学派与鸳鸯蝴蝶派在文学问题上"互相批判"，这种平等对待鸳鸯蝴蝶派的度量，也与那些视鸳鸯蝴蝶派如寇仇，必欲置诸死地而后快的新文学家形成了鲜明对比。

对鸳鸯蝴蝶派给予肯定的不只鲁迅，还有朱自清和茅盾。朱自清认为供人娱乐是中国传统小说的特点，因此不赞成将"消遣"作为罪状来批判鸳鸯蝴蝶派小说。他说：

在中国文学的传统里，小说……更是小道中的小道，就因为是消遣的，不严肃。不严肃也就是不正经，小说通常称为"闲书"，不是正经书。……鸳鸯蝴蝶派的小说意在供人们茶余酒后的消遣，倒是中国小说的正宗。

——《论严肃》，载《中国作家》创刊号

茅盾也承认鸳鸯蝴蝶派小说也"写家庭冲突，甚至写劳动人民的悲惨生活"。他还从艺术性方面对鸳鸯蝴蝶派小说给予一定肯定。他认为鸳鸯蝴蝶派的有些长篇小说"采用西洋小说的布局法"，如倒叙法、补叙法，以及人物出场免去套语、故事叙述"戛然收住"等等，这一切是对"旧章回体小说布局法的革命"。还认为鸳鸯蝴蝶派的有些短篇小说学习了西洋短篇小说"截取一段人生来描写，而人生的全体因之以见"的方法："叙述一段人事，可以无头无尾；出场一个人物，可以不细叙家世；书中人物可以只有一人；书中情节可以简至只是一段回忆。……能够学到这一层的，比起一头死钻在旧章回体小说的圈子里的人，自然要高出几倍。"（《自然主义与中国现代小说》，载1922年7月10日《小说月报》第13卷第7号）

鲁迅、朱自清、茅盾毕竟属于新文学派，因此他们对鸳鸯蝴蝶派的肯定是有限的。我们应该摆脱成见与束缚，从中国文学史的角度，对鸳鸯蝴蝶派做出客观公正的评价。

三、如何看待冯玉奇的小说

我们澄清了以上有关鸳鸯蝴蝶派的三个问题，等于为介绍冯玉奇的小说提供了一个坐标，也等于为读者提供了一把参照标尺。读者用这把标尺，就可自行评判冯玉奇的小说了。

冯玉奇于 1918 年左右生于浙江慈溪，笔名左明生、海上先觉楼、先觉楼，曾署名慈水冯玉奇、四明冯玉奇、海上冯玉奇。据说他毕业于浙江大学（一说复旦大学）。1937 年九一八事变后寄居上海，感山河破碎，国事蜩螗，开始写作小说以抒怀。其处女作为《解语花》，由上海春明书店出版。出版后旋即由东方书场改编为同名话剧，演出后轰动一时。那时他才十九岁。由此一发而不可收，至 1949 年 7 月《花落谁家》出版，在短短十来年时间里，他创作的小说竟达一百九十多种，平均每年近二十种，总篇幅应该不少于三千万字，只能用"神速"来形容。这时他只有三十一岁。近现代文学史料专家魏绍昌先生（已去世）所编《鸳鸯蝴蝶派研究资料（史料部分）》（上海文艺出版社 1962 年 10 月出版）开列的《冯玉奇作品》目录只有一百七十二种，也有遗珠之憾。不过我们从这一目录中仍可确定冯玉奇是一位以写言情小说为主的通俗小说作家，因为在一百七十二种小说中，言情小说占有一百二十二种，其他小说只有五十种：社会小说三十四种、武侠小说十四种、侦探小说两种。

冯玉奇不仅是一位写作神速且极为多产的通俗小说作家，还是一位热心的剧作家和剧务工作者。早在他二十六岁（1944 年）时，就担任了越剧名伶袁雪芬的雪声剧团的剧务，并为之创作了《雁南归》《红粉金戈》《太平天国》《有情人》《孝女复仇》五大剧本，演出效果全都甚佳。在他二十七到二十八岁（1945～1946）时，又与他人合作，前后为全香剧团和天红剧团编导了《小妹妹》《遗产恨》《飘零泪》《义薄云天》《流亡曲》等二十多个剧本，演出效果同样甚佳。可见冯玉奇至少写过十几个剧本。

冯玉奇一生所写的小说和剧本总计不下两百五十种，总篇幅可能达到四千万字以上，是名副其实的"著作等身"，是当之无愧的中国最多产的作家，号称多产的同派小说家张恨水也难望其项背。当时的文学作品已是一种特殊商品，冯玉奇的小说如此畅销，其剧本演出又如此轰动，这足可以证明其受人欢迎，这就是读者和观众对冯玉奇的评价，它比专家的评价更为准确，也更为重要。遗憾的是，我们无法看到他的剧作和三十岁以后的作品，也不知其晚景如何，卒于何年。

从冯玉奇的生活年代和创作时段来看，他显然是鸳鸯蝴蝶派的后起之秀，所以尽管他作品如此之多，影响如此之大，而同派的老前辈却很少提到他，这也是"文人相轻"的表现之一。

按说要介绍冯玉奇的小说，应该将其全部小说阅读一遍，但我没有这么多时间，也没有这么大精力，因而只向中国文史出版社借阅了《舞宫春艳》《小红楼》《百合花开》三种，全都是言情小说。因此我只能以这三种言情小说为例加以介绍，这可能会犯以偏概全的错误，因此只能供读者参考。

《舞宫春艳》写了两个纠缠在一起的爱情婚姻悲剧故事：苏州富家子秦可玉自幼与邻居豆腐坊之女李慧娟相恋，由于门第悬殊，秦可玉被其父禁锢，二人难圆成婚之梦。不幸李慧娟生下了一个私生女鹃儿，只好遗弃，自己则郁郁而死。鹃儿被无赖李三子收养，长大后卖到上海做伴舞女郎，改名卷耳。中学生唐小棣先是爱上了姑夫秦可玉家的婢女叶小红，不料叶小红失踪，于是移情于卷耳，但无钱为卷耳赎身，两人感到婚姻无望，于是双双吞鸦片自尽。

《小红楼》的故事紧接《舞宫春艳》：曾经被唐小棣爱过的叶小红的失踪，原来也是被无赖李三子拐卖为伴舞女郎，小棣、卷耳自杀后，小红才被救了回来，并被秦可玉认为义女。经苏雨田介绍，与辛石秋相识相恋而订婚。同时石秋的姨表妹巢爱吾也爱石秋，但石秋既与小红订婚在先，便毅然与小红结婚。爱吾为了摆脱难堪的地位，离家出走，下落不明。石秋奉父命赴北平探望二哥雁秋，在火车站被人诬陷私带军火，被军人押到司令部。可巧爱吾此时已成为张司令的干女儿兼秘书，便设法救了石秋一命。但张司令强迫石秋与爱吾结婚，二人既不敢违命，又固守道德，便以假夫妻应付。

后来石秋回到家里，终于与小红团聚。

《百合花开》写了两个紧密相关的爱情婚姻故事：二十岁的寡妇花如兰同时被四十二岁的教育家盖季常和十八岁的革命青年盖雨龙叔侄俩所爱，而盖季常的十六岁侄女盖云仙又同时被三十六岁的银行家杨如仁和十九岁的革命青年杨梦花父子俩所爱。经过许多曲折后，终于两位长辈让步，盖雨龙与花如兰、杨梦花与盖云仙同场结婚。

由以上简单介绍可知，冯玉奇的这三种小说共写了五个爱情婚姻故事，其中两个是悲剧结局，三个是有情人终成眷属。这正如鲁迅所说："有时因为严亲，或者因为薄命，也竟至于偶见悲剧的结局……这实在不能不说是一个大进步。"其次，这三种小说的五个爱情婚姻故事，倒有四个是三角爱情婚姻故事，但它们的情况并不雷同。唐小棣、叶小红、卷耳的三角恋是一男爱二女，辛石秋、叶小红、巢爱吾的三角恋是两女爱一男，而盖季常、盖雨龙、花如兰和杨如仁、杨梦花、盖云仙的三角恋更为异想天开，竟然都是两辈嫡亲男人（叔侄、父子）同爱一个女子。可见冯玉奇极有编故事的才能，从而使作品更具吸引力和娱乐性。又次，这三种言情小说的描写极为干净，没有任何色情描写。除了秦可玉与李慧娟有私生女外，其他人都非礼勿言，非礼勿行。如辛石秋与叶小红因婚礼当天石秋之母去世，为了守孝，新婚夫妻在百日之内没有圆房。而辛石秋与姨表妹巢爱吾为了对得起叶小红，虽被张司令强迫成亲，却只做了几天假夫妻。

从表现形式和艺术手法来看，我觉得冯玉奇的小说与当时新文学的新小说都受了西洋小说的影响，基本相同。譬如：两者都突破了传统小说书名的套路，不拘一格，尤其采用了一字书名和二字书名，如冯玉奇有《罪》《孽》《恨》《血》和《歧途》《逃婚》《情奔》等；而巴金有《家》《春》《秋》，茅盾有《幻灭》《动摇》《追求》。两者的对话方式也突破了传统小说的套路，灵活自如：对话既

254

可置于说话者之后，也可置于说话者之前，还可将说话者夹在两句或两段话之间。至于小说的结构法、叙述法与描写法，更是差不多的。譬如人物描写不再是"沉鱼落雁""闭月羞花""倾国倾城"之类的千人一面，景物描写也不再是"落红满地""绿柳成荫""玉兔东升"之类的千篇一律，而加以具体描绘。这里随便举一个例子：

> 小红坐在窗旁，手托香腮，望着窗外院子里放有一缸残荷，风吹枯叶，瑟瑟作响。墙角旁几株梧桐，巍然而立。下面花坞上满种着秋海棠，正在发花，绿叶红筋，临风生姿，可惜艳而无香，但点缀秋色，也颇令人爱而忘倦。

这是《小红楼》对莲花庵一角的景物描绘，虽然算不上十分精彩，但作者通过小红的眼睛描绘了院中的三样东西——风吹作响的"枯荷"、巍然挺立的"梧桐"、正在开花的"海棠"，从而衬托出莲花庵幽静的环境，曲折地表明了时在秋季。频繁使用巧合手法是冯玉奇小说的显著特点，可以说把所谓"无巧不成书"用到了极致。巧合手法有助于编织故事，缩短篇幅，增加作品的吸引力等，但使用过多则时有破绽，有损于作品的真实性。冯玉奇的某些小说也采用了章回体，但只是标题用"第×回"和对偶句，"却说""且听下回分解"之类的套语已不再经常出现，因此并非章回体的完全照搬。况且章回体并非劣等小说的标志，它在我国小说史上发挥过巨大作用，产生过杰出的四大古典小说。因此用章回体来贬低冯玉奇的小说，也是毫无道理的。

冯玉奇的小说也有明显的缺点。它们与其他鸳鸯蝴蝶派小说一样，主要注重小说的娱乐性，而忽视小说的社会性和艺术性，因此没有产生杰出的作品。他是南方人而小说采用北方话，加之写作速度太快，无暇深思熟虑，导致语言不够流畅，用词不够准确，还有许多错别字和语病。还有使用"巧合"法太多，有时破绽明显，这里不再举例。

　　总而言之，冯玉奇既不是"黄色"和"反动"小说家，也不是杰出小说家，而是一位勤奋多产、有益无害的通俗小说家，他应在中国小说史尤其是中国现代小说中占有一席之地。

　　　　　　　　　　　　　　2017 年 6 月 4 日于北京蜗居

图书在版编目（CIP）数据

玉人来 / 冯玉奇著. — 北京：中国文史出版社，
2018.3

（民国通俗小说典藏文库·冯玉奇卷）
ISBN 978 - 7 - 5034 - 9976 - 0

Ⅰ. ①玉… Ⅱ. ①冯… Ⅲ. ①长篇小说 - 中国 - 现代
Ⅳ. ①I246.5

中国版本图书馆 CIP 数据核字（2018）第 009851 号

点　　校：袁　元
责任编辑：牟国煜

出版发行：中国文史出版社
网　　址：http://www.chinawenshi.net
社　　址：北京市西城区太平桥大街 23 号　邮编：100811
电　　话：010 - 66173572　66168268　66192736（发行部）
传　　真：010 - 66192703
印　　装：廊坊市海涛印刷有限公司
经　　销：全国新华书店
开　　本：720 × 1020　1/16
印　　张：16.5　　　　字数：211 千字
版　　次：2018 年 3 月第 1 版
印　　次：2018 年 3 月第 1 次印刷
定　　价：49.80 元